CW00519287

Novela de iniciación; el protagonista, Juanjo, es un niño que acaba de ser adoptado por un hombre de profundas convicciones religiosas. Se marcha a vivir con él al pueblo y es allí donde irá conociendo a los sucesivos personajes que aparecen a lo largo de la obra.

Título original: *La mujer encantada*

Joaquín Martínez, 2018

Lorenzo Garrido es el seudónimo del autor

Sitio donde conocer al autor:

https://ciudadnortena.blogspot.com

Diseño de cubierta: Leandro

Editor digital: Leandro

Imagen de portada: *Chica caminando en el paisaje verde del bosque*, del pintor Andrey Lepkov

“Tuyo soy —dice el cuerpo armonioso—,
pero solo un instante.
Mañana,
ahora mismo,
despierto de este beso y contemplo
el país, este río, esa rama, aquel pájaro...”

Vicente Aleixandre, en *Historia del corazón*

PRIMERA PARTE

Capítulo 1

Un coche me esperaba a las afueras del Internado, quizás frente a la reja. Daba la vuelta al edificio y a los patios. Incluso en la parte de los jardines había una reja. Detrás estaba la carretera, por donde circulaban pocos vehículos. También había un cruce con la carretera de Madrid, donde el tráfico era mucho más denso. Y el semáforo cambiaba de colores a cada rato.

Serían las ocho de la mañana. Me habían hecho levantar más pronto que de costumbre. Una lavada rápida de cara y manos. Una taza de café con leche y tostadas. El bulto, que no era muy pesado, a mi lado en la silla. A esa hora el comedor estaba vacío. La cocinera había encendido unas luces secundarias y el resto del local estaba en penumbra, con las columnas y las mesas redondas esparcidas por ahí, como sombras sospechosas, terrores imaginarios.

A los diez minutos vino a buscarme el encargado y me dijo, simplemente: «¿Vamos?» Yo ya estaba listo. Me peiné de nuevo el flequillo con los dedos y, asiendo del macuto con un solo brazo, tiré de él y me puse en camino. Dije adiós con un gesto a la mujer que estaba al otro lado de la pared, donde los fogones, las campanas tiznadas y las grandes mesas de aluminio.

Bajamos las escaleras. Recorrimos el largo pasillo. El encargado empujó la puerta y yo seguí tras sus pasos. Nos hallábamos en la portería, una sala amplia con amplios ventanales. En uno de ellos había el agujero que había dejado una bala perdida. Cuando llegué nuevo allí, ya estaba el agujero. Un día os contaré lo que había ocurrido, según me habían contado a mí.

El hombre abrió la puerta, que estaba cerrada con llave, y me invitó a salir afuera. Bajaría las escalinatas. Él también las bajó. Estrechó la mano del hombre que había salido del coche al vernos aparecer y le ayudó a meter mi bulto en el maletero, que había abierto con toda diligencia, como si corriera prisa. Noté que había tirado el cigarrillo que traía encendido al pavimento. Había una explanada, en el jardín, para que los coches pudieran dar la vuelta, remontar la cuestecita y salir por los soportales de hierro a la carretera, que a esas horas de la mañana seguía estando prácticamente vacía.

El encargado me estrechó la mano antes de que yo montara y me dijo a media voz: «De ti depende el que tengas que volver o no. Pórtate bien, Juanjo.» Asentí con la cabeza. Estaba decidido a portarme bien. No quería volver al Internado, a pesar de que había hecho buenos amigos y había pasado buenos momentos. Haciendo cuentas, eran más los buenos que los malos momentos.

Oí el ruido sordo de la portezuela al cerrarse, los pasos del otro hombre, que subía los escalones de piedra, la llave al girar y la tos seca del motor al arrancar.

—¿Cómo te llamas? —me preguntó el chófer.

—Me llamo Juan José, ¿a dónde vamos?

—Vamos a casa del señor Alfredo, en el pueblo de El Barro. ¿Sabes por dónde cae?

—No, nunca he oído hablar de El Barro.

—Está a una treintena de kilómetros de aquí.

El vehículo ya había dado la vuelta y se disponía a remontar la cuestecita. Me llamaban la atención las luces encendidas, cómo aclaraban en abanico una parte del asfalto. Haciendo telón, los árboles de los jardines aún en la sombra. El día empezaba a clarear por el este, más allá del muro alto de piedra. Había un campo de fútbol de arena y una hilera de cipreses, que separaban las dos instituciones: el Internado de niños, el Internado de niñas...

Yo había tenido suerte, a lo mejor el señor Alfredo me iba a adoptar. Todo dependía de mí. Si me portaba bien, solo si me portaba bien, este señor, a quien yo no conocía, me terminaría adoptando. ¿Y por qué quería adoptarme? ¿Habría perdido a su hijo hacía poco, postrado en la cama por culpa de una odiosa enfermedad? ¿Y por qué me había elegido a mí de todos los niños que formábamos filas en los patios del colegio? ¿Y por qué no había elegido a una niña en vez de a mí? Ellas estaban justo al lado, detrás de la hilera de cipreses que dominaban los partidos cada vez que nos tocaba competir en el campo de arena. Era un campo rectangular, con una tapia de cal a un lado y una fila de árboles en el otro. Más allá, otro campo pequeño de fútbol.

El coche había torcido a la derecha y había dejado todo ese paisaje a mis espaldas. Se había detenido en el cruce. Las lucecitas eran cada vez más numerosas, se movían y parecían luciérnagas que recorrían el espacio de mi retina de punta a punta.

—¿En qué piensas? —me preguntó el hombre sin apartar la vista de la carretera.

—¿Cuánto vamos a tardar en llegar? —pregunté yo a mi vez.

—Una media horita más o menos. Para cuando lleguemos, ya será de día.

—¿Y cómo es el pueblo? —quise saber, animándome de pronto.

El vehículo se había puesto en marcha y, al doblar a la izquierda, se alejaba de la dirección de Madrid. Si en el siguiente cruce torcía a la derecha, entonces tomaríamos la dirección de Jaén o de Ciudad Real. Si, por el contrario, continuábamos todo recto, nos adentraríamos en la ciudad y ya entonces podíamos tomar un desvío que conduciría hacia Alicante, o bien Murcia, o incluso Cartagena o Almería. Pero si solo se trataba de unos treinta kilómetros, lo más probable es que no fuéramos más allá del pueblo de La Roda o de, si tomábamos el sentido opuesto, el de Hellín, en cuyas afueras había, me habían contado, una caserna militar con campos de tiro.

No se salió de la carretera principal, siguió todo recto hasta que nos metimos en el corazón de la ciudad, y luego ya fue un recorrer calles y avenidas, un torcer a izquierda y derecha, un pararse frente al semáforo, que luego era otro, y otro. A un lado de los carriles, el quiosco con las persianas bajadas. Al otro, las flamantes luces encendidas de una panadería que hacía esquina. Sentía en mi imaginación el polvillo de la harina en la nariz, ese calor a buen pan y mejor convivialidad que transmiten las panaderías chapadas a la antigua, sobre todo las del barrio de uno.

El hombre era al principio de poca conversación, hacía pocas preguntas; más bien permanecía atento a la circulación, que aumentaba conforme pasaban los minutos y la claridad del día desterraba las sombras hacia el altozano, Las Peñas de San Pedro. A pesar del tráfico, oía el trino de los pájaros. El aire soplaba, ceñudo, en las ramas más altas de los árboles raquíticos.

Había abierto un poquito la ventana para que entrase el fresco en el habitáculo. Me pareció que el hombre había puesto mala cara, pero no dijo nada.

Al cabo de un rato salimos de la ciudad. El campo llano, pelado, azotado por un viento caprichoso, se ofreció a nosotros con un algo de pereza y de malestar de intruso a quien sorprenden en su siesta. Me había desorientado, pero creía que estábamos detrás del barrio de Las Seiscientas y que el camino podía muy bien llevarnos al pueblo de La Jineta.

—¿Por dónde cae El Barro? —le pregunté al chófer, que había encendido un pitillo y se había puesto a fumar otra vez.

—No cae lejos —dijo—, a una treintena de kilómetros, como te he dicho antes.

—Sí, ¿pero está cerca de dónde?

—Ja, ja, ja... ¡Todo lo quieres saber! Es normal, a tu edad...

—Acabo de cumplir diez años —apostillé.

—¿No son nueve...?

—No, son diez. ¿Por qué lo dice...? ¿Se lo ha dicho el encargado...?

—¿A mí...? No, por nada, por nada. Mi hija también tiene nueve años, como tú, digo, diez. Al señor Alfredo le va a encantar tu presencia, estoy seguro. Un poco de alboroto, un poco de vidilla en ese caserón, ¡qué diablos! Demasiado solo estaba el señor Alfredo.

—¿Usted también vive en el pueblo?

—A ratos, quiero decir algún fin de semana que otro. Conservo familia allí. Los lazos son irrompibles. Pasé la mayor parte de mi infancia en El Barro. ¡Ah, dichoso pueblecillo!

—¿Por qué lo dice? —dije, con un dejo de ansiedad. Todo

cuanto atuviera al pueblo me interesaba sobremanera, ni siquiera me molestaba en disimularlo.

—A mí me gusta mucho El Barro. Voy allá siempre que las obligaciones me lo permiten. Sólo que...

—¿Sólo que...?

—Se está quedando sin habitantes. Quedará una docena de casas habitadas. Y para mí que esas ya son muchas. Cada verano emigra una familia por lo menos. El señor Alfredo es de los últimos, es de los que resisten contra viento y marea.

—¿No hay niños?

—Por así decirlo, hay más sombras que niños, y más espantapájaros que sombras... Pero lo que es juventud, alboroto... Pues de eso no hay mucho en El Barro.

—¡Qué pena!

—Sí que es pena, Juanjo. ¿No es así como te llamas?

—Así me llaman. Pero mi nombre completo es Juan José.

—¿Y los apellidos?

—García García.

—¿Dos veces García?

—Dos veces mejor que una.

El hombre sonrió. Echó otro vistazo a la carretera, que permanecía desierta y atravesaba un ancho campo, llano y plomizo como un bostezo.

—Fue el juez quien lo decidió así. A mis padres no los he conocido. No se sabe ni quiénes son.

—¡Ah! Pues qué gracioso el juez. Podía haberte puesto «Serrano García» o «García Serrano», ¿qué más daba?

—A mí me gusta García García.

—Ya, es porque te has acostumbrado.

Guardamos un minuto de silencio. Luego traté de indagar más en las particularidades del pueblo.

—¿Y por qué se va la gente de allí?

—¿De El Barro, dices? La ciudad es como un imán: atrae a la población de cincuenta kilómetros a la redonda. Nadie se le resiste. Su influjo, o hechizo, puede más que el que ejercía la princesa Sherezade.

—¿Quién era esa?

—Una princesa que aparece en muchos libros. Muy bella, por cierto.

—¡Ah!

Imité su forma de mostrar sorpresa. El hombre se rió.

—Empiezas a caerme simpático, Juanjo. Harás buenas migas con el señor Alfredo.

—¿Es viejo?

—No mucho. La cincuentena, creo.

—¿Y cómo es?

—Es alto, elegante, tiene compostura de ministro, y cuando da la palabra, pues es que ha dado la palabra, nunca se desdice.

—¿Y eso quiere decir...?

—Que puedes confiar en él. En estos tiempos que corren, la confianza se gana a pulso o no se gana. El señor Alfredo es de los que no defraudan a nadie, por muy difícil que se lo pongan los compromisos o dificultades.

—Usted se expresa muy bien, señor, pero a veces no le entiendo ni jota.

—¿Ni jota me entiendes?

—Ni jota.

—Pues es mejor no entender ni jota y decirlo, que entenderlo todo y no decir absolutamente nada. Ja, ja, ja.

Le había dado por reírse solo. Me lo quedé mirando, absorbido por la curiosidad, mientras el cigarrillo se le movía de la boca y los dientes asomaban, amarillos, a la luz del día recién lavado por el rocío y las matutinas nieblas que desfilaban por el paisaje estéril, rancio, de la llanura manchega.

Me crucé de brazos, no sé por qué. Tal vez porque pensara que había entablado una relación de confianza con el chófer y, la verdad, había resultado bastante fácil. ¿Si con el señor Alfredo pasaba lo mismo...?

—¿No tiene hijos, o esposa? —pregunté de pronto, abriendo mucho los ojos, como si acabara de descubrir un cofrecillo semienterrado en la arena de una playa desierta.

—Hum... Alfredo es viudo. Tenía un hijo, pero, como ocurre en las novelas antiguas, un buen día se fue a América y todavía no ha vuelto.

—¿Y qué se le había perdido en América?

—Ni idea. Muchos se van por probar. Los que lo consiguen y reúnen muchas riquezas regresan al pueblo, ya viejos, para que los paisanos se mueran de envidia. Y los que no, pues ya nunca más se vuelve a saber de ellos. Prefieren ser pobres en América que medio-fracasados en Europa. Todo o nada. La moneda danza un momento en el aire y luego, a apechugar con lo que salga. Ricos o pobres, ¡la suerte decide!

La conversación se interrumpió porque el paisaje me interesaba cada vez más. Todo lo quería ver y todo lo quería conocer de un simple vistazo. Pensaba que aquel sería mi nuevo hogar, el nuevo escenario donde me desenvolvería, y por lo tanto merecía toda mi atención. Habíamos dejado la carretera principal para meternos en una secundaria, en cuyos bordes —de cuando en cuando— asomaban casas sueltas, edificios en ruinas, árboles raquíticos con sombra paliducha. La atmósfera se había desembarazado de la bruma matinal y el día aparecía radiante, espléndido, con un elixir de nostalgia propio del otoño. Pero ya el invierno tenía casi más presencia que el otoño. El viento soplaba gélido, como si fuera la mano fría de algún fantasma. Al advertir un conjunto de casas chatas con tejados rojos, chimeneas y azoteas, le pregunté con la mirada si era allí. Con un gesto me dio a entender que todavía no, aunque, eso sí, faltaba poco.

«Faltaba poco», mi corazón se aceleraba. Me dije que era igual que el caballo a quien están a punto de soltar para que se lance a la carrera. La fústiga del jinete lista, primer latigazo... ¡A correr!

Nos metimos en aquel pueblo que aún no era «mi» pueblo y, después de atravesar el centro, que consistía en una plaza cuadrada con iglesia, campanario y fachada del ayuntamiento, nos introducimos en una estrecha calle empedrada que nos condujo afuera. Las piedras del suelo desaparecieron con la última casa y en su lugar surgió un sendero de tierra lleno de baches. Al chófer no pareció importarle.

—Unos tres kilómetros en línea recta por este camino de cabras y, ¡ya estamos!

—¡Pero en un lugar como ése no puede vivir nadie! —exclamé, medio ofendido.

El hombre soltó la risotada.

—Por cierto —dijo—, me llamo Pedro. Si algún día alguien te pregunta quién te trajo, di que fue Pedro, el sobrino de Clara, la antigua panadera.

—¿Tu tía era panadera?

—Lo sigue siendo. Pero se ha quedado sin clientes. No es que cerrase por completo las puertas de su negocio, es que los clientes dejaron de acudir, uno por uno. Dice que cuando más lo notó fue cuando desaparecieron los niños. Entonces se le llenó el alma de pena y no encontró más razones para seguir cociendo el pan, aunque, quede esto entre nosotros, le sale riquísimo.

No creo que fuera aquél un camino de cabras. En todo caso, yo no veía ninguna, ni un pastor, ni un perro que saliera ladrando detrás de las ovejas... Como había llovido no hacía mucho, el terreno estaba algo verde, y el número de árboles aumentaba conforme nos alejábamos de Ayna, que así era como se llamaba el pueblo que habíamos dejado atrás. En su mayoría eran pinos, encinas y algarrobos... También creí distinguir abedules, o álamos, no sé por qué, ¡siempre los confundo estos últimos!

—Hala, hala, vete preparando mentalmente, que ya llegamos —dijo el hombre con sonrisa tan holgada que no hubiera cabido en un capazo.

El coche se detuvo en la entrada misma del pueblo. Cuando puse un pie afuera, noté al aire frío cosquillear mi nariz; un perfume, como de nieve derretida, o de tierra tan dura que parecía hielo, invadió mis sentidos. Me dije que, aunque en el Internado hiciera a veces mucho frío, seguro que en El Barro, donde iba a vivir a partir de ahora, hacía muchísimo más.

A mi alrededor, mucho campo, árboles, el terreno desigual, con un desnivel a mi izquierda formando una especie de salto al vacío, y, a ambos lados del camino pedregoso, casas y más casas de piedra, muchas con el tejado hundido, algunas con corrales y gallinas dentro, saltando y brincando en unos patios repletos de maleza.

¿Habría vida allí? Lo primero que oí fue el saludo marcial del gallo. Entonces, me dije, es que continúa la vida: allí donde alborota un gallo, siempre hay alguien cerca.

El chófer ya había salido afuera y abierto el maletero, de donde extrajo mi bulto. Me había reunido con él en la parte trasera del vehículo, mientras yo no podía dejar de mirar todo a mi alrededor, lanzando miradas redondas, como las que lanza el toro cuando sale al ruedo, cuando oímos voces a nuestras espaldas. Nos volvimos y vimos a un señor, alto y estirado, acompañado de una mujer menuda, con delantal gris y los brazos remangados. ¿Sería él? Y ella, ¿quién podía ser? ¿La tía Clara?

—¡Ah, señor Alfredo, señora Luciana! —exclamó, sonriente, el chófer.

Se estrecharon las manos los tres adultos y luego se fijaron en mí, tan suspensos ellos como lo estaba yo atónito. Era el momento de la verdad. El cara o cruz de la moneda danzando en el aire. Huérfano o no más huérfano. ¡Ese era mi destino, pendiente de un hilo!

—Ven, que te abrace —dijo el señor Alfredo tras un minuto largo, largo, de observación y suspense—. ¿Tú eres el niño Juanjo, no?

—Soy yo, pero mi nombre completo es Juan José.

—¡Ah, ya!

Se había puesto a mi altura para que pudiéramos abrazarnos. Lo sentí fuerte, despedía mucho calor, apostaba que sería capaz incluso de subir a lo alto de las tapias. Después se repitió la ceremonia con aquella señora.

—Soy Luciana, el ama de este señor que ha mandado llamar por ti —dijo.

Con el ruido del motor, habían salido muchos vecinos (que eran, en realidad, pocos) a la puerta de sus casas, y ya dudaban si acudir a recibirnos ellos también o permanecer a la expectativa, como si reservaran aquel momento tan especial a los familiares y allegados más próximos. Lo cierto era que yo no era el familiar de nadie; pero de lo que se trataba era de hacer como si. Como si lo fuera, como si este señor que tenía de pronto delante, bien alto, por cierto, fuese mi padre.

Capítulo 2

Ahora que estoy en la cama, en mi cuarto, y que me han dejado solo para que duerma y descanse de un día tan ajetreado como lo había sido éste, me atrevo a contaros mis impresiones.

Pedro me había dicho que el señor Alfredo estaba solo, y no era cierto. En primer lugar, estaba aquella señora bajita y mofletuda, con cabellos grises y sueltos y frente abombada, Luciana: era el ama de casa, y también cocinaba, barría, hacía las camas y limpiaba el polvo de los muebles. En segundo lugar, estaba Paulina, Paulina era la sobrina de Luciana y vivía con ella, es decir, en casa del señor Alfredo porque —me dijeron— sus padres no se podían ocupar de ella. Le calculé unos dieciséis años; pero a lo mejor tenía más, diecisiete o dieciocho. Era igual de alta, es decir, igual de bajita que su tía, y tenía los ojos verdes y la piel muy clara; los cabellos, tirando a rubios, algo estropajosos por lo desordenado. Aunque estaba mellada y tenía pecas en la nariz, me sonrió con sana alegría y me cogió incluso de la mano, por lo que le tomé enseguida afecto y pensé que sería más una compañera que una rival. ¿Rival de qué? Rival de afecciones. Lo que ocurría era que Paulina tenía al menos dos amigas íntimas, Alejandra y Antonia, las cuales vivían en el mismo pueblo que ella y siempre estaban juntas, o en casa de la una o en casa de la otra (cuando sus padres lo consentían, claro; porque en un pueblo siempre hay mucho que hacer, es un lugar repleto de faenas pendientes).

Nos fuimos andando hasta la entrada de la casa, que era una de las que había allí cerca, sin salirse del camino principal. La puerta estaba entornada y había dos escalones de piedra en la entrada. La fachada era de dos plantas, toda de piedra, con una parra que daba sombra verde al muro, ventanas rectangulares con visillos y un balcón de barrotes negros debajo de la ventana central. El tejado trazaba una pendiente bastante inclinada, así que había en el ancho frontón un ventanuco redondo. Imaginé que sería el granero o el sitio donde guardaban la paja, o bien el lugar donde habían metido los enseres y baúles de otras épocas en que tal vez el niño Alfredo correteaba por los pasillos y habitaciones de aquella vivienda con aspecto tan rústico y severo. Luego pasamos adentro y me fueron mostrando las habitaciones una por una. Pedro nos acompañaba, todavía no había cogido su coche para dar media vuelta y regresar a la ciudad. Los adultos hablaban al mismo tiempo, se cortaban la palabra mutuamente, en su entusiasmo por mostrarme los rincones y escondrijos del lugar; aquí la estufa de leña —¡mira qué grande y qué negra es!—; allá la alcoba, con su jofaina y mueble de cuatro patas para lavarse las manos; acullá la puertecita, un poco chirriante y oxidada, que daba acceso al patio de atrás, donde las gallinas, las ocas y las cabras. «No, no temas al perro, es muy bueno y cariñoso. Se llama Miel». Era un perro robusto, de mirada franca y boca grande, los ojos, redondos y negros como los de un sapo, pero más grandes. ¡Cuán lejos estaba de imaginar que terminaría siendo el compañero fiel de inolvidables aventuras y refriegas campestres!

Y como dieran por hecho que nos moríamos de hambre, sacaron a la mesa, en la cocina ancha y espaciosa, un sinfín de viandas, dulces y panes que hubieran entusiasmado al más goloso de los golosos. Tía Luciana (así fue como decidí llamarla a partir de entonces) me dijo que la leche era de cabra, ordeñada por ella misma, y que los bollos y panes los había hecho Clara, que vivía unas cuantas casas más allá, sin salirse nunca del pueblo.

—¡Ah, mi tía —exclamó, satisfecho, su sobrino el conductor—, siempre fiel a ella misma! Si los ha hecho Clara, seguro que están riquísimos —y miraba con ojos golosos las rodajas metidas en un canasto grande de mimbre.

—Aquí nunca nos falta de nada —sentenció, lacónico, el señor Alfredo.

Me lo quedé mirando, los ojos llenos de curiosidad y a la vez de agradecimiento. Me preguntaba cómo se habría enterado de mi existencia, por qué milagro o causa inexplicable había decidido que yo era el niño que le convenía, el niño que se había decidido a adoptar.

—Señor Alfredo... —comencé diciendo con los ojos bajados y una rebanada en la mano, que no me atrevía a morder aún.

—Me puedes llamar Alfredo, simplemente. O tito Alfredo, como tú prefieras.

—Lo primero de todo, quería darle las gracias por haberme traído aquí —proseguí con un hilo de voz tan finito que me costaba oírme a mí mismo; la vergüenza me apuraba y hacía que sintiera ardores de estómago.

—No tienes por qué darme las gracias. ¡Al contrario, soy yo el agradecido! Te preguntarás cómo ha sido que he dado contigo y por qué te he escogido a ti, y no a otro.

Asentí con la cabeza, al tiempo que notaba la presencia del perro, que se había metido discreto en la cocina y ya se tumbaba sobre los baldosines de un color rojo apagado, cerca de mi silla.

—Hace unas dos semanas fui a misa a tu ciudad. Pero no me acerqué a una iglesia de barrio cualquiera, ni siquiera me dirigí a la catedral, presidida por el ilustre obispo de Albacete, sino que entré en la capilla de tu institución. Era domingo por la mañana, como sabes. Y lo que pude ver, aparte de la belleza de aquel lugar magnífico, fue un montón de niños sentados en los bancos. Un montón de cabezas rubias, morenas, mejor o peor peinadas, algunas, peladas al raso. Los niños, vestidos con pantalones cortos, calcetines largos y una chaqueta oscura con botones plateados, y los jerseys de pico, de un azul oscuro. Me pareció un espectáculo impresionante. Yo había tomado asiento al fondo, cerca de la entrada. Y desde allí podía verlo casi todo.

Sus palabras ejercían un hechizo indudable sobre mí. Recordaba bien la escena a la que se refería, puesto que era una escena que se repetía domingo tras domingo, y a la que los niños acudíamos, pese a que hubiéramos preferido permanecer en los patios, jugando con las canicas, la pelota o los zompos. Ignoraba que viniera gente de fuera a vernos. Recapacité un poco, y llegué a la conclusión de que el oficio de la misa estaba abierto a toda clase de público. Mi protector prosiguió:

—Cuando llegó el momento solemne de comulgar, los internos, en fila india, se iban acercando al altar, donde el sacerdote, de pie en el primer escalón, los aguardaba con la bandejita en las manos. Y entonces me fijé en uno en especial. Me llamó la atención la silueta delgada, su cara redonda, lo bien peinado que estaba, me figuré que poseía un brillo especial en la mirada. No sabría explicarlo, pero algo raro ocurrió dentro de mí, insólito. Cuando avaló la hostia y regresaba a su sitio, con los demás camaradas, me dije que me encantaría volver a ver aquel rostro. Ese niño tan mágico eras tú, Juanjo. Ese mismo día me presenté en el despacho del director y solicité una entrevista para la adopción. Fue algo difícil identificarte. Me mostraron las fotos de los «residentes». Enseguida que la vi delante, te reconocí. Y lo que vino después fueron formalidades, puro papeleo, entrevistas con los asistentes sociales y el órgano de la Diputación en Albacete. Los curas fueron muy amables conmigo en todo momento, dicho sea de paso.

Permanecí mudo unos instantes. Nunca hubiera sospechado que yo hubiera podido ser objeto de curiosidad por parte de un señor como aquél, tan elegante y bien vestido, que ahora estaba sentado a la mesa conmigo y otras personas que nos rodeaban.

Tía Luciana se santiguó, la mirada puesta en el techo y una plegaria en los labios, mientras que su sobrina me miraba por el rabillo del ojo, con hoyuelos en las mejillas y algo de malicia en la expresión. Pedro, por su parte, tosió bajo y se llevó la mano en forma de embudo a la boca. Adivinaba que le habían entrado unas ganas tremendas de fumar. Ya no tardaría en marcharse, estaba seguro.

—A todo esto —dijo, dándose una palmada plana en las rodillas—, no voy a tardar en irme.

—¡Pero si ni siquiera te has bebido el café! —protestó, indignada, el ama de casa.

—¡Ah, sí, el café, se me olvidaba! —el hombre se rascaba ahora la nuca, poniendo un gesto muy divertido, que nos hizo reír a Paulina y a mí.

El perro ladró una vez y volvió a bajar la enorme cabeza, que puso entre las patas. La buena mujer se había levantado para preparar las tazas y ya su sobrina acudía, presta, a echarle una mano. El señor Alfredo me miraba con sonrisa bondadosa, deduje en aquel momento que sería una persona muy católica, muy creyente, me haría ir todos los domingos a misa y asistiría a las novenas, a las procesiones de Semana Santa y a todos los demás ritos y ceremonias religiosas que se sucedían a lo largo del calendario. No se lo reprochaba, pero a mí —la verdad— nunca me había llamado especialmente la atención el sentimiento religioso, ese fervor católico de que algunos compañeros de Internado hacían burla, como si se tratara de un mundo totalmente ajeno a ellos.

Los cinco minutos siguientes nos dedicamos más a englutir que a hablar. Todo aquello que había en la mesa estaba riquísimo. La miga del pan, suculenta y sabrosa. La leche de cabra, espumosa y tibia como una nube de fresa y caramelo. Y la compota de manzana para untar en el pan, tan deliciosa que daban ganas de chupar la cucharilla con que me había servido. El instinto me decía, no obstante, que no convenía mostrarse demasiado glotón; así que mastiqué de forma comedida y pausada, como si dispusiera de todo el tiempo para ello, como si ya nunca más fuera a sonar el timbre que nos recordaba que había llegado el momento de formar filas en el patio para entrar en las respectivas aulas.

Pedro no dejó de saborear su buena taza de café, y aun repitió, pero al cabo terminó levantándose, con la excusa de que el sol ya se había puesto donde él quería y que había llegado la hora de marcharse. Estrechó la mano del anfitrión, del ama y de su sobrina, y a mí me balanceó un momento con ambas manos puestas en mis hombros, como si pretendiera estrujarme, y me deseó buena suerte. Luego le preguntó a tía Luciana si tenía posibilidades de encontrar a su tía en su casa, y ésta le respondió que probablemente sí, no tenía más que tocar a la puerta para averiguarlo. El sobrino sonrió una vez más y se fue con pasos vacilantes, un tanto danzarines, hacia la puerta. El perro se había levantado de golpe y corría, con las orejas enhiestas y la ansiedad en la mirada, hacia la salida, pendiente de la mano que había de tomar el picaporte para empujar. Cuando esto ocurrió, salimos todos afuera, incluso el señor Alfredo, que había sido el último en levantarse y parecía que no las tenía todas consigo. Pero antes de que pudiera llegar el sobrino a ella, fue la tía Clara quien llegó a él, pues en un pueblo las novedades no corren, sino que vuelan, y no aprendía alguien una cosa nueva, cuando ya todos los demás estaban al corriente, como si el mensajero hubiera sido el mismísimo aire, que no dejaba hueco donde comunicar sus sorprendentes noticias.

Vimos acercarse a una señora rellena, toda vestida de negro, con un pañuelo en la cabeza, donde asomaban mechones grises, y un vestido largo, como una saya de las que se ven en las fotos antiguas y pinturas. Era la tía Clara, la panadera.

El sobrino ya extendía los brazos, dispuesto a recibirla; pero asistimos a una escena cómica, porque la mujer dijo:

—Aparta, a ti ya te conozco.

Y poniendo los ojos en mí, se me acercó con alegría inconmensurable. La tía Clara extendió, a su vez, los brazos para acogerme en ellos:

—¡Ven aquí, criatura! —exclamó—. Eres aún más guapo de lo que me habían dicho —y me estrujó entre sus carnes, casi me asfixia.

Por el rabillo del ojo vi que Paulina hacía esfuerzos por contener la risa.

—En fin —protestó Pedro—, que el sobrino soy yo, y no ése.

—¡Ése, ése! ¿Cómo te atreves? —replicó la tía, al tiempo que se había enderezado y me arreglaba la chaqueta con manos bastotas, como si estuviera limpiando el polvo de las encimeras.

—Le ha encantado el pan que habías preparado, doy fe de ello —señaló Alfredo, dando un paso al frente, pues se había mantenido hasta entonces un poco rezagado.

—¡Lo sabía! ¡Lo sabía! ¿Te han gustado los bollos que he preparado especialmente para ti? —La mujer me había cogido la barbilla con sus dedos cortos y gruesos. Es un gesto que detesto (peor aún, no lo soporto); pero no podía decir nada.

—Sí, me han gustado mucho los bollos que había en la mesa. Y el pan también.

—¡Lo sabía! ¡Lo sabía!

Por fin se decidió a soltarme la barbilla.

El perro se puso a ladrar. A lo lejos, un carro rojo tirado por un tractor. Y dentro de ese carro, ramas, leña, troncos...

Miel se alejó del grupo en dirección del carro rojo tirado por aquel tractor gigante, provisto de cabina y de chimenea en el capó. Yo estaba fascinado. No me había dado cuenta de que tía Clara se había puesto a hablar y hablar. Alfredo asentía con la cabeza, tía Luciana meneaba también la cabeza de arriba abajo. A veces trataba de meter la cuchara, pero la otra no le dejaba: quería todo el discurso para ella sola. Y tal vez, tal vez, ninguno de los que allí estábamos la escuchábamos. Su sobrino iba arrugando el ceño conforme pasaban los minutos.

—¿Eso es todo, tía? —preguntó con sorna cuando ésta se hubo dado un segundo de respiro.

—¡Pues claro que no es todo! —gritó la mujer—. ¡Eh, tú! ¡A ver cuándo me arreglas el grifo del patio, que estoy sin poder regar las plantas!

—Pero si yo no soy fontanero...

—¿Y no eres un hombre...? ¿Y no eres un hombre con maña...? A los hombres que no tienen maña no los quiero, esos no sirven ni para encender el fuego de la chimenea. ¡Espabilado! Tú a lo que vienes cada vez es a darme sablazos con tu hambre de oso, mejor dicho, de gorila.

—¿Gorila, yo...? —el sobrino se sintió ofendido.

—Digo que tú comes como un gorila. Más aún, como dos gorilas juntos.

—Y no se olvide del oso, ¿eh? —saltó Paulina, que estaba a punto de reventar de risa.

La tía la miró con mala cara; pero amagó el enfado y se puso a hablar de otra cosa... Las lluvias, el buen tiempo, ¡ah, sí!, el otro día granizó, ¿no te acuerdas?; cayeron chuzos, hijo mío, chuzos... Temí que volviera a cogerme la barbilla; pero por fortuna se contentó con ponerme un mechón del flequillo en su sitio, que se había despeinado.

Tía Clara, aparte de cocinar estupendamente, y de saber sacar del horno las mejores delicias en forma de pan, pastelitos y bollos, hablaba y hablaba, como si en su casa no hubiera radio que escuchar o vecina con quien cotillear.

De repente me entró una curiosidad.

—¿Por qué lo llaman El Barro?

—¿Por qué...? Pues porque cuando llueve hay barro, mucho barro, digamos que solo hay barro en las calles. ¡Vaya pregunta! —gritó Paulina, con cuya respuesta había dejado a todo el mundo boquiabierto.

Finalmente, Pedro se fue —esta vez sí que sí— hacia su coche, dispuesto a arrancar, y el perro Miel regresó con nosotros. El tractor con cabina se había parado unas cuantas casas más allá. Había bajado un hombre vestido a lo castizo: con pantalones de pana y chaqueta de pana y se disponía, al parecer, a llamar a sus hijos para que le echaran una mano.

—¡Eh, vosotros! —le oímos decir.

—Ése es Manuel —me informó Alfredo, que se había dado cuenta de que yo me había fijado en él—. Cría pavos, y también tiene una burra y hasta un par de vacas. Pero no le pidas nada, te dirá que los tiempos son duros, durísimos.

Paulina se reía otra vez. Tenía la impresión de que cada vez que le mencionaban alguien del pueblo se reía, como si de todos se estuviera burlando, empezando por ella misma. No me caía antipática; pero temí que la llamaran insolente en cualquier momento, y a lo mejor su tía se lo echaría en cara aquella misma tarde, cuando estuvieran solas en la cocina.

«¡Tanto peor!», me dije, encogiéndome de hombros. Aquella gente que se había reunido conmigo me parecía pintoresca; un tanto baturrica, pero (esto era algo que ponía cada vez menos en duda) de buen corazón y fondo sincero.

El tal Manuel reparó, por último, en nosotros y vino a darnos los buenos días.

—¿Y éste...? —preguntó echándome una larga ojeada.

—¡Es el nuevo recluta! —gritó Pedro, que todavía no se había subido en el coche, aunque estaba a punto de hacerlo.

—¿Pero tú no te ibas? —gritó su tía.

—Éste es mi pupilo, o, por así decirlo, el nuevo de la casa —aclaró Alfredo mientras ponía una mano en mi hombro.

—¡Ah, ya entiendo, asuntos de familia!

—La familia crece —apuntó tía Luciana—. ¡Es lógico que crezcan las familias! Si no, el mundo se acabaría en cuatro días.

«Ya está, dije para mis adentros, los mayores se han puesto a hablar todos al mismo tiempo. A partir de ahora no habrá quien los entienda».

Capítulo 3

Por la tarde, después de comer, tuvimos una visita. El padre del señor Alfredo se llamaba Fernando, vivía en Hellín, y acudía con frecuencia a El Barro. Como su hijo, era viudo desde hacía un porrón de años. Había sido en otros tiempos militar de grado y galones, hasta que le llegó la hora de la jubilación y desde entonces se dedicaba a pasear de aquí para allá, siempre «malmetiendo», como me dijo a sus espaldas tía Luciana.

Llegó en un 4x4 conducido por él mismo. Un vehículo para la caza, con el guardabarros y las llantas tan sucias que hubiera podido crecer la hierba allí. De buenas a primeras, supe que no me caería bien. ¡Siempre, hasta en las historias con final feliz, hay malos que rondan y amenazan con romper el frágil equilibrio de los héroes de ficción! Mi enemigo sería, me dije, el señor Fernando. Lo vi salir del vehículo cojeando de una pierna, con un bastón de color marfil, pantalones a rayas oscuras y un abrigo tieso de color marrón, las solapas levantadas. Estaba a mitad calvo, y los cabellos que aún conservaba eran de un gris ceniciento. Usaba lentes de montura dorada, brillantes con el fuego de la tarde, cuyos rayos deslumbraban en la superficie irisada del depósito de agua.

El señor Alfredo fue, solícito, a prestarle ayuda. El anciano se apoyaba en su hombro y ya, antes de llegar al primer escalón, echaba pestes. «¡Ah, maldito sea este lugar! ¿Por qué no te vienes a vivir a Hellín conmigo, donde hay de todo, hasta un hospital hay?» En cambio, ¿qué había en El Barro? Aparte de cabras, tierra, polvo y gallinas... Interrumpió su discurso ponzoñoso para echarme una ojeada. Yo me había asomado, tímido, a la rendija de la puerta. Pero el anciano tenía buena vista, o no tan mala que no pudiera verme.

—¡Eh, tú! —Blandió el garrote—. ¡Granuja! Tienes suerte de que no pueda alcanzarte —Se volvió, furioso, hacia su hijo —. ¿En esto malgastas tu dinero y tu tiempo, eh? ¡Ah, dichosas manías religiosas! Si tanto presumes de ayudar al prójimo, ¿por qué no te metiste a sacerdote, eh? Pero para los señoritos como tú es más fácil ganarse el cielo a última hora, así el esfuerzo se divide por tres o por cuatro, ¿eh? Mientras son jóvenes solo piensan en divertirse. Lo de salvar almas será para después, ¿eh, mi querido hijo? No te llamo hipócrita porque hay gente delante y no es cuestión de dar el espectáculo, que si no...

—Ya hemos hablado suficientemente de todo eso, papá.

El señor Alfredo tosía, agachaba la cabeza, se había puesto colorado hasta donde le abultaba la nuez. Pero su padre no veía otra cosa que su cólera y me miraba con rabia contenida; apostaba que me echaba a mí la culpa de todos los males inventados y reales. Confuso, me volví adentro, buscando el refugio de las faldas de tía Luciana o de Paulina, aunque ésta no usaba falda, sino pantalones vaqueros, con cinturón y todo, que lo había visto.

Tac, tac, el viejo golpeaba los baldosines con su garrote de marfil. Retumbaban por toda la casa como si el cuco del reloj de pared se hubiera desquiciado y puesto a dar las horas a deshoras.

Tac, tac, el ruido me perseguía hasta la cocina.

Lo primero que hizo, nada más entrar, fue dejarse caer en una silla, cual un saco de habas que alguien arroja al granero sin miramientos. Las patas de madera crujieron, el respaldo se puso más tenso de lo que ya estaba de por sí. Echó una mirada circular y dijo entre dientes:

—Como vea al perro, lo echo de un puntapié.

Miró por debajo de la mesa, inclinando el cuerpo para ello. Pero Miel, que conocía a las personas mejor que ellas se conocen a sí mismas, se habría escabullido en algún rincón del patio.

Tía Luciana, que estaba presente, disimulaba mal su cólera.

—A ver, ¿qué le ha pasado, buen hombre?

—¿Que qué me ha pasado...?

Y a continuación contó el suceso, al cual no presté demasiada atención. Hablaba casi tanto y con tanta prisa como tía Clara. Y resulta que cuando alguien se expresa de forma rápida, no sé por qué, desconecto y ya no escucho nada. Con todo, me pareció que hacía alusión al malencuentro con alguien en un bar de su pueblo, a la hora —creo— en que los ancianos apuestan algunos cuartos con las cartas o el dominó.

El señor Fernando acudía todas las tardes al mismo establecimiento, a echar una partidilla. Y si acaso había contrariedades, ¿de quién sería la culpa...? De Miel, o de su hijo Alfredo, o de mí, que acababa de llegar y era nuevo en la familia.

Paulina no estaba presente entonces: había ido a reunirse con sus amigas, como siempre hacía. Pronto averigüé que aquel régimen era lo normal. Las tardes eran para ella, mientras que las mañanas las consagraba a echar una mano a su tía en la cocina o en el gallinero. Incluso ayudaba en el huerto, aunque también supe que ése era el espacio preferido de don Alfredo.

¿Y qué había ocurrido en el establecimiento de don Fernando ese mismo día...?

—Fulano de tal ha ganado todas las partidas, pero ¿cómo las ha ganado? ¡Haciendo trampas! Poned atención a lo que os digo: ¿cómo ganaba las partidas Fulano de tal? ¡Haciendo trampas! Si lo sabré yo, que lo he pillado in fraganti —el señor Fernando parecía tan rabioso que hasta bebía el café con dificultad, con sorbos largos que se resistían a pasar por la garganta.

—Pues si lo has visto y estás seguro de lo que afirmas, tenías que haberlo denunciado —sentenció el hijo, cruzándose de brazos.

—¿Denunciarlo yo...? ¿Qué disparate es ése? ¡Yo no denuncio a nadie, ni siquiera denunciaría a mi propia sombra! —En el colmo de la indignación, terminó de apurar la taza; pero el líquido aún estaba muy caliente y casi le abrasa la lengua.

Permaneció en casa un buen rato; pero al fin se hubo de marchar porque anochecía, y aunque el trayecto era corto, amenazaba lluvia y por las noches, en esas carreteras con tramos sin asfaltar, repletas de baches, podía aparecer de todo, desde animales hasta duendes o fantasmas. Que él no era supersticioso, pero una cosa era la mojigatería y otra, la prudencia. Y él era, sobre todo, prudente. Alfredo lo miraba con cierta impaciencia, mientras su padre terminaba de ponerse el abrigo y ya se dirigía a la puerta. No paraba de hablar. Cogió el garrote de marfil y me miró fijo a los ojos, ambas cosas a la vez, como si su garrote y mi presencia estuvieran extrañamente asociados en su cerebro.

—Niño —comenzó diciendo mientras meneaba la cabeza—, cuando seas adulto, lo comprenderás. Esto es mejor que un

Internado, desde luego —señaló, extendiendo los brazos y echando una rápida ojeada a las paredes—, pero no te pienses que mucho mejor. Aquí hay, mi hijo lo corroborará, mucha tarea pendiente, mucho trabajo por hacer, muchas horas que consagrar a la faena, ¿me entiendes? ¡Hala!, dame la mano, creo que nos llevaremos bien.

«¿Por qué había cambiado tanto su manera de hablar?, me pregunté, anonadado. ¿Le habría caído en gracia de repente?». Extendí el brazo y el viejo me apretó tanto la mano que cuando me soltó aún temblaba de pies a cabeza. Lo odié. Sabía que no me había equivocado: don Fernando se había convertido en mi peor enemigo. ¡Así era la vida, no hay paraíso sin serpiente!, pensé. Lo de la serpiente era una idea que muy bien hubiera podido ocurrírsele a nuestro profesor de religión, allá en el Internado.

Con un poco de suerte, no volvería nunca más; me quedaría a vivir en casa del señor Alfredo, a pesar de su padre, y a pesar de todos los inconvenientes del mundo...

Apenas se había marchado el viejo, cuando apareció la joven. Nada más entrar en la cocina, nos dijo:

—No me digáis nada. Me he cruzado con él en la carretera.

—¿Y estaba contento? —preguntó, con ironía, tía Luciana.

—Si estar contento equivale a no refunfuñar durante cinco minutos, pues sí, parecía bastante contento. Bajó la ventanilla del coche y sacó el brazo afuera para saludarme.

—Supongo que responderías al saludo; porque si no, lo tienes de vuelta echando chispas por los ojos y llamaradas por la boca.

Don Alfredo se había metido en su despacho. Era un sitio a

donde no había entrado aún, así que la curiosidad me provocaba comezones y ganas de morderme las uñas.

Tía Luciana preparaba la cena, y para ello lavaba y cortaba las habas, que eran un buen montón, puestas sobre la mesa. Sin decir nada, su sobrina se puso a hacer lo mismo. Y a mí me ordenaron ir a mi cuarto a sacar la ropa del macuto y poner las cosas en orden.

Me fui, despacito, hacia las escaleras. Hubiera querido que Miel me acompañara en aquella nueva aventura; pero no creía que le hubieran dado permiso para subir a los cuartos superiores. Justo antes de tomar el primer tramo, en el vestíbulo, vi una rendija de luz acostada en el suelo. Era el despacho de don Alfredo. Me acerqué, sigiloso, y apliqué el oído a la madera. Me pareció oír un extraño ruido gutural, como si fuera un hipo, pero más ronco. ¿Se estaría sonando la nariz? ¿Hablaba consigo mismo en voz tan baja que ni siquiera los seres de ultratumba podían oírla?

Me asomé por el agujero de la cerradura y creí percibir muebles oscuros y angulosos, sombras alargadas, un candelabro de plata, las cortinas echadas de terciopelo rojo, el reposabrazos de un sillón... Y un hombre que andaba de aquí para allá, con las manos echadas en la cara... Estaba... ¡Llorando!

Me alejé de la puerta en seguida y subí de dos en dos peldaños las escaleras, que, por desgracia, eran bastante ruidosas.

Mi cuarto estaba al fondo, era el más pequeño de todos. La ventana daba al patio de atrás, donde estaban las cabras y gallinas. Di la luz y me arrojé a la cama de un salto. Quería asegurarme de que los muelles no me iban a fallar aquella noche, la primera que pasaba allí.

Luego me di la vuelta y eché un vistazo perezoso al saco que había en un rincón, junto al armario. De ahí tenía que sacar mis ropas, mis pobres pertenencias, mis recuerdos de los años que había pasado en el Internado. En su conjunto, no habían sido del todo felices ni del todo infelices; como suele decirse, había habido de todo un poco, rachas de buena suerte y rachas en las que uno se pregunta qué broma era esa de mal gusto el haber nacido un día.

De todas formas, no hubiera estado bien el sentir nostalgia por un lugar en el que encierran a los niños y adonde nadie quiere ir. ¡Debería sentirme más bien afortunado!

¿Por qué lloraba don Alfredo?, me pregunté de pronto. Sería por cómo se había portado su padre con él, y a la vista de todo el mundo. Un padre que se complacía humillando a los demás, especialmente a sus propios hijos... ¡Uf!, menos mal que el mío no se sabía ni quién era.

Si hubiera tenido un padre como el señor Fernando, hubiera llorado de rabia y desesperación, tal y como había hecho el señor Alfredo hacía un momento. Estaba solo y creía que nadie lo veía... Aunque, pensándolo mejor, no lloraba por eso, sino porque se había endeudado mucho y había recibido una carta en la que le anunciaban el embargo de la casa. O bien, lloraba porque ahora estaba arrepentido de haberme traído a su casa y no sabía cómo decirme que sería necesario volverme a llevar al Internado.

Sin saber qué pensar, me di la vuelta en la cama y coloqué los brazos bajo mi cabeza, encima de la almohada. En el centro del techo había una estupenda luz con pantalla de cristal ahumado.

Capítulo 4

Contrariamente a lo que había supuesto, al señor Fernando se le vio poco en la casa de su hijo; no acudía a verlo con la frecuencia que yo había temido, y sin duda el propio Alfredo temería. Tampoco averigüé, al menos en los días inmediatos, la causa de su zozobra, al encerrarse en su despacho para lamentarse de yo no sabía qué desgracias. Me pareció que en aquel mi nuevo hogar había puntos de misterio, zonas de sombra en las que era imposible discernir el quid de la cuestión. Mi naturaleza curiosa me animaba a investigar; pero me dije que no podía permitirme falsos pasos, el recuerdo del Internado persistía aún demasiado caliente en mi memoria, y no era mi intención dar motivos para que me obligaran a dar media vuelta.

La rutina no tardó en instalarse en mi vida, tras los ajetreos de la novedad. El primer lunes de la semana me llevaron a Hellín, «a buscar en alguna tienda algo decente que ponerme», dijo tía Luciana, a quien le ponía de mal humor que por un motivo u otro alguien la sacara de su querido pueblo. Después Paulina me mostró algunos quehaceres, alegando que la ociosidad era mortal en las zonas rurales, se necesitaba acometer alguna actividad, poco importaba la que eligiéramos, para dar un sentido a las horas y poder combatir el aburrimiento. Y la serie de tareas que me encomendó estaban todas relacionadas con el corral: llenar los depósitos de alimentos y de agua para los animales, vigilar que no le faltara su comida a Miel, limpiar de vez en cuando el gallinero y las madrigueras donde estaban los conejos. No iba a hacer todo eso yo solo, aclaró en seguida. Se trataba más bien de echar una mano, colaborar, justificar (terminó diciendo, con una risa espantosa que le salió de lo más profundo de la garganta) los huevos salteados con tocino que me ponían en el desayuno.

En aquella casa se comía bien y mucho. Nunca faltaba carne, de ternera, de pollo, de cordero... Carne con patatas, judías, habas blancas, garbanzos y acelgas... Tía Luciana cocinaba a la perfección, y pronto me acostumbré a la generosidad con que sazonaba los platos, a veces se pasaba de sal. Y siempre se pasaba de cantidad; alegaba que cuanto más comiera, más pronto crecería y me pondría a competir con la altura del señor Alfredo, quien, de todos los que estábamos en la mesa, era el que menos englutía y el que más acudía al auxilio de la fruta para evitar ardores de estómago y digestiones difíciles.

Cierto día me puse enfermo: maldecía del pescado frito que tía Luciana me había hecho tragar, quieras que no quieras. Y como no acudiera a la faena, que en esa ocasión consistía en mover la paja para ponerla en otro lugar, cargándola a grandes paletadas en una carretilla con que la iríamos transportando, salió a buscarme Paulina, y me encontró sentado a la puerta principal, sobre una piedra grande que estaba a un paso de la carretera. Me notó con las manos en la barriga, presa de retortijones. Me sudaba la frente. Se me había puesto la cara tan blanca como una sábana. Los labios estaban lívidos y las mejillas ajadas, faltas de color y tan marchitas como las lindas flores en el mes de septiembre.

—¿Y eso, chiquillo...?

—¡Ay! —acerté a decir, viéndome ya a un paso del sepulcro.

—¡Bobadas! —exclamó, y dio media vuelta, dejándome solo en un camino donde, aparte de los animales de otras granjas, no podía esperar auxilio alguno.

Al cabo de cinco minutos regresó con un tazón caliente en las manos. Me explicó que se trataba de una infusión de «finas hierbas» con miel, y que era mi obligación beberla sin rechistar, si lo que quería era ponerme bueno.

A mí me gustaba el régimen de vida que me habían propuesto: actividades físicas, charloteo, comidillas, buenas siestas y los platos a rebosar, con la sopera humeante en el centro de la mesa. A tía Luciana y a Paulina las veía especialmente por las mañanas. A Alfredo lo veía después de la sobremesa y también a la hora de comer y de cenar. Pasaba muchas horas encerrado en su despacho y siempre que se ausentaba era por un imprevisto. Una vez tardó dos días con sus noches en regresar. Cuando se presentaba la ocasión de dialogar con él se mostraba afable, tan interesado por mi vida pasada en el Internado como por la actual, en su propia casa. No me aclaraba los términos de una posible adopción ni tampoco expresaba disgusto o malestar a causa de mi presencia, o alguna que otra queja por mis travesuras, las cuales, dicho sea de paso, se podían contar con los dedos de una mano. De modo que estaba algo indeciso, no sabía qué pensaba ese buen hombre de mí, qué plan había proyectado sobre mi futuro, si viviría en su casa durante una buena temporada o, más bien, mi estancia allí sería definitiva. O, al menos, hasta que me creciera la barba y me llamaran a filas en el ejército.

Con todo, la confianza iba abriéndose camino. Por mi alegría innata, que la tenía, y mucha, aquella casa se fue llenando de luz, de ruidos, de saltos y carreras con Miel, el cual se había convertido muy pronto en mi compañero inseparable de aventuras. Y esta buena confianza hizo posible que Alfredo me invitara a pasar a su despacho. Había tardado más de una semana, desde mi llegada, en poner los pies en esa pieza situada en la planta baja, al lado del vestíbulo. Era amplia y cuadrada, con cortinas rojas y muebles antiguos. Las primeras, altas como los telones de un teatro. Los segundos, de madera brillante y oscura, y dorados metálicos en cada uno de los tiradores de los cajones, que eran infinitos. Vi vitrinas, armarios, una mesita redonda, estilo oriental, para tomar el té, y una mesa grande de despacho, justo delante de las cortinas.

El señor Alfredo acostumbraba mostrarse siempre de buen humor, con sonrisa amplia y mirada afable, un brillo de complicidad en las pupilas de un gris oscuro. Le rodeaban los ojos esas arrugas que llaman «patas de gallo».

—Y bien —empezó diciendo—, ¿estás contento aquí?, ¿no echas demasiado de menos el colegio? Pero no te quedes ahí pasmado; ven a sentarte conmigo.

Me ofrecía una silla próxima a la mesa despacho. Al dar dos pasos advertí que bajo mis pies había una alfombra espesa de color rojo, con arabescos de muchos colores. Me instalé junto a él, que seguía sentado a pesar de mi presencia. En las manos llevaba un libro de tapas duras y oscuras. Me fijé un poco y vi que se trataba de un devocionario, o de un libro de oraciones, de esos que tanto abundaban en los cajones de la sacristía, en la iglesia del Internado. Lo colocó en un borde de la mesa y puso las manos sobre las rodillas, como si se dispusiera a confesarme.

—Pues no, no echo de menos el colegio. Aquí hay pocos niños; para ser más exactos, no hay ninguno. Pero me da igual; juego con el perro y con las gallinas; y hay muchas tareas pendientes. Paulina y tía Luciana siempre me están enviando de aquí para allá.

—¿Y no te gusta?

—Psss...

—Verás, en El Barro sí que hay niños; solo que están todos en la escuela.

—La escuela... ¿Qué escuela? He recorrido todas las calles de este pueblo y no he visto ninguna.

—No está aquí; está en Ayna. Todas las mañanas un vehículo pasa a recogerlos y los lleva a la escuela. Por la tarde los trae de vuelta a casa.

—¿Y cómo no me he enterado...?

—Acabas de llegar. La novedad te ocupaba los sentidos, así que no veías otra cosa que cabras, gallinas y el perro Miel. Además, las dos mujeres de esta casa te han dado bastante distracción. Entonces, ¿estás contento de vivir aquí con nosotros?

—Mucho, tío Alfredo.

—Me complace oírte decir: «tío» Alfredo. ¿Por qué no? Si todo sucede según lo previsto, en un par de meses cambiarás tus apellidos. Ya no te llamarás... ¿Qué fue lo que dijiste...?

—García García.

—Una vez cumplidos los trámites de las burocracias, ya sabes, juzgados y demás, pasarás a apellidarte «Martínez Honrrubia».

—¿Quiere esto decir...?

—Que serás adoptado por mí. Si estás de acuerdo, claro,

claro.

—¿Y no volveré nunca más al Internado?

—No. Nunca más.

—Entonces, ¿me he portado bien?

—Muy bien. Es natural que hagas travesuras. Un niño sano hace travesuras; de lo contrario, estaría enfermo. Y tú no lo estás, a juzgar por el apetito que demuestras y por lo mucho que corres con Miel, de lo cual me alegro sobremanera.

—¡Hurra!

Pese al cúmulo de buenas noticias y la actitud afable de aquel hombre, con un tono de voz capaz de sosegar a las fieras, dudaba de mi buena estrella, temía alguna malaventura amagada en el fondo del trastero, a punto de saltar. Sólo esperaba para ello que yo me confiara en exceso, y así me pillaría desprevenido. A decir verdad, no encontraba motivos para la desconfianza. ¡El señor Alfredo estaba siendo tan bueno conmigo...! Se volvió para recuperar el tomo que había dejado sobre la mesa y, poniéndolo encima de su regazo, me preguntó:

—Dime, ¿qué tal van tus relaciones con Dios?

—¿Qué quiere decir?

—¿Rezas todos los días antes de acostarte?

—Sí que rezo, dos padres nuestros y un ave maría.

—¿Y no echas de menos la misa de los domingos?

—¿Iremos este domingo a misa?

—Sí que iremos, por supuesto que iremos. ¿Te gusta ir a misa?

—¡Me encanta! —era la primera vez que le mentía.

—Sé sincero, por favor.

—Bueno, no mucho. En realidad, me aburro bastante.

—¿Te aburres en la iglesia?

—Sí.

—Es normal, es normal. A veces el cura habla en Latín, ¿lo sabías?

—¡Ah!

Don Alfredo abrió el devocionario por la mitad y leyó en voz alta:

No me mueve, mi Dios, para quererte
el cielo que me tienes prometido,
ni me mueve el infierno tan temido
para dejar por eso de ofenderte.

Tú me mueves, Señor, muéveme el verte
clavado en una cruz y escarnecido,
muéveme ver tu cuerpo tan herido,
muévenme tus afrentas y tu muerte.

Muéveme, en fin, tu amor, y en tal manera,
que aunque no hubiera cielo, yo te amara,
y aunque no hubiera infierno, te temiera.

No me tienes que dar porque te quiera,
pues aunque lo que espero no esperara,
lo mismo que te quiero te quisiera.

—¿Qué te parece? ¿Lo conocías?

—Es una oración muy bonita —dije, un tanto aturdido.

Don Alfredo leía muy bien, con una voz algo ronca, pero

susurrante, que había embriagado mi espíritu.

—No es una oración, sino un soneto —replicó en voz baja, cerrando de nuevo el libro—. Y se desconoce quién fue el autor. Muchas veces los libros dan respuesta a cualquier enigma que se plantee. Escoges uno, el que prefieras, lo abres por la mitad, o por la primera página que se te ocurra, y ahí está, en alguna línea o en alguno de los párrafos, la respuesta que andabas buscando.

No le había entendido muy bien. Entendí que si de pronto te surgía alguna duda, bastaba con abrir cualquier libro en cualquier página, y ahí estaba la respuesta. ¡El azar se encargaba de darte una salida! Me costaba creerle, pero me lo dijo con tanta convicción y serenidad de espíritu, que no me atreví a replicar nada, sino que me limité a bajar la cabeza, buscando en la punta de sus zapatos negros, untados con betún, el hilo roto de mis pensamientos.

—¡Ah!, otra cosa —añadió con sonrisa imperturbable—, vete preparando, porque el lunes vuelves a la escuela.

—¿A la escuela...? —me puse lívido.

—Sí, me refiero a la escuela de Ayna. Rectifico, como tú ya eres un poco mayorcito, para ti será «colegio». El director te ha aceptado sin haber puesto ningún inconveniente. Después de haberme oído contar tu historia, en fin, la historia del Internado, y de saber que a partir de ahora yo me encargo de ti, ha decidido, me dijo, buscarte un huequecito en una de las muchas clases que hay en su establecimiento.

Capítulo 5

El lunes me levanté temprano, pero estaba tan impaciente que apenas había pegado ojo durante la noche. El tic-tac del despertador me hizo compañía hasta mucho tiempo después de que dejaran de oírse los cantos de los gallos, el mugido de las vacas y el balar de los corderos.

Tía Luciana se aseguró de que me lavaba, me peinaba y me vestía correctamente, con la ropa nueva que me habían comprado la semana pasada. El desayuno fue más ligero que de costumbre. En la flamante cartera de cuero marrón habíamos metido los cuadernos y un estuche. Los libros me los entregarían en el mismo centro en cuanto me presentase a la intendencia.

Don Alfredo abandonó su despacho para estrecharme la mano y darme algunos consejos acerca de la buena conducta que era de esperar de un niño criado en El Barro, como dijo, no acerté a colegir con qué secretas intenciones.

Fuimos Paulina y yo a la plaza del pueblo, que estaba a un paso. Aparte de la iglesia, toda chata y robusta como un cobertizo, solo que de piedra, había una fuente donde manaba continuamente agua, y el ruido que provocaba invitaba a soñar, no con la escuela, sino con los largos y cálidos meses de estío. El agua era límpida, en el fondo había piedrecillas de río, planas y repletas de colorido, como la piel de los peces, que es toda ella reflejos. Algunos pinos altos y frondosos en la parte más elevada del árbol daban sombra a las ventanas con rejas de las casas colindantes, y el suelo estaba empedrado, con dura piedra rojiza, como de hueso de jamón. Pensé que si acaso caía ahí de rodillas, me las iba a destrozar; no era como el campo de arena donde echábamos partidos de fútbol en el Internado. Allí uno podía caerse sin lastimarse apenas; en cambio, en este suelo empedrado que recordaba la osatura de un jamón, todo hubiera sido calamitoso en caso de tropiezo.

A los pocos minutos de estar allí surgió de una calle que subía una pareja compuesta por una mujer enérgica, de fuertes brazos, y un hombrecito, de mi edad acaso, con la cartera a la espalda y una gorra que le tapaba las orejas, la frente y los ojos. Se me quedó mirando, extrañadísimo de encontrar a uno del colegio allí.

Paulina me había traído de la mano. Así que me la soltó en cuanto los vio asomar.

—¡Ah, Encarnación! ¿Cómo está usted? —gritó, aunque no hubiera sido necesario alzar la voz.

—¡Pues así, así! ¡Tirando a regular! ¿Y cómo íbamos a andar, si no? —gritó, a su vez, la otra.

Cuando se encontraron las dos mujeres se estrecharon las manos. Y luego bajaron las miradas hacia donde nos hallábamos, en tanto que nosotros evaluábamos en obstinado silencio si en adelante podríamos contar con relaciones de paz o, ¡ojalá y nos equivocáramos!, relaciones de guerra.

—¿Y éste...? —preguntó la señora Encarnación.

—Un sobrino o no sé, todavía es demasiado pronto para averiguarlo, un hijo nuevo que le ha salido a don Alfredo.

—¿Y eso...?

—Ya ves, lo sacó del Internado y se lo trajo a su casa, a que nosotras lo criáramos.

—¿El Internado de la capital?

—El mismo.

—Allí mandaron hace unos años al hijo de mi prima Raquel. Salió hecho más sinvergüenza de lo que ya era.

—Pues con éste ocurrirá lo contrario: En el Internado no era ningún sinvergüenza, y aquí, por obra de la varita mágica, se hará un sinvergüenza de tomo y lomo. Un bandolero, eso es lo que llegará a ser. ¿Eh, pobre diablo?

Me dio un pescozón. De ordinario, Paulina no hablaba de aquella manera. Pero como estaba lejos de la presencia de su tía y de la del señor Alfredo, se permitía ciertas licencias lingüísticas que en otro lugar y ante otras personas...

—¿Bromeas...?

—¡Para chistes estoy yo! Ahora me va a tocar madrugar de lunes a viernes para traer a éste aquí y que vengan a recogerlo.

—¿No sabe venir él solito?

—¿Y tú, no haces lo mismo con tu vástago?

—A mí no me cuesta nada traerlo aquí. No es eso lo que me causa disgustos en la vida.

—Ni a mí tampoco. Ya madrugaba antes de que llegara éste —me dio otro pescozón.

Por mi parte, empecé a cogerle manía. ¡Con lo bien que me había caído al principio la sobrina de tía Luciana! Me pareció advertir en la cara redonda de aquél una sonrisa burlona. Desconocía, quizás, que yo había estado en un Internado y que allí, por menos que eso, se liaba uno a tortas... Si lo hubiera sabido, no se hubiera reído de mí. Primera ofensa que le guardaba. Ya veríamos cuánto tardaba en llegar la segunda.

Las dos mujeres cambiaron sin que hubiese habido preaviso de por medio de tema de conversación: el disparatado tiempo, las gallinas, las fiestas mayores de Ayna, allá por finales de junio... «¡Ah, y qué bien luciste con tu vestido nuevo, picarona!», gritó en un momento dado no recuerdo cuál de las dos, o tal vez fueran las dos al mismo tiempo. En ese mismo instante, un perro flaco de patas largas atravesó la plaza con tanta prisa que parecía huir del diablo; pero pronto advertimos, aquel zagalote y yo, que no huía, sino que perseguía, y perseguía a un gato gordo y viejo que se puso al abrigo, como gato experimentado que era, con un salto que dio que lo puso en lo alto de una tapia. «¡Uf!», sentí que respiraba con alivio el otro niño. Y como descubriera por eso que seguramente adoraba los animales, decidí perdonarle los agravios que hasta entonces había cometido contra mí.

Al cabo se presentó el «transporte» que había de conducirnos hasta Ayna, a unos tres kilómetros de distancia. Era un tractor rojo, con cabina y chimenea, y remolque tan grande como dos mesas de pimpón. En este remolque había una valla de madera de pino, que hubiera retenido a una cabra o a una mula. Estaba lleno de troncos y utensilios de labranza. El conductor era un payés que usaba boina y todo lo que llevaba puesto era de pana, salvo la camisa a cuadros blancos y rojos. El hombre abrió la portezuela y de un salto se unió a nosotros para estrechar la mano de las dos señoras. No era mucho más alto que nosotros dos; en cambio, era macizo como un buen leño para hacer fuego con él, y tenía la piel trabajada por el sol, llena de arrugas, líneas en la frente y los puntos negros de la barba mal afeitada en las mejillas. Sus manos eran tan ásperas como el cáñamo. En fin, olía a cuadra, pero su olor no era desagradable, sino que causaba algo de repelús por lo inhabitual que me resultaba.

—¡Anda —exclamó con marcado acento rústico—, uno nuevo! ¡El pueblo crece! Para que luego digan que nos estamos quedando solos y que por estos andurriales no hay futuro, ¿eh?

—¿Cómo está usted, señor Federico? —preguntó doña Encarnación.

—Así, así... Hemos pasado rachas mejores.

—Ya, sobre todo cuando éramos jóvenes, ¿eh, señor Federico? —saltó Paulina con tono de guasa.

—¿Cuántos me echas, chiquilla?

—Cincuenta años por lo menos.

—Cuesta arriba, cuesta abajo, cincuenta y seis en marzo.

—¿En marzo del año que viene...?

—Claro, no va a ser en marzo del siglo que viene.

Risas.

—Pues no falta tanto para el siglo que viene. Veinticinco años, cuesta arriba, cuesta abajo, como usted dice.

Risas otra vez.

Se sucedieron las presentaciones. Se le comunicó al conductor lo que había de hacer (que ya lo sabía, por cierto). Y se le dijo, por último, que pasara a buscarnos en el cruce a eso de las cinco, cuando ya hubiesen finalizado las clases.

Nos metimos en la cabina. Había un asiento para dos; pero éramos tan poca cosa que seguro que cabríamos. Además, el niño, luego me enteré de que se llamaba Pedro, me caía cada vez más simpático; poseía un algo de introvertido y de tímido que lo hacía atractivo a mis ojos.

Después de las despedidas nos pusimos en marcha. La máquina hacía un ruido de mil demonios, y soltaba mucho humo, espeso y negro, por la chimenea del capó. Sobre todo, nada más arrancar. Las pesadas ruedas empezaban a girar, el remolque se movía como una loca negra en un baile de cubanos, y alcanzaba por fin la carretera, camino más bien pedregoso, con baches y agujeros como para marear a una avestruz.

Era tan divertido viajar así que nos entró la risa. El campesino hablaba por los codos y yo no podía escucharle porque me ocurre a menudo que soy incapaz de prestar atención a las personas que hablan demasiado rápido. Pedro me miraba por el rabillo del ojo, miraba también de frente, más allá del parabrisas, que estaba salpicado de barro seco en los bordes. El paisaje tenía un sabor como de regaliz, duro y dulce al mismo tiempo. El viento del norte peinaba suavemente las superficies espinosas de las plantas, matojos y matorrales, pimpollos de pinos y abedules. Había caminos de tierra que se perdían en lo más áspero e intrincado del llano, allí donde dejaba de haber labranza. Aparecían de cuando en cuando casuchas abandonadas, cobertizos abiertos de par en par por la acción inmisericorde del tiempo, graneros que habían perdido las puertas y ventanas y conservaban tan solo la fachada, o uno de los muros laterales. La sensación de abandono otorgaba magia al lugar. Era como si hubiésemos regresado a las épocas remotas y la máquina del tiempo hubiese sido en esta ocasión el tractor con cabina, chimenea y remolque parecido a una cuadra. Era maravilloso. Me sentía dichoso de estar allí, y no en el refectorio, tomando el desayuno con los otros internos mientras aguardábamos que sonara el timbre para entrar en las aulas.

El tractor tosió ronco una vez y se paró de golpe. Habíamos llegado a destino. Era una plaza, a las afueras de Ayna, donde pasaban algunos vehículos y los caminos se bifurcaban. Había una casita blanca a un lado de la carretera, con parra en las paredes y toldos. Sería un merendero, un lugar donde paraban los camioneros para tomar algún refrigerio antes de proseguir su ruta. Federico fue el primero en saltar a tierra, con sus manos bastas había empujado la compuerta. Después había dado la vuelta al tractor y nos había abierto a nosotros para que saltáramos.

—Chicos, estudiad mucho y bien, vosotros, que tenéis la oportunidad. No como yo, que ni siquiera la tuve. Cuando tenía vuestra edad, había que ir al campo a «echar una mano» —comentó sin amargura, con resignación más bien.

Pedro dio el primero el salto y yo no tuve más que seguirle. Por haber ido otras veces, conocía el camino de memoria. Dijimos «hasta luego» al buen hombre y continuamos en dirección del colegio, que se hallaba en lo alto de una pronunciada cuesta, bien entrado en el pueblo. Hubimos de andar como diez minutos antes de plantarnos frente a la reja del establecimiento. Pero no me importó, porque todo era nuevo para mí y así pude apreciar las rarezas y sinuosidades de Ayna, un pueblo que no era de la sierra, pero casi, porque a pocos kilómetros comenzaban las primeras estribaciones de la sierra de Alcaraz, al sur de la provincia de Albacete.

—En el colegio no hay portero a estas horas, la verja siempre está abierta —informó mi compañero, ya amigo, aunque todavía no hubiésemos sellado el pacto de los Sioux o cualquier otro ritual de uso y costumbre en el Internado de donde procedía. Seguro que no tardaría en presentarse la ocasión.

Lo primero que había que hacer era presentarse en la secretaría. Pedro me indicó con el brazo el camino, un pasillo muy largo, a la derecha, en tanto que él se iba al patio, a reunirse con los camaradas y contarles la nueva de mi llegada. ¡Con tal de que no hablase demasiado mal de mí! Estaba convencido de lo contrario; su palabra era la de un pueblerino, y los de pueblo, por lo común, poseen buen hablar.

Toqué con los nudillos, me dijeron desde el otro lado que pasara y me encontré en un despacho espacioso, ocupado por varias personas, cada una de ellas con mesas y estantes a su disposición. Les informé de quién era y uno de ellos exclamó: «¡Ah, sí!». Llamaron al conserje; el conserje me llevó al despacho del director; el director me comunicó cuál sería mi clase y me llevó a la sala de lectura; la bibliotecaria me entregó los libros; el conserje me llevó por un laberinto de pasillos y escaleras a una de las aulas, la de 4°C; tocó con los nudillos; gritaron desde el otro lado: «¡Adelante!»; y como entrara el conserje, seguido del director, que no se había despedido de mí aún, los alumnos se pusieron de pie de golpe, haciendo mucho ruido con el calzado y los pupitres, y el maestro dejó en suspenso la lección, que a juzgar por los garabatos de la pizarra, se refería a cuestiones peliagudas de Matemáticas o de Física y Química. El director carraspeó un poco antes de soltar su discurso, y aunque en ese discurso iba a ser yo el protagonista (aparte de las consabidas cuestiones del deber, la solidaridad y el compromiso), no escuché ni poco ni mucho, pues los nervios y el verme observado por aquella turbamulta impedían que pudiese reunir un poco de fuerzas para poder prestar atención. Busqué con la mirada, pero no hallé en las filas de pupitres la cabeza de mi amigo Pedro, a quien le había tocado estar en otra clase diferente a la mía. ¿Seríamos a partir de entonces rivales en los partidos de fútbol? «Te puedes sentar», dijo dos veces el director, pues la primera no la había oído a tiempo. Me quedé mirando, confuso, al maestro, y éste me indicó con la barbilla un sitio libre junto a la ventana, en mitad de las filas. Con la cartera nueva (repleta de libros igualmente nuevos), y mi traje también nuevo, que habíamos comprado en Hellín, me fui a ocupar mi asiento, que ya otros muchos niños habían ocupado antes que yo, y que más tarde ocuparían, sin lugar a dudas. La vida se parece a un gran relevo: en cuanto alguien pierde su plaza, enseguida aparece otra persona y ocupa inmediatamente su lugar, sin más mediaciones que las exigidas por las puras formalidades.

El director y el conserje abandonaron la sala.

El maestro esgrimía una expresión afable. Usaba bigote y era de altura mediana, con mucho pelo en la frente y hombros delicados. A no ser por el pecho liso, parecía que tuviera silueta de mujer. Era delicado en las formas y maneras y poseía, me dije, una mirada felina, nada desagradable, pero sí algo inquietante. Se presentó en voz alta: dijo que se llamaba Ángel y me deseó buena suerte para este año escolar, ya empezado desde hacía —hizo un somero cálculo— dos meses.

Temí que me obligara a presentarme a mi vez.

Por fortuna, cambió de tema; es decir, prosiguió con el tema con que estaban antes de mi irrupción. Y yo pude, a partir de ese momento, agachar la cabeza, buscar en la cartera los libros, el cuaderno y el estuche y, en fin, fingir que ponía atención a lo que se escribía en la pizarra, porque de eso, a fin de cuentas, se trataba.

Capítulo 6

Los días siguientes fueron complicados. Corrió muy pronto la voz de que yo procedía de la ciudad, peor aún, de un Internado, y prendieron como la mecha las antipatías, la desconfianza hacia mi persona. Alguien, uno que pertenecía a una clase superior a la mía, me desafió en forma de empujón. Hubo que apelar a los puños. Los puños me fallaron o, por mejor decir, no llegaron a la altura de lo esperado, y, con el beneplácito y el estruendo del corrillo, que jaleaba a su compañero, el tal me molió las costillas y le puso a mis espaldas más de un sambenito, los cuales terminaron por convertirse en cardenales. Intervino el vigilante. Visita al despacho del gerente. El gerente nos llevó al despacho del conserje. El conserje nos condujo al despacho del director y éste interrumpió una llamada telefónica para mirarnos de arriba abajo, insultarnos diciendo que éramos «camorristas» y soltarnos un soplamocos que consiguió espabilarnos del todo, si no lo estábamos ya lo suficientemente.

El incidente tuvo repercusiones en El Barro. Enterado del asunto don Alfredo, se lo comunicó a tía Luciana. Tía Luciana, que no estaba obligada a consultarlo con nadie, decidió tras somera reunión consigo misma, privarme de postre una semana entera. Y de paso amenazó con alimentarme cada noche, sin faltar ninguna, durante esa semana de castigo, con sopa de ajo, alimento que como todo el mundo sabe fue creado exclusivamente para castigar a los niños que no se portan bien en el colegio o que hacen trastadas dentro de casa. Decidí tomarme mi mal en paciencia, sabedor de que había obtenido más ventajas que inconvenientes, puesto que, pese a la derrota en la pelea, me había ganado fama de valiente y un respeto entre mis camaradas, quienes de buenas a primeras decidieron otorgarme el favor de su amistad. Aprecié, asimismo, el buen tacto demostrado por don Alfredo, pues en lugar de alzar el tono contra mí y encerrarme en su despacho, donde sin duda hubiese recibido una buena reprimenda, optó por delegar la misión del castigo al ama, más avezada que él en las cuestiones relativas a la crianza de niños.

Ahora que estaba al corriente de la presencia de otro niño en el pueblo, ya no aceptaba de buena gana que me guardaran en casa, realizando una labor tras otra. Me apetecía salir a la calle, reunirme con Pedro y pasar el rato juntos persiguiendo lagartijas, que salían, tímidas, al sol de la tarde en los muros. O bien trepar a los manzanos de la comarca, en busca de las últimas manzanas de la estación, las que se habían resistido a desprenderse de la rama. Pedro era un magnífico mediofondista, quiero decir que corría como un gamo y era tan ágil en trepar a lo alto de escombros de viviendas semiderruidas como en localizar agujeros de tapias, por donde colarse para ir a parar a un jardín medio desgreñado, si acaso los jardines gozan del privilegio de desgreñarse.

En verdad, que es muy divertido habitar en un pueblo tan abandonado. A nuestra edad, cualquier tejado mal puesto se convertía en columpio, y cualquier caída en hazaña, y cualquier hazaña en aventura que empezaba a eso de las cuatro, a la hora de la merienda, y concluía a eso de las ocho, cuando nos esperaban para que nos laváramos las manos y fuésemos a la mesa del salón, a comer con el resto de la familia.

De vez en cuando tropezábamos con Paulina y sus dos amigas. Antonia era baja y gordita, con granos en la cara y una expresión boba, como la de un hijo de panadero; mientras que Alejandra era alta y flaca, vivaracha y feliz con todo, feliz de vivir en aquel pueblo tan insignificante que no había forma de localizarlo en el mapa.

A veces se burlaban de nosotros, una de ellas exclamaba: «¡Por ahí andan los pueblerinos!», como si ellas mismas no fuesen de pueblo. Otras nos acusaban en falso: «¡Chismosos, que siempre nos estáis espiando!». Y otras, por último, se limitaban a sacarnos la lengua y darnos la espalda. Pedro y yo nos quedábamos atónitos, sin comprender tan extraña actitud, habida cuenta de que no habíamos dado motivo alguno para merecerla. Nos encogíamos de hombros y proseguíamos nuestras correrías, perseguíamos bandidos imaginarios, montábamos a lomos de un caballo que era tan veloz como las nubes y tan ágil como el viento, rastreábamos la zona en busca de tesoros, serpientes de cascabel, calaveras de mono y tambores de hojalata. Y si al cabo no desenterrábamos nada de todo aquello, la búsqueda había valido la pena, pues la tarde se había llenado de momentos tan dichosos que no la olvidaríamos nunca.

Pedro era también aficionado a las historias de fantasmas, desapariciones, brujas y espíritus que frecuentaban el cementerio situado a dos kilómetros del lugar, a medio camino entre Ayna y El Barro. A menudo nos proponíamos visitarlo, pero siempre surgían imprevistos que desbarataban los planes. Una vez fue por culpa de Miel, que no desperdiciaba ocasión para pasar las tardes de aventuras con nosotros; había metido la pata derecha en un agujero y se la había lastimado. Lo llevamos en misión de urgencias a casa, y allí tía Luciana —muy alarmada, pues adoraba a su animal— pronosticó que no era más que una torcedura y que se curaría ella sola. No había más que aplicar una venda y velar por que el perro no saltara demasiado fuerte ni corriera tampoco demasiado rápido ni demasiado lejos. O sea, ¡un imposible!

Por fortuna, fue más el susto que el daño. Al cabo de un par de días estaba con nosotros persiguiendo lagartijas, preparando escaramuzas en nuestra lucha secreta contra los bandidos de la comarca, que por desgracia serían muchos, aunque por el momento nosotros todavía no habíamos topado con ninguno.

Otro día me invitó a ir a su casa, que estaba a las afueras, por la parte opuesta de la carretera principal. Su casa era mucho más modesta que la nuestra. Se componía de una sola planta y tenía el corral detrás; no había, o había muy poco espacio para las plantaciones. En ella habitaban él, su madre y sus dos hermanos pequeños, unos gemelos de dos o de tres años. Me contaron que el padre pasaba las semanas en Alicante, había alquilado una habitación de hostal, mandaba dinero desde allí y de vez en cuando se dejaba caer en El Barro para rendir visita a la familia. Así que Pedro no lo veía mucho; pero no lo oí quejarse nunca; hablaba muy poco de su padre, como si para él fuera un tema tabú.

—¿Nunca te has preguntado quién podrá ser tu padre?

Me interrogó una vez de golpe y porrazo. Nos habíamos subido a lo alto de una tapia, desde donde podríamos controlar las posibles entradas y salidas de los bandidos. Desde el suelo, que estaba saturado de pedruscos, Miel nos aguardaba con la lengua fuera y la respiración jadeante.

—Pues, verás —le contesté—, la ventaja que tiene el no saber quién es tu padre es que le puedes inventar las vidas que quieras. Por ahora, mi padre ha sido piloto en una compañía comercial, bombero y hasta Ministro de finanzas. Pero como había tenido un lío de faldas con su secretaria personal, había tenido que desembarazarse de mí y renunciar a darme sus apellidos. O eso, o perdía su cargo de ministro. Como comprenderás, lo segundo es muchísimo más importante.

—¡Ya!

Su forma de comunicar sorpresa se parecía bastante a la del otro Pedro, el sobrino de Clara, la antigua panadera.

Luego le conté la historia de mi padre cuando era bombero. En este caso, por apagar el fuego en un edificio, había hecho el amor con una dama que vivía en el último piso y, con las prisas de la huida, se habían olvidado de que yo llegaba y que lo lógico hubiera sido que me hubiesen prestado sus apellidos. Pero tenían que huir del fuego, cuyas llamas lamían la puerta de la habitación donde fui engendrado; así que los disculpaba, tanto a mi padre como a mi madre.

—¡Ya! —volvió a exclamar mi amigo.

Tras lo cual, pasamos a referirnos mutuamente cómo nacían los niños y qué importante papel desempeñaban para ello tanto el padre como la madre.

Capítulo 7

Los domingos interesaban particularmente al señor Alfredo. Si el resto de la semana no parecía inquietarse por mi presencia, y hacía caso omiso de que fuera o no a la escuela, ni de dónde estaba en cada momento de la jornada, ese día prestaba atención a cada detalle de mi persona: se aseguraba de que me hubiese lavado, vestido con mi mejor ropa, atado los cordones de los zapatos, puesto el cinturón donde tocaba. También se aseguraba de que no probase bocado antes de haber comulgado, al final de la misa. ¡Y la misa empezaba tan tarde! A las once venía a recogernos Pedro, el chófer, y nos llevaba a la iglesia de Hellín, donde asistía a la ceremonia Fernando, el padre. Íbamos todos, salvo el perro Miel, que se quedaba por una vez solo en la casa, vigilante ceñudo de la propiedad. Paulina no se ponía pantalones, sino un vestido largo con lunares, una chaqueta de hilo blanco y un abrigo. A su tía le gustaba salir con pañuelo en la cabeza, como hacían las mujeres en los tiempos antiguos, y se ponía polvos en las mejillas, aunque ya tan ajadas que ni siquiera el polvo bastaba para reanimarlas. Don Alfredo vestía de etiqueta: pantalón con raya impecable, camisa almidonada, jersey de pico y chaleco, y un abrigo largo por encima, tan negro como un espantapájaros. De uno de los bolsillos salía la cadena dorada del reloj. Era un hombre, hubieran dicho de él en la ciudad, chapado a la antigua. Se peinaba con esmero, con la raya a la izquierda. Y se rociaba el cuello con colonia. Lo peor era que me obligaba a mí también a usar de ese producto abominable.

Durante el trayecto las bromas habituales solían escasear; se realizaba la mayor parte en silencio, salvo algunos monosílabos con que se extrañaba uno del tiempo que hacía, o bien se apresuraba al conductor para no llegar tarde a la ceremonia, si bien siempre salíamos con media hora de adelanto y nos tocaba aguardar un cuarto de hora en los jardines de la iglesia, o en el pórtico, donde se reunían las familias distinguidas de Hellín para ponerse al tanto de las novedades al tiempo que se daban los buenos días. Las novedades siempre versaban sobre el ganado, el cultivo, la comunión de tal o cual sobrino, o la ruptura del compromiso de una parejita formal, que hasta ese momento había sido un modelo de discreción y prudencia.

Y así, estas comidillas no me interesaban en absoluto; pero como Alfredo frecuentaba la alta sociedad, no me quedaba más remedio que escucharlas. Por otro lado, echaba vistazos alrededor, en busca de caras conocidas, y no hallaba a ninguno de mis compañeros en el colegio de Ayna. Un colegio que tenía nombre femenino, se llamaba Santa Inés. Y que cada vez me gustaba más porque, aunque los principios habían sido delicados, con riesgos de recibir alguna que otra paliza, había terminado haciendo tantos amigos que incluso en una ocasión me eligieron capitán del equipo de fútbol. Esa vez perdimos contra el equipo rival cuatro goles a cero. Pero no importó, nadie me echó en cara que me hubiesen elegido capitán.

—¡Espabila! —gritó de pronto Paulina, a quien apodé a partir de ese momento «La Sargenta»—. Ha llegado el momento de entrar en la iglesia, y tú sigues pasmado ahí, pensando en las musarañas.

Pasamos adentro. Don Alfredo, que parecía indiferente a

cualquier trifulca doméstica, presidía el grupo a través del largo y profundo pasillo de baldosas gastadas, rodeado de filas de bancos de madera. Los muros, de piedra, tan altos como las paredes de un barranco, con bujías en cada columna, y estas columnas semejaban los barrotes de una cárcel gigantesca.

Como miembros de una familia distinguida, teníamos derecho a ocupar uno de los puestos cercanos al altar, casi enfrente de la tribuna donde el cura lanzaba sus sermones. El señor Fernando nos aguardaba ahí, siempre en el mismo punto. No sabíamos cómo, había entrado antes que nosotros y siempre se le descubría al final, cuando estaba a punto de comenzar la misa.

El cura era hombre vulgarzote, ancho de espaldas, fuerte de hombros, pero de talla mediocre y barriga prominente. Tendría la cuarentena. Su pelo era fuerte y espeso, de un color negro que le tapaba casi toda la frente. Las cejas, espesísimas. Y los labios, sin color, tan apretados que su rictus parecía mostrar un eterno enfado. La voz era cavernosa, impresionante, con destellos de agonía y quejidos malévolos de ultratumba. En aquel recinto, con el silencio sepulcral que reinaba, era capaz de dejar a los feligreses sin aliento, aturdidos por la estatura del personaje, sobre todo cuando se ponía a hablar en Latín, que no lo entendían ni los compañeros de oficio cuarenta kilómetros a la redonda.

Mi sitio estaba fijado de antemano: era a la diestra de don Alfredo; del mismo modo que don Fernando se sentaba a la siniestra. A mi lado, primero Paulina y luego doña Luciana, que se quedaba haciendo esquina, la última en el banco largo de madera. Justo enfrente, después del pasillo lateral, la capilla de la Virgen de los Dolores, llena de cirios encendidos, una verja de hierro forjado, y el traje vistoso de la Virgen, de terciopelo rojo, un manto tan largo que le cubría la cabeza y llegaba a barrer las baldosas pulidas del suelo. Me pareció que aquella capilla era en realidad una oquedad practicada a la pared gruesa del edificio principal. Se respiraba a cirios encendidos, incienso, perfume carísimo de devotas que se pasan el santo día sentadas delante del crucifijo, o de rodillas. En los bancos había reclinatorios con almohadones, al menos en los primeros de cada fila. Me fijé que el señor Fernando era el primero en inclinarse, con actitud devotísima, y el último en levantarse. A su edad, no estaba para castigar las rodillas de ese modo, pero lo hacía aun así. Supuse que sería aún más creyente que don Alfredo, pese a que durante el transcurso de la primera visita había dado la impresión de burlarse de las creencias, demasiado pueriles a su gusto, de su hijo.

Al finalizar la misa, don Alfredo se quedaba un buen rato charlando con el párroco, mientras que los demás permanecíamos en los jardines o en el pórtico, aguardándole. Don Fernando volvía a las andadas de contar chistes malos y a despropósito, a no ser que su propósito fuese el de fastidiarnos. Doña Luciana parecía buscar con la mirada al sobrino de Clara. Y como no lo encontraba, se impacientaba, miraba la hora en su reloj de pulsera, que asomaba debajo de la manga del abrigo bastote con que hacía frente a las inclemencias del invierno. Y en tanto que don Alfredo no aparecía porque seguía conversando con el párroco, y Pedro seguía desaparecido, tal vez perdido en la barra de algún bar de los alrededores, ella se impacientaba cada vez más. Al final sentía pena por ella: estaba a punto de convertirse en un manojo de nervios.

Por fin volvía don Alfredo, con una sonrisa de satisfacción en los labios. Su padre Fernando, como por ensalmo, daba media vuelta y desaparecía. Y el prófugo Pedro regresaba de las profundidades de Hellín, a saber por qué callejuelas del casco antiguo habría estado merodeando.

Emprendíamos el regreso a El Barro en el mismo vehículo que me había traído de la ciudad. La diferencia era que esta vez ocupaba uno de los asientos posteriores. Una vez concluida la misa, y ya con los nervios más relajados, las bromas y chistes volvían de la parte de Pedro y Paulina se soltaba, por así decirlo, la melena, puesto que se la notaba radiante y feliz de estar allí.

Era como si la misa representase para ella una carga, un pedrusco que echarse a la espalda, igual que nos contó una vez el profesor que ocurría con un señor de la Antigüedad llamado Sísifo.

Don Alfredo, que parecía permanecer muchas veces más en babia que yo mismo, no advertía estas revoluciones en las mentes de quienes lo rodeaban, como si se creyera solo en el fondo, o como si, a pesar de la compañía, no dejara nunca de buscar el arrimo de la soledad.

Las visitas de los sacerdotes a casa fueron aumentando conforme se acercaba la primavera. Acudían más veces y permanecían más tiempo en el despacho de don Alfredo, charlando con él. Paulina les servía en bandeja tazas de té, bizcochos cocinados en el horno por tía Luciana. Los padres eran todos muy formales, vestían con pantalón y chaqueta negra, y llevaban la cinta blanca al cuello, distintivo de su condición sacerdotal. Con frecuencia, cuando me veían me pasaban la mano por la cabeza, con el ánimo quizás de bendecirme o de absolverme por todas las faltas menudas que había cometido. Don Alfredo me dedicaba algunas palabras plenas de satisfacción, solía decir que «estaba orgulloso de su pupilo». Y los padres, al oírlo, sonreían satisfechos. Se encerraban en el despacho y a partir de entonces solo oíamos voces apacibles, el ruido manso de una conversación banal que discurre por cauces serenos, trillados. Tía Luciana salía de la cocina, impedía que me quedase detrás de la puerta, escuchando, y me mandaba al patio a jugar, igual que si espantara las gallinas con los vuelos y revuelos de su falda.

Una vez, sin embargo, me llamaron para que pasara adentro. Había como visita dos señores que no había visto hasta ese momento, ambos flacos y huesudos, el uno bastante alto, el otro no tanto. Los dos con barba, y el pelo lacio y fuerte, de un negro de tinta. Contrariamente a los otros, usaban sotana. Que yo al principio confundí con alas de cuervo, porque nunca las había visto así, ni siquiera en mi época del Internado. Y era que eran sotanas muy antiguas, de las que se usaban cuando nuestros abuelos no habían puesto aún sus piececitos en el mundo.

—Pasa —me invitó, cordial, don Alfredo, cuando aún permanecía yo en el umbral—. Te presento a los padres Alfonso y Carmelo, de la orden de los Jesuitas. Verás, me acaban de decir que sentían curiosidad por conocerte un poquito mejor. Y, ni corto ni perezoso, se me ha ocurrido que sería una buena idea que te presentaras aquí, ante ellos, para que te puedan conocer mejor.

Di unos cuantos pasos, colorado hasta las orejas, hasta plantarme en medio de la pieza, que, como ya he dicho en otra ocasión, estaba alfombrada.

—¿Qué quieren saber? —pregunté con voz tímida.

—¡Ah, nada! —exclamó uno de ellos—. Ven a darme la mano.

Me acerqué a él y le estreché la mano. La tenía calurosa, algo húmeda.

—¡Encantado, soy el padre Carmelo! —exclamó.

—¿Y a mí...? —intervino el otro.

Di media vuelta y me fui hasta donde él para estrecharle la mano, como había hecho con su compañero.

—¡Encantado, soy el padre Alfonso!

No sabría decir por qué, me sentí intimidado.

Por turnos, empezaron a hacerme preguntas:

—Dime, ¿dónde vivías antes?

—En el Internado de niños huérfanos de la ciudad de Albacete.

—¡Ajá! ¿Y dónde estudias ahora?

—En el colegio Santa Inés de Ayna.

—¡Ajá! ¿Y te gusta lo que haces?

—A veces sí, a veces no. A veces me aburro mucho.

—¡Ajá! ¿Y por qué te aburres mucho, si puede saberse?

—¡Porque las clases son aburridas! ¡Y porque los profesores se explican muy mal!

—¡Ajá! ¿Y estudias luego lo suficiente para remediarlo?

—Don Alfredo dice que es suficiente —eché una ojeada rápida hacia él, en busca de su apoyo—. ¡Y saco buenas notas! Don Alfredo dice que podrían ser mejores, pero reconoce que son buenas notas; aunque no sean siempre «sobresaliente», hay muchos «notables» y «bienes».

—¡Ajá! —exclamaron los tres hombres al mismo tiempo, mientras se miraban, cómplices de su travesura.

Acto seguido, se pusieron a reír con sonoras carcajadas, que a mí me apabullaron un poco de vergüenza.

Capítulo 8

Las cosas se complicaron a partir de abril. Pedro me anunció que su padre había alquilado una vivienda y que él y el resto de su familia, su madre y hermanos, se trasladarían a Alicante en cuanto concluyera el año escolar, a mediados de junio. Si aún no habían hecho la mudanza era por no interrumpir los estudios de Pedro. La noticia significaba que muy pronto, a partir del verano siguiente, iba a ser el único niño que viviría en el pueblo. Mi amigo se puso triste por mí, y por él, y por todas los cosas que dejaba aquí. El Barro, con sus callejas semiabandonadas, había representado el patio de recreo más divertido del mundo, un lugar donde esparcirse, sin la vigilancia de los adultos ni las restricciones de los horarios engorrosos. Y por esto pasamos aquella semana y las siguientes bastante cabizbajos, sin ganas de corretear por el campo, ni de perseguir ladrones imaginarios o inventar quimeras tan altas como chopos y tan esquivas como el viento solano.

Otro factor que vino a perturbar la quietud de mis tardes apacibles y el ambiente pacífico que solía reinar en casa, fue el cambio de actitud de Paulina. De repente se volvió arisca, quisquillosa, irascible; por motivos insignificantes armaba peloteras a tía Luciana, quien no lograba explicarse a santo de qué le caían encima tamañas borrascas. Y de paso, a mí también me salpicaban los ventarrones de la discusión, de modo que rara vez salía bien parado de semejantes disputas entre tía y sobrina. Y todo, como digo, por naderías. Por si pedía una hora más para recogerse por las tardes. Por si quién eran los otros para decidir cómo había de vestir ella. Por si que no le parecía mal comprarse una cajetilla y fumarse un cigarro de vez en cuando, aunque fuese a escondidas de don Alfredo, nada más que por probar. Por si era justo que los domingos por la tarde la dejasen irse con sus amigas adonde ellas quisieran, puesto que las mañanas las había pasado en Hellín, contra su voluntad. Y por si la ropa la lavaba los sábados por la mañana o, más bien, los miércoles por la tarde. Y así, los motivos de la refriega se multiplicaban *ad infinitum*. Sobrina y tía estaban más divididas que nunca. No solo la edad, sino la manera de interpretar la vida las diferenciaba. Y lo peor para ambas era que estaban obligadas a compartir el mismo techo. Porque no iban a ponerla en la calle, con lo joven que aún era, ¿quién se ocuparía, si no? Don Alfredo no advertía estas trifulcas. Tan ajeno se hallaba de la vida doméstica que se desarrollaba en su propia casa que en cierta ocasión hubo un amago de incendio en la cocina, y fue el último en enterarse. Por fortuna, aquello solo representó un buen susto que echaría a perder una sartén, la que utilizábamos para preparar las migas, y tiznaría algunos azulejos que antes eran blancos.

Por aquellas fechas comenzaron a frecuentar el pueblo dos muchachos que llegaban siempre de la carretera de Ayna; a veces a pie, a veces en bicicleta; los dos fumaban como posesos, usaban gorra y eran tan altos y espigados que parecían doblarse en dos al menor soplo de viento. Pedro y yo los temíamos, ya que nos sacaban más de una cabeza y media a cada uno. Cuando olíamos su presencia nos escondíamos entre las ruinas de las casas y seguíamos sus andanzas, igual que el lobo que se siente incómodo por la presencia de otro lobo, y decide espiarlo mientras permanezca en lo que considera su territorio.

Curiosamente, cuando los dos chicos aparecían, las tres muchachas del pueblo desaparecían (Alejandra, Antonia y la propia Paulina), lo mismo que si se las hubiera tragado la tierra. A veces oíamos sus voces, que eran más bien gritos, y cuando nos acercábamos corriendo a inspeccionar la zona, ni rastro de chico o de chica. Pedro y yo estábamos impresionados: El Barro se había convertido en un pueblo fantasma, se tragaba a la gente, y si ésta desaparecía en la plaza mayor aparecía luego, un buen rato después, en la fuente casi seca que había a la entrada, junto a la carretera principal. Los dos chicos, cada vez que se topaban con nosotros por casualidad, nos dirigían miradas burlonas, siempre con las manos en los bolsillos, la gorra de lado y la colilla zigzagueante en uno de los extremos de la boca.

Una vez uno de ellos me retuvo casi por la fuerza. No estaba mi compañero. Ni tampoco estaba el amigo de él. Me habían mandado a casa de tía Clara para que le comprase un pan redondo, porque aunque hubiese cerrado la tienda, su horno continuaba funcionando con bastante regularidad. Recuerdo que llevaba un duro en la palma de la mano, la mano cerrada, como si estuviera dispuesto a soltar un puñetazo en cualquier momento.

—¿Qué quieres? —le pregunté, osado a fuerza de sentir miedo.

Me había cogido del hombro y no me lo soltaba. Estábamos a medio camino entre la tienda y la casa de donde había salido.

—No te asustes —silbó, achinando mucho los ojos—. Si estoy aquí es para pedirte que me hagas un favor.

—¿Qué favor? No me interesa. ¡Suéltame!

—Tranquilízate, te digo —me apretó aún con más fuerza, si cabía.

—¿Qué es lo que quieres?

—Vas a hacerme un favor facilito: no te costará mucho.

—¿Y si no quiero?

Sonrió con mirada de serpiente, la boca entreabierta.

—Si no quieres, querrás. No hay otra elección —y fue entonces cuando aplicó dos dedos de su fuerte mano como si fueran tenazas, haciéndome bastante daño en el omoplato.

—¡Ay! Voy a ponerme a gritar si no me sueltas ahora mismo —amenacé.

—Te soltaré. Seamos buenos amigos. Pero tienes que hacerme ese favor. Yo saldré ganando y tú también, que te llevarás con ello alguna recompensa —y diciendo esto, me soltó por fin.

Acto seguido me explicó su plan. Se trataba, simplemente, de contarle a Paulina las veces que entraba y salía de casa, el tiempo que tardaba en regresar, las visitas que recibía, si acaso recibía alguna, y con quién estaba cuando no estaba en casa. En otras palabras, quería averiguar todo lo referente al tiempo libre de Paulina, que era la mayoría de las tardes.

—Pero si tú ya sabes que va a casa de Antonia o de Alejandra, sus dos mejores amigas —repliqué.

—Ja, ja, ja —su risa era la mar de desagradable, mostraba unos dientes amarillos, una lengua sucia y un paladar tan oscuro que daba miedo—. Ya sé que lo sé, pero quiero más detalles, quiero toda la información posible.

—¿Y por qué? —me atreví a preguntar.

—¿Qué te interesa a ti, mocoso? —me lanzó una mirada

fulminante.

—¿Y qué hago una vez recopilada toda la información?

—Me la pasarás a mí. Los sábados no tienes colegio. Te estaré esperando.

—¿Dónde?

—Donde sea. El Barro es tan pequeño que cualquier calleja valdrá. O cualquier casucha de estas que están abandonadas. ¡Hala, corre, que se van a impacientar si no acudes pronto! —y diciendo esto, me dio un empujón que me puso sobre el camino de la tienda, a unos doscientos metros de distancia.

Sin volverme y sin parar de temblar, proseguí hasta el horno de tía Clara. Había unas persianas y, en invierno, una puerta con cristales. Ahí dentro el ambiente era de una rara convivialidad: el aroma del pan recién hecho, bollos y algunos pasteles encima de la mesa rústica, que servía de mostrador. Y tía Clara, en mangas de camisa, gorda y un tanto deforme, atareada con la faena, el delantal salpicado de harina y, a veces, con un pañuelo de colores en la cabeza. Su figura menuda y su sonrisa permanente, así como su buen humor, regocijaban el espíritu. A mí me daban ganas de reír cada vez que la veía. Pero aquella vez venía de pasar un mal momento y desgraciadamente no estaba el horno para bollos.

—¿Qué, como todos los días...? —me preguntó, poniendo los brazos en jarras.

—Sí, como todos los días —contesté, y puse la moneda que llevaba en el puño en la mesa.

—Hay de sobra —dijo, dándome la espalda para ir a buscar el pan, que estaba puesto en un capazo de mimbre.

—¡Ah, y también querían una lata de atún y un bote de pimientos rojos, si tiene, tía Clara! —repuse.

—¿Quién los quería, tía Luciana?

—Sí, tía Luciana.

—Hum, será para preparar lentejas salteadas con acelgas, pimiento y chorizo. ¡Le gustan tanto!

—Sí, creo que hoy tocan lentejas.

—¿No te gustan?

—A mí me gusta todo lo que haya en la mesa. Nunca le he hecho remilgos a nada.

Sonrió, satisfecha. Recogió el duro que yo había depositado. Buscó en el bolsillo de su delantal el cambio y me lo puso en la mano, al tiempo que me entregaba la bolsa con la compra. Salí de la tienda. El joven de antes se había marchado. «Está claro, deduje, que es el novio de Paulina. Como se enteren en casa, la que se va a armar». Luego me puse a reflexionar sobre las cualidades del novio y llegué a la conclusión de que los gustos de Paulina eran poco conformes a la realidad. Aunque tal vez fuese un simple pretendiente, Paulina se negaba incluso a dirigirle la palabra. No lo podía saber con certeza porque durante todo este tiempo las tres mozas habían evitado nuestra presencia (la de Pedro y la mía), como si representáramos para ellas la reencarnación del mismísimo diablo.

Me encogí de hombros, diciéndome que más diablos eran los dos chicos que ahora merodeaban en el pueblo.

Cuando regresé a casa, Paulina ya había vuelto de su rato con las amigas. Por la mirada inquieta que me dirigió, supe que acababa de verme con el mozo. En efecto, aprovechó una escapada mía al patio, donde las gallinas, para acercárseme. Me dirigió la palabra con tono amenazante y voz colérica.

—Acabo de sorprenderte en compañía de Julián. Dime, ¿para qué te juntas con él? ¿Eh...? Apuesto que le sirves como espía desde hace tres semanas.

—¿Tres semanas...? ¿Hace tanto tiempo que lo ves?

—¡Calla, mocoso! —se llevó un dedo a los labios y me dio, de pasada, un pescozón.

—¡Ay! —protesté.

—Como grites, te pego aún más fuerte. Mira, niño chivato, entrometido, lo que pase entre Julián y yo no le concierne a nadie... ¿Entendido...? Se lo cuentas a mi tía, y te pego una paliza. ¿Entendido...?

—Pero, ¿sois novios?

—¿Y qué te importa a ti, mocoso? —me dio una palmada en el brazo y se fue, visiblemente enojada, hacia el interior de la casa; mientras que yo permanecía, medio aturdido, delante de la alambrada donde estaban las gallinas. Algunas picoteaban la tierra, otras escarbaban el suelo con las patas, en busca de alguna lombriz que hubiese subido a la superficie. El gallo, jefe de aquella tropa de vistosas plumas y olores fuertes, se había encaramado al tronco joven de un almendro. Estaba situado en la horquilla. Desde allí me contemplaba mefistofélico, había algo de burla y misterio reconcentrado en su brillante ojo negro, la cabeza puesta de perfil. Me rehíce, tanto de la mirada diabólica de aquel animal como de la serie de advertencias que había tenido que encajar en tan breve plazo, primero las del pretendiente y luego las de la propia Paulina, y decidí dar media vuelta para recogerme en casa. Seguro que en la cocina hallaría o una buena ocupación o una buena reprimenda, lo cual, en aquellas circunstancias, representaba un alivio para mí.

Cuando alcancé la cocina, no topé con tía Luciana, sino con una anciana que no había visto antes. Pensé que se trataría de alguna de las visitas que de vez en cuando nos liberaban del aburrimiento, especialmente en los meses de febrero y marzo.

Al verme, su rostro se transformó de alegría y extendió los brazos:

—¡Ven aquí, que te vea mejor! Me han hablado mucho de ti, ¿sabes?

Me tenía intrigado aquella señora. ¿Quién sería? con tal de que no me cogiera de la barbilla, como me había hecho no recuerdo quién cuando entré en el pueblo por vez primera. Avancé unos cuantos pasos y entonces me cogió de la muñeca derecha. Dijo:

—A ver, muéstrame el brazo.

Y hube de remangarme para satisfacerla.

—Hum... —añadió—, no estás en los puros huesos; pero se nota que te falta poco para coger una anemia. Sube la manga, súbela, anda, chiquillo.

Y yo subí un poco más la manga, hasta la altura del bíceps. La vieja puso el dedo ahí. Apretó un poco. El dedo se hundía como si lo hubiera metido en mantequilla.

—Hum... ¡Qué flojillo estás! Te debe de faltar hierro, potasio y magnesio. En cuanto la vea se va a enterar.

—¿Quién?

—¡Luciana! Mi hija, ¿quién va a ser si no?

Así que aquella anciana era...

—¡Luciana! —gritó, y yo tuve que llevarme las manos a los oídos porque me había dejado medio sordo.

Acudió al cabo de un minuto tía Luciana:

—¿Quería..., madre?

Se había apoyado en el quicio de la puerta, cruzada de brazos, con expresión contrariada.

—¡El niño! ¿No te da vergüenza? ¡Lo estás matando de hambre!

Iba a protestar... En aquella casa a veces me faltaba de todo, excepto comida. Más bien, iban a matarme cualquier día de esos a fuerza de atracones. Pero la anciana no toleraba que le llevaran la contraria. Dijo su hija:

—A ver, Juanjo, ¿qué vas a comer hoy?

—Lentejas con chorizo y acelgas.

—¿Y te gustan?

—¡Mucho, tía Luciana!

—Aprovecha, nene, para que te llenen el plato dos veces; o si no, pide que te pongan ración doble —susurró la abuela, y acto seguido se santiguó, como pidiéndole al cielo que cumpliese aquel deseo gastronómico.

Tía Luciana torció el gesto, incrédula.

—¡Es lo que hace todos los días! —exclamó.

—¿Que hace qué...?

—¡Llenarse dos veces el plato!

—¡Ah, sí! Entonces, ¿cómo te explicas que esté tan flaco por aquí, y por aquí...? —Y cada vez me pellizcaba en los brazos, en la barriga, en los muslos... Si no fuera porque me hacía daño, me hubiera reído a carcajadas.

Salí de la cocina en estampida, corriendo como quien huye del diablo. Y yo no digo que la madre de tía Luciana fuese una diablesa, pero... ¡Un poco exagerada sí que era!

A la altura de las escaleras topé con el señor Alfredo, quien, en una jornada que iba a ser memorable y yo todavía no me había percatado, me llevó cogido del brazo a su despacho. Al parecer, tenía algo importante que comunicarme.

Cerró la puerta con un suave empujón y, tras invitarme a tomar asiento, ocupó su plaza habitual, detrás de la mesa. Hincó los codos en la tabla, sobre los montones de papeles, y estuvo observándome un buen rato, sin decir nada. Al fin decidió abrir la boca. Yo lo observaba mientras tanto, imperturbable, como quien se muestra ajeno a la lluvia, aunque caigan sobre su cabeza cubos enteros de agua.

—Juanjo, me siento muy alegre por ti. Todo indica que te has adaptado muy bien a la vida en El Barro. Sé que te has hecho amigos, al menos uno, Pedro, el de Encarnación. Luego, más tarde, vendrán más. Y en el colegio, bueno, bueno, toda va viento en popa. Estoy orgulloso de ti.

Me miraba con tal intensidad y brillo en los ojos que me preparé para lo peor: lágrimas en un hombre hecho y derecho. Le había flaqueado un poco la voz. Pero se rehizo enseguida, estirando el cuello, y me cogió de la mano para apretármela. Así, con mi mano entre las suyas, permaneció mudo, contemplándome, un buen rato. Y yo, que nunca experimentaba sentimientos de vergüenza, comenzaba a enrojecer como los pétalos de una amapola, toda de cara al viento, que la refresca. Prosiguió:

—Es preciso, hijo mío, avanzar, no nos podemos conformar con eso. ¿Te gusta la iglesia de Hellín?

—Sí, es muy bonita.

—¿Y el cura, te gusta?

—No he hablado mucho con él, pero desde lejos parece un

hombre simpático.

—¡Pues he conversado con él sobre ti el último domingo! ¿Sabes qué me ha dicho...?

—¿Qué?

—Que le parece muy bien que te conviertas en monaguillo de su parroquia. Y luego intentará meterte en el coro; pero para eso tenemos que comprobar si tienes voz suficiente, así que te voy a llevar la semana que viene a Hellín para que te hagan las pruebas de canto.

—¿Eh...?

—¿No te parece una buena idea?

—¡Sí! ¡Sí! Lo único, que no he cantado en mi vida.

—Ya lo sé. Pero eso no es lo importante. Lo importante es averiguar si posees facultades orgánicas para poder cantar.

—Pues si no sé cantar, basta con aprender.

—Hum... No es tan fácil. O la naturaleza nos ayuda un poco, o no merece la pena intentarlo. Muchas personas quisieran cantar, pero no tienen una voz apropiada para eso. ¿Qué le vamos a hacer? La semana que viene te va a oír una profesora de canto; y si le parece bien, pasarás a formar parte del coro de la iglesia, donde te enseñarán a cantar; y si no, mala suerte, nos dedicaremos a otra cosa. Lo importante es, querido Juanjo, que a ti te entusiasme la idea y que estés dispuesto a integrarte en los quehaceres de la parroquia de Hellín, donde el cura Antonio, gran amigo mío, terminará de completar tu formación religiosa, porque, créeme, la fe es muy importante en la vida. No solo hay que sentirla aquí en el pecho (se llevó las manos al sitio), además hay que cultivarla como si fuera un jardín privado. ¡Más vale que esté bien regada y podada! ¿No crees? El padre

Antonio, te lo aseguro, es el hombre que te conviene: será un guía para ti, un padre espiritual, un faro que te ilumine en noches de borrasca.

Capítulo 9

La cita con la profesora de canto supuso uno de los acontecimientos más extraños que me han ocurrido nunca. Manuel, vecino de El Barro, me llevó una mañana que disponía libre al pueblo donde íbamos cada domingo a escuchar misa. La señora Ana habitaba en un primero sito en la Plaza Mayor, donde una vez por semana tenía lugar el mercadillo popular. Su piso era amplio, con ventanales, balcón principal y techos altos decorados con bordes de escayola. Todos los muebles estaban barnizados con esmero, lucían hasta el punto de recordar las viejas armaduras medievales. En el salón había un piano arrimado a la columna, y todas las paredes exhibían láminas con temas musicales: instrumentos, danzas folclóricas, el rostro misterioso de Beethoven o la sonrisa soñadora de Schubert, con sus gafas redondas. El suelo, de parqué, suave como la caricia de un felino. La señora Ana era igual que cualquier profesora de música que uno pueda imaginarse: alta, delgada, nariz puntiaguda, pelo recogido en una malla negra, nuez prominente, manos largas y dedos finos, brazos esqueléticos, lentes que se sostenían milagrosamente en la punta de la nariz, vestido largo que rozaba el suelo, de un negro carbón, frente lisa y severa, y mirada, en fin, escudriñadora. Me cayó antipática desde el primer minuto, a pesar de que trató de sonreír con una candidez que se me antojó falsa. Nos hizo pasar a mí y a Manuel (a quien de repente le habían entrado las prisas) al salón, donde nos hizo (especialmente a mí) muchas preguntas, y cuando se enteró de que veníamos de la parte del señor Alfredo su rostro se distendió, afloró una larga sonrisa y nos invitó a tomar un té con pastas, es decir, a la inglesa, porque en aquella casa solo tomaban té o chocolate, y aquella hora del día era más bien la hora del té. Hablaba con una armonía de voz curiosa, una armonía que descorazonaba, no sé cómo explicarlo, una armonía que atraía toda clase de ruidos y pensamientos confusos en el interior de uno.

—No dispongo de mucho tiempo —aclaró—. En fin, dentro de media hora ha de venir la señorita Irene para que prosigamos nuestras clases de piano —echó una rápida ojeada al negro instrumento, que permanecía aún calladito en su rincón, con la tapa bajada.

—¡Ni yo tampoco! —exclamó el payés, llevándose el pañuelo a la frente, que le sudaba tan de mañana, como si se hubiera puesto nervioso al estar frente a una dama como aquélla, toda finolis y cortesías empalagosas—. Quiero decir, no sé si nos dará tiempo de tomar esas pastas y ese té que nos ha prometido.

Doña Ana, por toda respuesta, se dirigió a la cocina, de donde reapareció al cabo de cinco minutos con una bandeja, tetera humeante y plato de pastas. Semejante visión me dio fuerzas para hacer frente a cuantas pruebas de canto se presentaran en el mundo.

Después de las pastas y los sorbos de té, Manuel se despidió cortésmente, anunció que volvería a recogerme al cabo de una hora. Pero entonces la profesora le corrigió, diciendo que la prueba duraría solamente media hora. Entonces Manuel se rascó la barbilla y dijo, dirigiéndose a mí, que cuando hubiese terminado de cantar bajara a la Plaza Mayor y me entretuviera con lo que fuera hasta que él regresara; iba a visitar a cierta persona y lo más probable era que se demorase un poco.

Cuando nos quedamos solos, la mujer se dio prisa. Me llevó a una sala grande, encerada, con un espejo que ocupaba toda la pared y una barandilla a la altura del pecho, de madera de pino. Había algunos pentagramas en las paredes, a modo de decoración, y una pizarra donde también había pentagramas con notas musicales. En un rincón, una o dos sillas de paja. Cogió una de ellas por el respaldo y la puso en el centro de la sala. Se sentó y, mirándome de arriba abajo, con tono persuasivo me invitó a cantar. Llevaba en la mano un cuaderno con tapas azules, que había abierto por la mitad.

—¿Y qué quiere que cante?

—¿No te sabes ninguna canción?

Reflexioné un poco, tratando de recordar:

—No.

—¿Ningún villancico?

Reflexioné otro poco:

—No.

—¿Ningún estribillo?

—¿Qué es eso?

La mujer respiró hondo, visiblemente contrariada. Se puso a decir lo que pensaba en voz alta, como si se hubiera quedado sola:

—¡Y para perder el tiempo que está una! Paciencia, Ana, paciencia. No, si el niño parece simpático; pero lo que es cantar...

Alzó la frente y me lanzó una mirada agresiva:

—¿Cómo te llamas?

—Juanjo.

—Juanjo, ¿quieres cantar, sí o no?

—¿Y qué hago con la letra? ¡Si no me sé ninguna canción!

—Te la inventas.

—¿Así, de repente...?

—¿Eres tímido?

—No mucho.

—Entonces, ¿por qué no quieres cantar?

—Quiero, pero es que no me sé ninguna canción.

—¿Sabes qué...? Esto tiene fácil arreglo.

Se levantó de golpe, se dirigió a una mesita con cajón que estaba en el fondo de la pieza, lo abrió y vino con un libro grande y fino, de tapas blancas. Era un libro de canciones.

—Aquí tienes para inspirarte.

Lo abrí por una página al azar y me encontré con la letra de una canción infantil, a juzgar por las palabras que había escritas bajo los pentagramas: «lobo», «cabaña», «cerditos», «bosque encantado». Leí la letra de la canción; me pareció un poco ridícula; me costaba retener las ganas de reír. Doña Ana me miraba frunciendo cada vez más el ceño.

—¡Juanjo, te estoy esperando! ¡Hala, no tenemos todo el día! ¡A cantar!

Y así, improvisando todo: el ritmo, la melodía, la entonación, la cadencia, los tiempos... Me puse a cantar como buenamente pude y supe. Y no me reía de mí mismo porque, gracias a Dios, no se me ocurrió mirarme al espejo, que lo tenía a mis espaldas. La profesora al principio me miraba con una atención inaudita, como si estuviera escuchando el discurso de algún premio nobel, luego empezó a relajar los músculos, la frente se le desarrugó, las arrugas que le habían salido en torno a los ojos desaparecieron, el rictus severo de los labios se había convertido en una sonrisa complaciente, benévola, cómplice de mi arte, si acaso puede afirmarse que en aquellos momentos estaba exhibiendo alguna forma de arte.

Cuando hube acabado, susurró: «Muy bien. Tienes suerte de que te haya dejado terminar. ¡Hala, a jugar a la calle!» Y diciendo esto me puso, bonitamente, en la puerta, que cerró con un golpe brusco delante de mis narices.

Me quedé en la Plaza Mayor sin jugar ni hacer nada, sentado en un banco, enfrente del portal. Sentía curiosidad por ver aquella Irene, alumna de piano de la señora Ana. Me la figuraba alta, delgada, con un vestido de flores y un cinturón negro apretándole la cintura. Hasta llevaría guantes de un gris perla, que le cubrían los antebrazos, y un sombrero ancho de paja, con un lazo rosa a modo de coquetería. Una muchachita de trece años o, a lo sumo, catorce.

Estuve esperando unos diez minutos. Y entonces alguien se bajó de un coche negro, saludó al conductor inclinándose hacia la ventanilla, y se dirigió, rauda, hacia el portal por donde yo acababa de salir. Tiró de la campanilla y entró sin esperar una respuesta, puesto que bastaba con empujar la puerta de dos batientes.

Y ya no la volví a ver... Era completamente distinta a lo que me había imaginado al principio: tendría unos doce años, bajita, rechoncha, vestida con pantalón y chaqueta que le daban un aire muy masculino. ¡Se parecía a una alumna de piano lo mismo que un poni se parece a un caballo de carreras!

Y lo último que pensé sobre el asunto fue que me pregunté por qué ella había podido y yo no. Pero como no di con una respuesta satisfactoria, me puse a pensar en otra cosa o, más bien, me encogí de hombros, indiferente al contratiempo que acababa de vivir en casa de la señora Ana.

Y en eso, apareció Manuel en medio de la plaza, con mejor semblante que hacía una hora. Seguro que el encuentro con la persona que lo estaba esperando había sido de su agrado. Me vio y sonrió. Al acercarse a mí, me propuso que pasáramos por una panadería a comprar algunas chucherías. Me compró una torta de azúcar y nos metimos en el coche para regresar al pueblo.

Lo de ser o no ser monaguillo no se resolvió tan fácilmente. En cuanto don Alfredo supo en qué paró mi entrevista con la profesora de música, se limitó a sonreír, sin mostrar pesar alguno, y dijo que «todavía quedaba la prueba del monaguillo». Así que el sábado por la mañana, Federico, el mismo que nos llevaba en tractor hasta el colegio de Ayna, me llevó, esta vez en coche, hasta la parroquia de Hellín. Adosada al sagrado edificio, había una casita con dos habitaciones y rejas en las ventanas. También había un patio posterior, no muy grande, con gallinero, palomar y madrigueras para los conejos. La del fondo le servía de alcoba al cura; mientras que en la primera recibía las visitas y también la usaba como sacristía. Por una puerta falsa tenía acceso desde allí al altar, de modo que se evitaba tener que cruzar la nave o abrir las verjas, que eran altas, pero que no podían competir con la altura escalofriante del techo de la iglesia.

Fue en esa sacristía, menuda y recogida como una caja de zapatos, donde tuvo lugar mi primera charla con el cura Antonio. Era un hombre vulgarzote, que no llamaba en absoluto la atención en cuanto al físico; pero si uno oía su voz, entonces sí, tenía algo de sugerente y de atractivo, como si fuera un encantador de serpientes, aunque su tono no era dulce, sino áspero y fuerte, un tono propio del domador de fieras. Cuando habló conmigo se mostró todo amabilidades desde el principio; me dijo que celebraba mis buenos resultados escolares y que eso era lo que, precisamente, el señor Alfredo, mi padrino, esperaba de mí. No me explicaba por qué había empleado el término «padrino». Añadió que también le alegraba saber que yo me mostraba en paz con Dios, puesto que no me había dedicado a hacer diabluras, ni barrabasadas, y eso era de agradecer.

—¿Así que se te ha pasado por la cabeza lo de ser monaguillo, eh...?

Iba a replicar que la idea no procedía de mí. El párroco no me dio tiempo:

—¡Es una estupenda idea, te lo aseguro! En esta parroquia de San Miguel conocerás a muchos monaguillos como tú; harás amigos; respirarás y te desenvolverás en un ambiente sano, que te enseñará muchas particularidades de la fe católica. Porque, créeme, la fe es un camino, cada día se aprende más, a ser humildes, a portarse bien, a mirar con benevolencia los pequeños fallos de los demás. ¿Y quién no se ha despistado alguna vez, eh, y no ha cometido eso que llamamos «falta», una faltita de nada, eh?

Estiró el brazo. Iba a... ¿atraparme la barbilla? Uf, se conformó con despeinarme. Su mano estaba caliente, como si hubiera terminado de amasar el pan. En ese momento me di cuenta de que tenía un color de la piel tirando a oscuro, un tono cobrizo que me llamó poderosamente la atención. ¿Sus padres serían de por aquí? ¿Habría nacido el cura Antonio en estas comarcas de La Mancha? En cambio, el acento que gastaba era muy castellano, muy de la región.

—¿Y tú, cómo lo ves? —me preguntó por fin.

—A mí me agrada la idea —mentí—. Lo de ser monaguillo es algo que me permitirá conocer mejor las cosas de la iglesia y, sobre todo, será motivo de satisfacción para don Alfredo.

—¿Te apuntas porque él te lo ha pedido?

—¡Oh, no, no! —volví a mentir—. Yo tenía curiosidad. Cuando estaba en el Internado me preguntaba qué tenía que hacer para convertirme en un monaguillo.

Este deseo de agradar a los otros sin atender a mi propio capricho, esta dificultad de pronunciar un «no» conveniente, pese a los remordimientos, me costó cara esa vez. Hube de consagrar dos tardes por semana a la catequesis en Hellín. Nos reuníamos los monaguillos en una sala grande y allí el cura nos distraía con diapositivas, lecturas, juegos de preguntas y respuestas, todas de carácter religioso. Luego había un rato de recreo y, por último, una hora más de formación práctica: cómo moverse dentro de la iglesia; cómo portar el cirio; cómo acompañar al sacerdote en el momento en que se dispone a bajar los escalones del altar; o cómo ponerse de rodillas delante de la Sagrada Forma. El cura hablaba con voz meliflua, algo empalagosa, llegaba incluso a hastiar. No tardé en convencerme de que la mayoría de los que allí nos reuníamos fingíamos escucharle, aunque nuestros pensamientos divagaran por terrenos de fútbol y patios de recreo, tan ajenos a los pórticos de las iglesias. A los pocos días de comenzar mis sesiones de catequesis, se me juntó a la hora del recreo un chiquillo que tenía la cabeza pelada y estaba flaco como un pollo sin plumas, con el cuello que daba pena de verlo tan enrojecido por el frío. Me dijo que se llamaba Sergio y que se encontraba tan enfermo que le quedaban, según él, pocos meses de vida —no lo creí, pensé que si así fuera no le permitirían abandonar la cama—, pero entonces se puso a toser de modo tan cavernoso, y hasta patético, que cambié de opinión y me compadecí de su mala suerte, dirigiéndole la misma mirada que dirigimos a los perros cuando huyen con el rabo entre las patas.

Sergio era un maniático de los cromos y de la colección de toda suerte de baratijas. Cada vez que aparecía, sus bolsillos se habían convertido en la cueva de los mil y un secretos: dedales, chapas usadas, estampas de la Virgen, trapos rotos de cocina, canicas desportilladas... Me llevaba a un rincón y me mostraba, con todo tipo de precauciones, la última colección, que había logrado reunir a fuerza de sisar y de merodear en los cajones de la cocina, en los cubos de basura del vecindario y en los estantes del garaje, donde el abuelo, arrimado a una vieja furgoneta estacionada ahí, entretenía las tardes ociosas con bricolajes varios y chapucerías muchas.

—¿Y por qué dices que te vas a morir? —le pregunté, desatendiendo sacrílegamente a todas las maravillas que mostraba en la palma de la mano.

—¿No lo ves...? —contestó. Era muy bajito. Yo, sin ser alto para mi edad, casi le sacaba media cabeza, así que, cuando me dirigió aquella mirada consternada supe que a lo sumo le quedaban unas pocas semanas de vida. Me apiadé de él.

No obstante, el cura Antonio lo apreciaba mucho porque de todos los monaguillos que formaban el coro de la parroquia, era el que más destacaba. Su voz quebradiza y tibia, frágil como una copa de cristal, resonaba en los arcos de la nave sumida en eterna penumbra, colmada de estatuas de santos y de imágenes religiosas, amén de los cirios, que allí refulgían como si representaran una miríada de estrellas.

Capítulo 10

El sábado por la mañana, Julián anduvo esperando un buen rato en vano. No podía reunirme con él porque Manuel nos había metido a Pedro y a mí en su camioneta y llevado a un campo de tierra que había a las afueras de Ayna para que jugásemos un partido de fútbol con otros chiquillos que habían acudido. Echaron suertes y a Pedro y a mí nos tocó ser rivales, aunque nos hubiera encantado formar parte del mismo equipo. Como a mí no me conocían apenas, decidieron ponerme de defensa, en la banda izquierda. Y como yo era diestro, estuve escorando hacia el centro peligrosamente. A los cinco minutos ya nos habían metido un gol por haber dejado mi zona un tanto descuidada. Me gané una bronca fenomenal. Me cambiaron de puesto. A Pedro le iba mejor que a mí. Le habían puesto de medio centro y había acertado a realizar un pase que había dado la ocasión al delantero de poner el balón en el poste, con gran estrépito de la madera, que resonó hasta las inmediaciones de la provincia de Madrid. Vi cómo el equipo se regocijaba con el nuevo fichaje: aquel Pedro se las prometía muy hábiles para encauzar el partido por la senda correcta. En cambio, los de mi bando estaban nerviosos, cabizbajos, me miraban con mal talante y me echaban la culpa de errores propios y ajenos, como si yo fuera el tesorero de alguna organización municipal.

Menos mal que llegamos al final del primer tiempo sin haber sufrido males mayores: solo perdíamos por tres a uno. La situación aún no se podía calificar de desesperada. Entonces el capitán del equipo tuvo una idea genial: decidió, por probar, ponerme en el puesto de delantero punta. Y ahí fue cuando, como si me hubieran dado a beber una dosis milagrosa de espinacas, hubo una reacción química en el interior de mi cuerpo, ultrapoderosa: me transformé. En los siguientes quince minutos había metido dos dianas y dado un pase de la muerte —como los llaman ahora— que había estado a punto de finalizar en gol. El marcador se había puesto en un empate a tres. Los del equipo contrario empezaron a sudar doblemente la camiseta; primero, por el esfuerzo físico realizado; segundo, por los nervios, que estaban a punto de estallar. Nosotros, por el contrario, nos felicitábamos mutuamente. Muchos de los que antes me denostaban y echaban pestes contra mí, venían ahora a darme golpecitos en la espalda y chocarme esos cinco como si fuésemos camaradas de toda la vida. ¿Y Pedro? Pobrecillo, lo culpaban de cierto despiste en el medio campo que había provocado un centro muy peligroso y un chute que había obligado al guardameta a estirarse como una anguila, consiguiendo tocar el esférico con la yema de los dedos y salvar, así, a su equipo de encajar el cuarto gol.

Cuando se acabó el partido estuvimos esperando un rato, sentados en unas piedras grandes y lisas que había en las inmediaciones de la portería. Manuel nos había prometido que regresaría en cuanto terminara de «arreglar unas cosas», no nos tocaría esperar demasiado. ¡Ah, sí, el partido...!, ¿cómo concluyó? Nos habíamos resignado a soportar un empate, que no dejaba satisfechos a los unos ni a los otros, cuando una internada mía en el centro del área provocó un penalti que a punto estuvo de romperme el tobillo derecho. La falta fue clamorosa, además de «ostensible», como le oía decir a uno de los de mi equipo. Y mientras yo me debatía en el suelo con mi propio dolor, que me obligaba a retorcerme dibujando ochos, cuatros y seis, los jugadores discutían con el árbitro si o sí, era penalti, sin acordarse de que a sus pies alguien veía las estrellas multicolores, aunque nos halláramos en pleno día. Finalmente, hubo penalti. El capitán se me acercó y me preguntó en voz baja: «¿Puedo contar contigo...?» Disimulé como pude el dolor persistente y le dije que podía contar conmigo. Pero un compañero había oído la conversación y se obstinó en quitarme la gloria. Alegó que se encontraba en mejores condiciones «físicas» para lanzar el penalti. Un par de cruces de miradas, y al instante se decidió quién sería el lanzador. Y mientras el compañero colocaba el balón en el punto fatídico, yo me levantaba a duras penas del suelo, dolorido y magullado, pero sin haber derramado una sola lágrima. Miré por el rabillo del ojo y vi cómo el compañero la metía por el centro, el portero se había tirado a la derecha. ¡Hurra! Victoria para los nuestros con un resultado contundente de cuatro a tres.

Pedro tenía cara de funeral.

«Bueno, no es para tanto —le dije—, ni siquiera los conocías cuando empezamos el partido».

«¡Pero ahora sí que los conozco!», replicó, enrabietado por el sabor amargo de la derrota.

Pasaron algunos minutos y el disgusto suyo, así como mi contento, se habían disipado cuando hubimos constatado que nos habíamos quedado solos en el terreno y que la camioneta de Manuel seguía sin aparecer por ningún lado.

Por fin apareció, ¡uf! Con el motor al ralentí, el conductor nos invitó a abrir la portezuela. Se le veía alegre, nos preguntó por el resultado y Pedro le contó las injusticias del lance, del mismo modo que yo le conté las «hazañas». Pero como hablábamos los dos al mismo tiempo, creo que entre hazañas, lances e injusticias, se quedó con el término medio, la versión que seguramente más se aproximaba a la verdad.

Llegamos al pueblo. Sólo me quedaba salir a escape, sin apenas despedirme de Manuel ni de Pedro, por ver si acudía a tiempo a la cita con Julián, antes de que fuese la hora de la comida y tía Luciana se inquietara por mí. Estuve recorriendo las calles estrechas, con tapias semiderruidas, paredes rajadas, tejados hundidos, y montones de piedras por todas partes, pero no había rastro del pretendiente, si acaso lo era. Ya iba a desistir, cuando oí a mis espaldas un silbido que no podía ser ni el de una corneja ni el de un cuervo.

—¡Eh, ven para acá! —ordenó con voz ronca, haciendo un signo con el brazo.

Llevaba pantalón vaquero, cazadora de cuero negro con las solapas levantadas y un jersey de pico negro. También llevaba un ojo amoratado, pero eso —pensé— no era de mi incumbencia.

—Lo siento por el retraso —dije, uniéndome a él.

—Date más prisa en venir, tengo que irme enseguida —apremió—. ¿Cuántas veces ha salido Paulina de su casa y con quién ha estado? Vamos, lo quiero saber.

Me tocaba improvisar porque, obviamente, no había contado las entradas o salidas de la chica en cuestión, ni maldita la falta que hacía.

—Pues, verás, he hecho las cuentas: ha salido seis veces en total; una por día; y siempre a la misma hora, a eso de las tres de la tarde; luego solía regresar a eso de las siete y media, minuto arriba, minuto abajo. Por último, unas veces iba a casa de Alejandra y otras a la de Antonia.

—¿Ah, sí...? ¿Y no se ha reunido con chicos?

—No. Me consta que no se ha reunido con chicos.

Me dirigió una mirada despectiva de arriba abajo, medio burlona. «¡Plaf!», sin mediar aviso me arreó una bofetada que resonó entre las viviendas en ruinas de la calle destartalada. El muy bestia me había roto la nariz o partido el labio. Empecé a sangrar.

Julián se alejó con paso tranquilo, mientras mascullaba entre dientes: «Fíate la próxima vez de los meones... ¿Cómo que no se había reunido con chicos, si estuvo conmigo el miércoles y el jueves desde las cuatro hasta las seis y media de la tarde?».

Me levanté con la mano raspada y el dolor de la hinchazón en la cara. Era la segunda vez que daba con mis huesos en el suelo. ¿Quién me mandaría a mí levantarme aquel día? ¡Podía haber fingido dolor de muelas o una migraña tan fuerte que exigía reposo absoluto! Me acerqué a casa con el pañuelo en la boca, que estaba empapado de sangre. Y la impresión era tan fuerte que ni siquiera reparaba en la necesidad de llorar.

Al verme en el vestíbulo, Paulina se alarmó tanto que por poco dio un alarido. Pero entonces surgió tía Luciana y, reaccionando muy rápido, me llevó al grifo de la cocina, donde me lavó la herida con abundante agua. Después me puso mercromina y una tirita con esparadrapo. Asomó don Alfredo por la puerta de la cocina, y, como descubriera el pastel, torció el gesto y silbó como silban los pastores, pero el sonido que emitió era más breve y muchísimo más ronco. Usaba en ese momento gafas. Se las quitó para retirar algo que le molestaba en el ojo, seguramente una lágrima.

El incidente trajo consigo pesadas consecuencias. Hubo un interrogatorio llevado a cabo por tía Luciana y el señor Alfredo, al final del cual se supo la identidad del agresor y su relación más que probable con Paulina. Interrogada ésta a su vez, entre lágrimas, sollozos y largos suspiros reconoció su relación peligrosa con aquel loco originario de Villarrobledo, un haragán a quien no se le ocurría nada mejor que hacer que sembrar la discordia allá por donde pasaba.

Para Alfredo, se habían juntado de golpe dos gravísimos problemas: mi seguridad y el comportamiento, cuanto menos grosero, de la joven Paulina. Alfredo se había educado en la fe y practicaba la fe de forma rigurosa, así que no se le iba a ocurrir poner a la sobrina de tía Luciana en la puerta, con una mano delante y otra detrás. ¿Qué fue lo que hizo? La perdonó; mejor dicho, afirmó que dejaba el castigo en manos de su tía, tratándose de un asunto de mujeres, entre ellas dos lo arreglarían mejor. Entonces tía Luciana dijo, muy enojada, que si de ella dependía la ponía inmediatamente de patitas en la calle. Al oír esta sentencia (de muerte), Paulina rompió a llorar con más estruendo, si cabía, que antes. Don Alfredo pidió clemencia y la tía, a regañadientes, perdonó a su alocada sobrina, que bajaba en ese momento la cabeza, contrita.

En cuanto a mí, se barajó la posibilidad de llevarme a un seminario, donde estaría a salvo de «las garras de aquel loco». Pero la sola idea de alejarme del pueblo para volver a ingresar en un Internado, ¿qué más daba si de índole religiosa?, me hizo derramar lágrimas tan calientes que parecían salidas de un caldero hirviendo al fuego.

Inmediatamente, se abandonó el proyecto. Don Alfredo se encogió de hombros, como si el conflicto planteado fuese superior a sus fuerzas.

Llamó a unos conocidos suyos. Más tarde, averigüé que se trataba de los mismos jesuitas que habían venido a vernos en cierta ocasión, cuando me acribillaron a preguntas. De aquella conversación telefónica se decidió que la ofensa merecía una justa venganza, pues el agredido era menor, sin ninguna posibilidad de defenderse frente a un agresor que le sacaba cabeza y media de altura.

En efecto, dos días después aparecieron en emboscada dos mozos desconocidos por esos lares, enviados sin duda por los padres jesuitas, quienes acorralaron al tal Julián y le propinaron una soberana paliza. Con aquello y la ruptura definitiva con Paulina, que ya no quería ver ni en pintura al muchacho, después de lo que había hecho conmigo, no volvió a vérsele el pelo en El Barro. Él y su amigo, como habían aparecido un día, desaparecieron otro: sin dejar rastro, a no ser las marcas horrendas que me habían salido en la cara a consecuencia del golpe recibido.

Y con su marcha, todos respiramos tranquilos, incluida la propia Paulina, quien no volvió a acordarse ni preocuparse de novios durante una buena temporada.

SEGUNDA PARTE

Capítulo 1

Había una chica en el instituto que me llamaba más la atención que las otras de la clase. Se llamaba Eleodora, aunque todos la conocíamos por el diminutivo de Lea. Más bien bajita, con el pelo algo ondulado, de un color entre castaño claro y rubio, y una frente amplia, que andaba oculta entre los bucles. Tenía la piel bastante blanca, con pecas, los labios finos, aunque rosados, y las mejillas tan lisas que parecían la portada de algún libro. Los ojos se mostraban risueños con aquellas pestañas largas; las pupilas de un marrón intenso, como castañas al fuego: ardientes. Adivinaba que debajo de esa piel y de esa cabecita bullía una mente inquieta, un espíritu despierto, un deseo insaciable de aprender las mezquindades de este mundo, tan lleno él, por lo visto, de cucarachas y saltamontes.

Al principio del curso no me atrevía a mirarla de frente, me daba apuro, temía que se me notara enseguida que perdía los vientos por ella. No en vano acababa de aterrizar en el instituto de Hellín. Era alumno del primer año y mis osadías, demasiado tempraneras, hubieran suscitado las burlas del conjunto de la clase.

Atrás habían quedado los años de monaguillo en la parroquia de San Miguel, durante los cuales el cura Antonio había descubierto que yo no tenía ni por asomo vocación sacerdotal. Cuando se lo comunicó a mi padrastro, el señor Alfredo, pareció venírsele el mundo encima; aunque se rehízo al instante, sin duda porque ya se esperaba la mala nueva.

Yo había resultado ser un niño carente de malos propósitos,

pero inquieto de más, movedizo como las figuras en los espectáculos teatrales de las sombras chinescas: siempre representaba el papel de héroe, auxilio de las princesas en apuros, si bien los finales nunca se adaptaban a mis deseos. Don Alfredo trató varias veces de inculcarme el espíritu religioso, la devoción por la sagrada imagen del Cristo en la cruz. Pero en aquel entonces le hacía más caso a la premura de mi sangre corriendo alocada por las venas. Quería ser feliz en el instante mismo. Quería divertirme sin que hubiese que aguardar los fines de semana. Quería recuperar todo el tiempo perdido que había pasado en el Internado.

Una vez se hubo marchado mi amigo íntimo, Pedro, a Alicante, donde su padre había alquilado un piso para que se trasladara en él la familia completa, me quedaba el recurso de la fantasía para proseguir mis aventuras, correrías y andanzas por las calles semidesiertas de El Barro.

Al principio lo echaba de menos; pero mis ocupaciones en la parroquia de San Miguel, adonde acudía dos o tres tardes por semana, y mis partidos de fútbol me dieron ocasión de distraerme, al tiempo que cada vez más hacía nuevos amigos, algunos de los cuales continuarían presentes en los avatares de mi vida, aun siendo adulto.

La primera aventura que pasé con Lea fue al mes de haber empezado las clases. Serían mediados de octubre. El profesor de gimnasia había preparado una caminata ese día, actividad que empleó como metáfora de la vida en el discurso que nos ofreció en la entrada del edificio, justo antes de que nos pusiéramos en marcha:

«El día de mañana haréis repetidas veces lo que nos disponemos a hacer hoy: caminar, caminar, *dejar atrás la senda que nunca más se ha de volver a pisar*».

Ya habíamos recorrido unos ocho kilómetros. Las chicas protestaban cada vez más alto y había numerosos rezagados, atraídos quizá por las ramas cargadas de las moreras, que aparecían de cuando en cuando en lo alto de algún repecho. O, simplemente, se negaban a dar un paso más, con riesgo de motín o de rebelión. Sergio, tal vez por su poca experiencia en tanto que docente, pues aún era bastante joven, se había tomado a la ligera los brotes de rebeldía. Iba a la cabecera del grupo y había nombrado a tres ayudantes, que se encargaban de vigilar a la «tropa». Cuales perros pastores, apremiaban a los «lentos» para que lo fueran menos, o para que no perdiesen la estela de la locomotora, la cual, sin echar humo ni nada parecido, demostraba que su velocidad era la que convenía al grupo.

En un momento dado apareció una casa en ruinas. Nada más verla, se convirtió en una interesante atracción de feria; algo mejor: una especie de cuadro futurista, de la escuela de Picasso, solo que «plantado» ahí, en nuestro mundo tangible y pluridimensional.

No fui el único en advertir la maravilla de aquella «cosa», que a duras penas se mantenía en pie. Era probable que los próximos vientos del norte acabasen con los últimos indicios de resistencia de los cimientos. Cuando atravesamos aquella puerta ausente, aquel hueco habitado por el viento, aquel vacío donde hubiera debido alzarse una puerta sólida, sentimos que nos alejábamos de la realidad presente, mudábamos de lugar y tiempo, igual que si hubiéramos retrocedido en el calendario, o igual que si éste se alojara en días que nunca habían ocurrido, a no ser en la imaginación de uno.

Así, entre lo vivido y lo soñado, empezamos a recorrer aquellas habitaciones que ya no lo eran, aquellos pasillos, aquellos salones y cocinas que ya no lo eran. Nos separamos, nos reencontramos en cierto descansillo del laberinto. Nos asomamos al balcón que daba a un jardín, cuando ya no existían ni el jardín ni los barrotes del balcón; todo era salto al vacío, nada, materia integrada en el olvido y la desolación.

«Aquí hubo un crimen», me dije de pronto.

Pero Lea, que había leído mi pensamiento, me corrigió al instante:

«No, aquí hubo un matrimonio que se quiso hasta el final, con cuatro hijos que crecieron sanos y fuertes, y no hubo envidias ni rencores entre ellos, solo amor y fraternidad».

«Y no te olvides del perro; se llamaba Botines porque tenía las patas de un color diferente al resto del cuerpo».

«¿Ah, sí, de qué color...?»

Me guiñó traviesamente, al tiempo que me hacía con el brazo una invitación a seguirla, mientras echaba a correr.

Nos pusimos a correr por toda la casa, solamente poblada de fantasmas, y yo aullaba detrás de ella: «Las patas eran blancas y el resto del cuerpo era negro».

«¿Y por qué no al revés?», gritó a su vez ella con alegría contagiosa.

«¿Y por qué no las patas verdes y el cuerpo azul...?», repliqué a mi vez, enardecido por la libertad de estar allí, un mundo sin reglas, aunque verdadero, lo mismo que un sueño inventado.

Cuando la atrapé sentí el impulso loco de abrazarla y besarla.

No me contuve. Ella se entregó cual manzana al alcance de mi mano. Se entregó, y su beso resultó un elixir exquisito, un raro sabor a frutas del bosque y manzanas en su punto.

Desde ese día no pude evitar compararla con el cesto de frutas que siempre había en la cocina de la casa de don Alfredo. A la vez decoración y tentación en esa mesa rústica de una estancia con visillos amarillos en las ventanas.

Cuando, cogidos de la mano, nos decidimos a regresar al camino, ya el grupo se había distanciado un buen trecho. Con una alegría desbordante, recorrimos la distancia que nos separaba de ellos. No sentimos en ningún momento la fatiga, los ocho o nueve kilómetros que ya llevábamos recorridos, ni nos acordamos de los ocho o nueve kilómetros que quedaban por recorrer, en una jornada que habría de ser memorable para nosotros.

El señor Sergio divisó una higuera estupenda; sin frutos, pero rebosante de sombra, tan generosa como un racimo de uvas. Había a su alrededor, además, unas piedras planas que harían oficio de mesas y de sillas. El lugar idóneo para echar un alto y aligerar el peso de las mochilas al extraer de ellas los bocatas y bebidas.

Insistió en la obligatoriedad de dejarlo todo tal y como lo habíamos encontrado al llegar.

Era la primera vez que comería con Lea. Del mismo modo que también había sido la primera vez que nos habíamos besado minutos antes. Y también sería la primera vez que compartiríamos un secreto, el secreto de la casa encantada, cuyas ruinas habían alumbrado aquel romance nuestro de la edad temprana.

Los retrasados iban apareciendo uno a uno, o de dos en dos,

cual pelotón de ciclistas que terminan por juntarse más allá de la línea de meta. Nosotros los coreábamos, burlándonos de la proeza consistente en haber sido capaces de alcanzarnos; y entonces ellos mudaban el semblante, enrojecían todavía más, pues añadían a la pesada fatiga el bochorno provocado por la cólera y la vergüenza.

Nadie parecía haberse dado cuenta de nuestro recién iniciado idilio. Lea y yo no nos cogíamos de la mano, pero compartíamos nuestros bocadillos y hasta nuestros botellines de agua. Y en un momento dado se puso a pelar una naranja: me daría la mitad y se comería la otra parte. Éramos conscientes de que después de un gesto así, tan generoso como sugerente, el grupo terminaría por descubrir que ya éramos pareja.

Capítulo 2

Lea puso orden en mi vida. Era una chica muy disciplinada, estudiosa, amiga de bibliotecas y tardes encerrada frente a la ventana de su cuarto, el flexo encendido en la mesa que le servía de estudio. Ella vivía en Ayna, en un inmueble cuya fachada de ladrillos daba a la plaza principal del pueblo, donde cada jueves había mercadillo. Ahí la mandaban para que llenase el carrito con los buenos productos de la tierra: puerros, remolachas, coles, coliflores, pimientos y cebollas —sin olvidar, por supuesto, las frutas y tomates—. Tenía un hermanito cuatro años más joven que ella, había entrado de lleno en la edad del pavo (los libros serios la denominan «preadolescencia») y hacía rabiar no solo a Lea, sino a toda la familia. Su padre había sido ferroviario; pero un desgraciado accidente le había dejado inutilizada la pierna derecha. Desde entonces pasaba sus días apacibles yendo de casa a la taberna, donde echaba unas partidas con los amigos y bebía unos vasitos de Jerez, y de la taberna a casa, a la vuelta de la esquina. Se paraba también en la esquina del edificio de Correos, donde el buzón amarillo, y allí, al amparo de la sombra grande, echaba una parrafada o dos con algún paisano. Siempre había alguien que estuviera dispuesto a escucharle; las prisas todavía no habían llegado para instalarse definitivamente en aquellas callejas simpáticas y blancas del pueblucho castellanomanchego. En cuanto a su madre, padecía el mal aguijoneante de los nervios, se angustiaba por cualquier detalle, de manera que había llenado su vida de tocs, un inventario meticuloso de manías, protocolos y rituales que dificultaban su día a día y dejaban perplejos a quienes la frecuentaban. Doña Elisa había perdido a su hermana Visitación, un par de años mayor que ella, y desde entonces no hacía otra cosa que lamentarse, acumular gestos extraños, costumbres insólitas, raras obsesiones de persona que anda algo desequilibrada, y eso era motivo de preocupación para el marido y la hija; aunque ésta todavía era demasiado joven para soportar el peso de tamañas preocupaciones y aquél discurría lenta, serena, apaciblemente por la cuesta descendente de su vida, cuando todo lo que surgía ante él presentaba el aspecto brumoso del ocaso.

Al principio no quería que me conocieran; alegaba que era demasiado pronto, los estudios debían ser lo principal en su vida de colegiala.

—Pero si ya no eres una niña —repliqué.

Lea soltó la carcajada. Su risa recordaba el murmullo del agua al caer desde el caño en la taza de la fuente. Entonces, y eran las únicas ocasiones que así ocurría, aparecían dos hoyuelos, uno por mejilla, en su rostro de ángel travieso.

Por último, se hubo de descubrir el pastel en su casa. Su hermano David, cuyo espíritu malicioso se habría de fortalecer con los años, tenía por costumbre espiar a Lea para luego ir con el cuento a su madre, quien utilizaba tales confidencias, a menudo exageradas, para enarbolarse, como si precisara de una excusa. Habíamos pasado media tarde juntos, un rato en la biblioteca —lugar de obligada frecuentación desde que salía con ella—, un rato en el parquecillo de la Rotonda, sentados en un banco, y otro, por fin, en la calle peatonal del centro, repleta de tiendas y escaparates, paseando de arriba abajo, cuando decidimos regresar, no fuera que en casa de ella se levantaran las sospechas. Nos despedimos hasta el día siguiente en la esquina acostumbrada. Yo había dejado la bicicleta atada junto a las escaleras del ayuntamiento, donde me pareció que estaría más segura hasta que fuese a buscarla. Me puse a pedalear en dirección a El Barro. Al otro día, en el instituto, Lea me contó lo ocurrido la víspera. Entró en su casa. «¡Hola!», dijo. Nada, ni un suspiro. Se dirigió a la sala de estar. Su madre, tricotando delante del televisor, en el canapé. David, haciéndole rabiar a un perro pequeñito que tenían. «¡Hola!», repitió. Nada, temblaron los labios de la mujer, como si se hubiera puesto a rezar. El perro había huido de las zarpas de su amo y correteaba ahora entre las piernas de su otra ama, que acababa de llegar. «¿Dónde has estado?», preguntó doña Elisa sin apartar la vista del punto que llevaba entre manos. Las agujas de tricotar hacían un ruido de palillos de malabarista, como si alguien se dispusiera a tocar el tambor. «¡Por ahí!, ¿dónde querías que estuviera...? ¡En la biblioteca, como siempre!». «¿Ah, sí?... ¿Sola o acompañada?». La dura mirada de su madre, que había retirado por fin la vista de la labor, la puso en alerta. Echó una rápida ojeada a su hermano y, al ver que se reía entre dientes, con voz de falsete, comprendió que la había estado espiando y que había ido luego con el chiste a decirle a su madre que tal y cual... *Uno de su clase, creía que vivía en El Barro. Juanjo, sí, así era como lo llamaban los otros, un huérfano recogido por el señor Alfredo hacía un porrón de años...* Doña Elisa no iba a dar su conformidad. Durante cinco minutos estuvo ensayando mil y una formas de dar gritos para expresar, a fin de cuentas, lo mismo: «¡No, no, y no!». A Lea le sonó todo aquello a lluvia de alfileres, o, peor aún, a azote bíblico calamitoso; una de las siete maldiciones dirigidas por Dios contra los descendientes de Caín. Se metió en su cuarto sin replicar palabra, sin jurarle siquiera a su hermano que se las pagaría, con el puño en alto, y estuvo llorando tumbada en la cama hasta que se sintió agotada por el esfuerzo de llorar. Luego se dio la vuelta y, con la mirada puesta en la lámpara de cristal del techo, se preguntó cuánto le faltaba para cumplir la mayoría de edad y escapar de esa vida mezquina, agotadora, donde el padre era un alcohólico y la madre, bueno, de ella mejor ni hablar. Esta vez, más que ganas de derramar lágrimas, sintió rabia por dentro, como si se hubiera tragado de golpe una guindilla al rojo vivo. Pero antes de apagar la luz y dormirse, se le ocurrió rectificar su anterior juicio temerario: «No, pensó, mi padre no es un borracho, aunque beba una copita de más de vez en cuando».

Capítulo 3

Tuve la ocasión de conocer personalmente a la señora Elisa poco tiempo después de que sucediese aquella escena. No sé por qué milagro extraño, o conjunto de circunstancias, conseguí caerle en gracia. Lo cual suponía que en adelante las puertas de su casa quedarían abiertas para mí de par en par. Los hechos sucedieron del siguiente modo...

En el pueblo de Lea había una heladería-chocolatería adonde solíamos acudir con cierta frecuencia, especialmente después de las clases. No siempre era esto posible, porque el instituto se hallaba en Hellín y el establecimiento, en Ayna. Tomábamos el autobús y en la plaza mayor del pueblo me apeaba a veces con ella, en lugar de proseguir la ruta hasta El Barro, que era mi destino final, la última parada. En aquella ocasión los alumnos habíamos sido liberados una hora antes, pues se había divulgado la noticia de que el profesor de Historia y Geografía se hallaba indisponible a causa de un catarro virulento. Con una agitación que no necesita de más comentarios, subimos en el autobús para apearnos un ratito después, en la plaza mayor de Ayna. Sin pensárnoslo dos veces, nos dirigimos a nuestro establecimiento preferido. Recuerdo que en el momento de entrar sonaba una canción de los Beatles, no sabría decir exactamente cuál. Nuestro rincón predilecto, al fondo, cerca de una columna con espejo que servía de reflejo a una palmera enana metida en una maceta de plástico color rosa, también estaba libre, así que ambos pensamos que aquel era nuestro día de suerte. Nos instalamos, pedimos la consumición al camarero y nos pusimos a hablar de nuestras cosas, que por lo general giraban en torno a las anécdotas del instituto o el carácter más o menos sombrío de tal o cual profesor. Así pasó el primer cuarto de hora, pero al cabo de ese tiempo apareció en el umbral la señora Elisa, con un bolso amarillo en el brazo y su perrito de compañía atado con una correa. Su hija palideció al instante, se le cayó de la boca la pajita con la que absorbía la consumición. Como yo estaba de espaldas y me había dado cuenta de que algo extraño ocurría, me di la vuelta y también se me cayó el alma a los pies. Aunque todavía no conocía su aspecto físico, por la reacción de Lea había deducido que se trataba de la madre. Todavía teníamos presente en nuestras cabezas el relato pormenorizado de su malaventura en casa por culpa de las fechorías de su hermano David, quien no desperdiciaba ocasión para comprometer a su hermana, especialmente a los ojos de la señora Elisa.

Quedaba la esperanza de que inadvirtiera nuestra presencia, se contentara con acercarse a la barra, pedir lo que tenía pensado pedir y salir pitando con el perrito atado del lazo. Pero la suerte nunca es duradera, y aquel día ya habíamos abusado de ella, así que se nos acabó de golpe y porrazo: doña Elisa nos divisó muy pronto, el camarero ni siquiera había tenido tiempo de acercársele para preguntarle qué deseaba tomar. Se colocó incluso las gruesas lentes de concha para cerciorarse de que no estaba equivocada. Y como comprobara que no lo había soñado, se dirigió tras unos instantes de vacilación a nosotros, con unos andares muy dignos, aunque se la notaba abrumada por la fatiga y las preocupaciones, las cuales en vez de cesar alimentaban los fantasmas más insospechados en el fondo de ella.

Sin pedir permiso, agarró una silla y se sentó junto a nosotros. La mesa, sin embargo, era para dos; redonda de mármol, con sillas de hierro forjado. El perro, por cierto, se había puesto muy contento al descubrir la presencia de su otra ama, meneaba la cola sin parar y solicitaba a Lea que le hiciera caricias en la cabeza y el dorso. Era un perro de lanas de patas cortas y el cuerpo estirado, sin llegar a ser un perro salchicha.

—¡Ah, pareja! —comenzó diciendo sonriente la madre, ajena a lo incómodo de la situación y simulando haber olvidado la anterior escena que habían vivido en su propia casa.

—Hola, mamá —respondió Lea, bajando la cabeza y poniéndose tan colorada que por poco el rojo de sus mejillas adelantan al rojo del batido de fresa que se había pedido.

—¿No me lo presentas...?

Lea se estiró de golpe, como una generala, sacó pecho (en fin, es una manera de hablar) y respiró hondo, antes de responder:

—¿Qué es lo que quieres saber? Sí, se llama Juanjo, vive en El Barro, en casa del señor Alfredo, y es mi novio, ¿algo más?

Aquella no era forma de entablar una conversación amistosa. Incluso yo me sentí incómodo al oírla expresándose de ese modo tan cortante, casi agresivo. Pero había los antecedentes, y estos antecedentes eran capaces de echar por tierra cualquier protocolo o reglas de urbanidad que se precien. Doña Elisa insistió, parecía dispuesta a borrar su comportamiento del otro día costara lo que costase y empezar de nuevo; ya se sabe que en las relaciones entre cualquier madre e hija suelen haber tantos altibajos como picos se encuentran en la cordillera del Himalaya.

—¿Eso es todo...? Vamos, mujer, dime algo más: si piensas

llevarlo a casa un día de estos para que tu padre lo conozca; si va a ayudarte este año que se presenta, tan lleno de asignaturas complicadas. No es para tomárselo a broma, hija. Acabas de dejar el colegio y te has metido de lleno en el instituto. Un poco pronto para pensar en novios y demás distracciones, ¿no?

—¿Quién ha hablado de distracciones? —replicó Lea ligeramente irritada, según se deducía por el tono de la voz.

Debió de pensar que era imposible, si no contraproducente, insistir con el interrogatorio a su hija; por lo que, aprovechando que yo estaba allí y con el ánimo de satisfacer su curiosidad, se dirigió a mí de pronto, alzando majestuosa la cabeza, con sonrisa algo juvenil en los labios, como si diera por hecho que nos habíamos convertido en «camaradas» o, incluso, en «cómplices»:

—Juanjo, querido, me gustaría saber un poquito más de ti. Es lo natural, ¿no? Mi hija acaba de contarnos que vives en El Barro, en casa del señor Alfredo. ¿No te aburres allí? Esa aldea debe de ser tan sosa... No hay nada de nada, solo cabras y gallinas, un par de árboles frutales, huertos, muros de piedra con liquen, humedad y caracoles... Un muchacho como tú, a quien se le nota que es todo vitalidad, necesita distracción, algo con lo que ocuparse en sus horas libres. ¿Con qué vas a emplear allí tus energías, que a tu edad seguro que desbordan como la espuma en un vaso lleno hasta los bordes de leche?

Se hacía preciso contestar algo gracioso, caerle en gracia mediante el chiste y el humor; pero, ¿qué? La musa de los chistes suele mostrarse huraña, pocas veces acude en el momento justo. Pese a lo cual, solicité el auxilio de otra musa menos cicatera que la anterior, la de la improvisación no podía fallarme ahora:

—¡Oh, siempre tenemos algo que hacer! —dije, sonriente, dándome muy en el fondo ánimos a mí mismo—. En El Barro, o te espabilas pronto y acabas siendo un manitas que con cualquier cosa se entretiene, o no te queda otro remedio que pasarte las horas oyendo hablar de religión, misas, novenas y oraciones a la Virgen María... El señor Alfredo es una persona tan devota y creyente que por poco me convence para que me vista con sotana y tome el camino del seminario, el cual camino reconozco que estuve tentado de escoger entre varios que me salieron al paso el último verano. Pero como resulta que soy de carácter más bien mundano, tomé el del instituto, donde su hija y yo hemos hecho, ejem, buenas migas.

—Ejem, buenas migas —repitió la madre—. No quieras atiborrarte tan pronto de las cosas buenas que ofrece la vida.

Ambos sonreímos mirándonos fijamente a los ojos, en tanto que Lea se ponía de nuevo colorada. Debió de ser mi decisión de mantener la cabeza erguida durante esos segundos cruciales lo que causaría algún tipo de agrado en ella, pues al instante suavizó la expresión, como si acabara de suprimir cualquier sospecha de peligro, y la conversación giró a partir de entonces sobre temas de lo más banal e inofensivo. Cuando abandonamos el local, media hora más tarde, parecíamos los tres que fuésemos simples conocidos de toda la vida, sin que hubiera lazos familiares entre nosotros, ni siquiera lazos de compromiso y amor, sino solo los que ligan a seres que se conocen desde hace mucho, lo cual basta para que se quieran bien.

Capítulo 4

Las relaciones con Lea se normalizaron a partir de aquel día. Ya no había nada que ocultar: ni a los ojos de los camaradas en el instituto de Hellín, ni a la vista de los vecinos en el pueblo de Ayna teníamos nada que reprocharnos, ni por lo que mostrar vergüenza, pues en tan solo un par de semanas nuestras costumbres particulares, nuestras manías e insignificantes tonterías, que solo a nosotros afectaban, habían sabido adaptarse y acomodarse a las manías de la otra media naranja, de modo que nos sentíamos felices y satisfechos juntos, y cuando la ausencia se interponía entre nosotros, nos quedaba el consuelo de que al día siguiente, o al cabo de unas pocas horas, reanudaríamos nuestra infatigable relación.

Pero antes de que Lea atravesara el umbral de la casa de don Alfredo, donde yo había proyectado realizar las oportunas presentaciones, hubo una visita que me marcó profundamente. El señor Alfredo, que había ido debilitándose y poniéndose paliducho en los últimos años, poco a poco, como un canario que languideciera dentro de su jaula, pese al sol y el aire que se cuela por la ventana abierta de par en par un ratito por las mañanas, se sacaba de vez en cuando de la chistera visitas inesperadas, alguien que deseaba —me revelaba de pronto— conocerme, movido tal vez por la simple curiosidad.

Y en aquella ocasión resultó ser, no un cura ni un miembro de cierto monasterio de las proximidades, como me tenía acostumbrado, sino un pedagogo, un lego que nada tenía que ver con las órdenes religiosas. El señor Isidoro era alguien alto, delgado y flexible, vestía con un austero traje de camisa blanca almidonada, zapatos con lazo de charol, relucientes, y sombrero de fieltro oscuro. Presentaba en conjunto un aspecto de comercial viajero a fines de los años cincuenta. El pelo no se le había caído en absoluto, antes bien parecía del todo sano, coloreado de un gris tan brillante como una bandeja de plata; y la forma del rostro era equina, con la mandíbula de abajo un poco sobresaliente. Por el color fresco de las mejillas bien afeitadas y el brillo jovial, sincero, de unos ojos castaños, no muy grandes, deduje que su edad oscilaría entre los cuarenta y cinco años y los cincuenta. Me apretó la mano con efusivo calor y sonrisa un tanto apresurada y me hizo sentar en la silla que había más próxima a la ventana del despacho, junto a las espesas cortinas azul cobalto que alcanzaban el techo.

—Buenos días, estimado Juanjo —comenzó diciendo, al tiempo que desplazaba otra silla para colocarla a pocos centímetros de la mía, casi frente a mí; mientras que el señor Alfredo ocupaba un segundo plano, como era habitual en él, al instalarse en el sillón que había detrás de la mesa maciza, atiborrada de cajones y cerraduras metálicas—. He oído hablar bastante de ti. No, no soy lo que te presupones, un sacerdote como tantos otros que ya han venido a verte, sino que soy un personaje —digámoslo así— metido de lleno en la vida pública, alejado de los monasterios y hasta de las iglesias, aunque estas últimas, eso sí, las visito una vez por semana, es decir, los domingos por la mañana, sin faltar ninguno.

A continuación, pasó a explicarme quién era y a qué se dedicaba (me pregunté si era necesario ofrecer semejante lujo de detalles, siendo yo, como era, a sus ojos un recién conocido, alguien que ni siquiera había alcanzado la edad adulta). Dijo que se dedicaba desde hacía quince años a la labor docente en un instituto privado de la provincia de Cuenca. Había sido ingeniero agrónomo de profesión. Estaba casado y tenía dos hijos varones; gracias a Dios, cada miembro de su familia se encontraba bien y en perfecto estado de salud. En cuanto su horario lo permitía, viajaba y frecuentaba las muchas amistades que había ido inaugurando durante sus peripecias a lo largo de la península Ibérica. Entre las cuales no podía dejar de estimar la del señor Alfredo y, a partir de este momento, la mía también.

«Te preguntarás —prosiguió— por qué tomé la decisión de abandonar el casco y la bata de ingeniero agrónomo para meterme en las aulas, en calidad de profesor de Matemáticas o de Física y Química. Pues la razón es bien simple: me hicieron una propuesta interesante, y aunque el sueldo era bastante inferior, el inconveniente de ser ingeniero agrónomo era que no resultaba nada fácil fijar un domicilio estable, mis continuos viajes y compromisos me impedían disfrutar de la familia más tiempo del que hubiera deseado. Así que, tras previa consulta con la esposa, que para estos casos cuenta, y mucho, decidí aceptar la proposición del instituto privado y, como quien dice, de la noche a la mañana me volví profe, una palabreja que no le sienta nada mal a esta fachada tan austera que tengo, ¿eh?». Me guiñó un ojo, como reclamándome complicidad. Sonreí levemente, con sonrisa un tanto perpleja, si bien amagada por la discreción. Me acordé de los otros profes que conocía en el instituto de Hellín y me dije, con tono resignado, que no hacía falta que acudiera ninguno a la casa de don Alfredo. De continuar así, terminaría saturado de profesores en el plazo de unas pocas semanas. En realidad, mi relación con esa clase de «caballeros» estaba siendo bastante mitigada: la mayoría de ellos me parecían aburridos e incluso algunos, muy pocos, ciertamente, disimulaban mal propósitos viles, cuando no agresivos, con relación a sus alumnos, a quienes debían de considerar como una especie de manada semisalvaje, semiviolenta y semiintratable.

Me abstuve, obviamente, de comunicar tal serie de consideraciones, por no herir la sensibilidad del huésped, aunque no me cabía ninguna duda de que, como todos los profesores experimentados, se había forjado con el tiempo un caparazón a prueba de bombas y de mordeduras, gracias al cual sobrellevaba la desdicha de tener que enfrentarse durante la semana con grupos de adolescentes mal encarrilados. Y lo peor era que cada vez se trataba de un solo adulto frente a una multitud de jóvenes inmaduros, cuya mayor virtud sería, tal vez, la de la indiferencia.

El señor Isidoro esperaba seguramente que yo abriese la boca de una vez por todas, para decir algo, aunque fuese una simplicidad; pero, a tenor de mi obstinado silencio, que parecía molestar sobre todo al señor Alfredo, pues lo veía por el rabillo del ojo removerse en su sillón, detrás de la mesa, decidió añadir un plus a su discurso, un extra, un «además» que nunca estaría de más, perdóname, querido lector, este juego de palabras tan burdo. Y así, continuó diciendo:

—No es poco el orgullo que experimenta el señor Alfredo, aquí presente, cuando apareces en casa con esas notas parecidas a soles, relucientes de por sí, y tan brillantes como los colgantes de oro que cuelgan en las orejas de varias damiselas que yo conozco. No solo esperamos de ti que perseveres, sino que te adelantes a ti mismo, de manera que lo bueno que sacaste el año pasado resulte superado por lo que vayas a sacar este año en curso.

—Así somos los seres humanos —intervino a nuestras espaldas el señor Alfredo con voz cavernosa, más propia del antiguo troglodita que del hombre moderno—; cuando algo está bien, se dice en el fondo: «puede estar mejor», e, incansable, se empeña en tocar y retocar lo que tal vez conviene que repose tranquilo en su rincón o estantería.

—«No la toques más, que así es la rosa», dice un verso de Juan Ramón Jiménez. Se refería al poema, pero lo podemos aplicar a cualquier actividad humana. Con frecuencia, el anhelo perfeccionista nos juega malas pasadas —alegó el señor Isidoro con una sonrisa dulce en los labios, sonrisa de quien perdona por adelantado las leves faltas que pueda cometer cualquier persona.

—A veces nos conformamos con lo que hacemos —repliqué, bajando un poco la cabeza—, damos el visto bueno enseguida, no nos planteamos si está bien o mal, o si podría estar mejor. En la mayoría de las ocasiones la gente se dedica a obedecer, de modo que la idea de la perfección no les pertenece, es un criterio que queda fuera de su alcance. Por ejemplo, el panadero que obedece a las órdenes de su superior no hará nunca un pan más bonito ni más sabroso que el que suele hacer, sino que se limitará a respetar los patrones que se usan en esa panadería en concreto, por más que su vena artística quede mitigada hasta el punto de causarle daño o frustración. Yo creo que en casi toda las actividades humanas el anhelo de perfección es un factor que no entra casi nunca en juego. Se busca en primer lugar lo cómodo, lo práctico, lo que resulte más fácil de completar, aunque esto arruine la calidad del trabajo, no hablemos ya de su perfección.

—¿Dónde has aprendido a hablar así? —saltó de pronto don Isidoro, que me miraba con aire divertido, a la vez que extrañado—. Sin duda, has debido de leer mucho, porque esa forma de hablar solo se adquiere con el tiempo mediante el hábito de la lectura, y no se trata de una lectura cualquiera, la de los periódicos al levantarse por las mañanas, mientras uno toma tranquilamente el café, sino que uno ha tenido que leer gruesos tomos de buena literatura para alcanzar semejantes resultados.

—Je —replicó el señor Alfredo, carraspeando un poco con la garganta irritada—; eso es discutible: conozco a más de un aldeano que no ha leído en su vida, aún está por ver si sabe leer, y sin embargo se expresa a las mil maravillas, con un repertorio de vocablos tan variado, rico y entretenido que muchas de las palabras que usa están en desuso en la ciudad, no las recuerdan ni los ancianos que toman el sol, sentados en los bancos de los parques. Es un habla rústica, popular, tan pintoresca como un gallo de colores, que llama la atención por lo espléndido y hermoso de sus plumas.

—El habla rústica es muy respetable —repuso el señor Isidoro—, pero la que nos acaba de ofrecer este muchacho corresponde más bien a la de alguien con facultades eruditas, aunque sean las de un principiante, que eso es lo de menos, facultades aprendidas, no ya en la escuela, sino en sus ratos libres, a base de lecturas. ¿Me equivoco, caballero Juanjo? —añadió queriendo meterme en la conversación, seguro de que me convertiría en un firme aliado de su tesis.

—Reconozco que he leído bastante —señalé—. Una vez el profesor ordenó a los alumnos: «¡Que levante la mano el que se haya leído entero El Quijote!» Y solo la levantaron dos o tres de treinta y cinco que estábamos en la sala. Sentí tanta vergüenza, porque yo no me contaba entre los afortunados, que me propuse leer ese libro costara lo que costase. Y después de conseguirlo, le había cogido tanto gusto a la lectura que enseguida me tragué otros, como Moby Dick o Las mil y una noches.

—¡Eso no me lo habías contado! —protestó don Alfredo.

—¡Hay tantas cosas que me he dejado sin contar...!

—Está bien que leas —intervino el señor Isidoro—. No te pasará como al loco de tu libro preferido, que se le fue la perola a fuerza de leer tanto disparate...

—No, este chico no lee disparates —repuso tranquilamente don Alfredo—, sino que lee cosas juiciosas, como Moby Dick, Las aventuras de Tom Sawyer o El péndulo.

—Esos, pues también —admití, sonriente—; aunque la traducción de Julio Cortázar no me termina de convencer.

—¡Pues en castellano no hay otra!

—Sí que hay otras, solo que son más recientes y aún no se han dado a conocer —replicó el señor Isidoro.

—El público quiere lo bueno y lo regular, en fin, lo deja de lado.

—Como con todo... Uno acude a la tienda y se lleva el mejor saco de patatas que encuentre, no va a comprar el peor.

—El peor si no le alcanza el dinero para comprar el mejor.

—Claro, como con todo... ¡Si vemos tantos seiscientos en las carreteras es porque los monederos no alcanzan para más!

—El seiscientos es un coche bonito, coqueto, parece una

pulga mecánica. Sólo le faltan las alas, y entonces se parecería más bien a una mariquita.

—¿Has visto alguna vez un seiscientos rojo con puntos negros...? Yo no.

—¡Todo se andará! Verás como pronto aparece el espabilado que todo lo inventa.

—¿Hasta un seiscientos con los colores de una mariquita...?

—¡Hasta eso!

Se habían enzarzado en una divertida discusión, que me mantuvo durante un buen rato entretenido, sin osar abrir la boca, con los ojos abiertos como platos a causa de la extrañeza.

Por fin se fijaron en mí y volvieron, de repente, al tema del principio:

—No te voy a aconsejar —dijo don Alfredo con tono resignado— que leas las obras de San Agustín; sé de sobra que no me harás caso.

—Vamos, admítelo —señaló Isidoro con sonrisa pícara—, el chico no ha salido para las cosas de la religión. Deja de darle vueltas. Prepáralo, más bien, para la vida civil.

—¿La vida civil...? ¿Acaso se va a casar mañana? —se preguntó, aturdido, el señor Alfredo.

Y otra vez se enzarzaron en una nueva discusión, en la que se habló mucho de mí, aunque se hubieran olvidado de mí, puesto que me hallaba presente y no solicitaban mi palabra en ningún momento, palabra con la que hubiera corroborado o negado lo dicho a mi propósito.

Pero entonces, sin mediar aviso, Isidoro empezó a dirigirme la palabra. Empleaba un vocabulario inédito y las frases resultaban solemnes —tal vez lapidarias—, pronunciadas con tono igual de solemne:

—Ahora voy a decirte algo, muchacho. No lo olvides porque sirve para toda la vida, y las lecciones de juventud son las que más cuentan, salvo las que se aprenden durante los primeros años, que esas cuentan más todavía. Lo primero es otorgar un sentido a la vida, ¿me entiendes? Todos hemos nacido por algo o para algo, tenemos una misión que cumplir en este bajo mundo; de lo contrario ni siquiera hubiéramos nacido. Dicho esto, de lo que se trata es de encontrar nuestro camino: por qué y para qué estamos aquí. No te creas que es tan fácil averiguarlo, muchos andan perdidos, desnortados, dando tumbos, y se hacen daño a sí mismos, además de a quienes los rodean. Una vez descubierto para qué hemos venido a este mundo, habrá que interrogarse por los medios que facilitan nuestra misión. Y también será interesante reflexionar sobre los obstáculos que dificultan su cumplimiento. En cuanto a estos, los hay de todas clases, tanto de origen humano como material. Lo más frecuente es que sean los otros quienes más entorpecen la labor de llegar a ser uno mismo, es decir, con plena consciencia de lo que de una forma u otra estamos llamados a ejecutar. ¿Me sigues...?

Afirmé con la cabeza. Me parecía interesante lo que estaba diciendo. También el señor Alfredo guardaba silencio y por el brillo de los ojos parecía aprobar este discurso.

—Todo eso lo dice porque a continuación me va a preguntar: «¿Y tú, chico, has encontrado tu camino?».

—¿Y bien...?

Guardamos un minuto de silencio, expectantes. Se oía el ruido de una mosca. Pero antes de que me atreviera a responder, llamaron a la puerta. Era Paulina, que tenía al parecer algo importante que comunicar al señor Alfredo. Me miró de arriba abajo; aunque habíamos llegado a hacer buenas migas ella y yo, no logramos congeniar del todo, creo que era debido a nuestra diferencia de sexos, que establecía entre nosotros dos una barrera invisible, imposible de franquear sin asumir riesgos que tal vez pagaríamos demasiado caros. Ya era una muchacha de veinti-pocos años, rolliza, con el pelo de un negro intenso y los ojos ardientes y expresivos como ascuas. Desde la aventura con aquel Julián que me había dado una vez una paliza no volvió a alborotar ni tía Luciana tuvo más motivos de queja; se comportaba, de hecho, como una sobrina ejemplar, la cual no cesa de agradecer el hospedaje que le brindan las circunstancias, porque tal vez fuese consciente de que no todas corrían la misma suerte que ella. La noté un tanto cohibida, si bien resuelta a soltar lo que llevara entre manos, como si se hubiera propuesto no seguir llevando ella sola el peso de «aquello», ¿qué podía ser?

—Señor Alfredo —comenzó diciendo con esa voz particular suya, grave sin llegar a resultar masculina, ronca sin provocar asperezas, sino un leve susurro de algo que se roza contra tu pierna—. He llamado para anunciarle mi partida, el autobús que va a la ciudad sale dentro de una media hora escasa, y estoy dispuesta a cogerlo.

—¿Nos dejas...? —se preguntó don Alfredo con aire sorprendido.

—Sí, usted ya sabe que desde hace unos cuatro meses me he echado un novio que vive en la capital (en realidad, don Alfredo no estaba al corriente, pero ¿qué más daba?, nunca estaba al corriente de todo lo importante que acontecía en casa), y este chico, que es muy formal y trabaja en un hotel situado en la avenida de Los Llanos, la más conocida de todas, me ha propuesto que me vaya a vivir con él, no como concubina, no, señor, que su intención es que nos casemos lo antes posible, porque ha estado informándose y le han dicho que en la cocina del restaurante se ha liberado un puesto, y si no, podría trabajar como camarera de servicio; me ha dicho que el gerente es muy amigo suyo y que parece dispuesto a echarme un cable, de manera que me voy, como quien dice, no con una mano delante y otra detrás, sino con un porvenir cierto delante de mis ojos y con, en fin, eso es lo más importante, un novio que me está esperando para que vivamos juntos y felices.

Todo eso lo dijo desde el quicio de la puerta, sin atreverse a entrar en el despacho. La sombra del vestíbulo le caía sobre la figura, de tal modo que quedaba dividida en dos: mitad luz, mitad penumbra, como el presente que casi enseguida se esfuma y el futuro, que se anunciaba radiante, esclarecedor, pleno de sentido.

—Me dejas un poco triste —repuso el señor Alfredo—. Yo no quería que te fueras, sabes que nunca ha habido diferencias entre nosotros...

—¡No es por usted! —gritó Paulina, temblando de pies a cabeza—. ¡Usted es muy bueno, y no solo lo digo yo!

—¿Es por tía Luciana?

—¡Ah, no! ¡Ella también es muy buena! Aunque de otra forma, siempre me anda riñendo, pero yo no me lo tomo a mal, sé que es por mi bien. Todo lo que he aprendido me lo ha enseñado ella.

—No quisiste ir a la escuela.

—¡Bah! ¿Para qué...?

—Tienes razón, ¿para qué? ¿Eh, Juanjo?, ¿para qué iba uno a buscarse problemas en la escuela? —Me guiñó un ojo. Adiviné que su gesto tenía que ver con la conversación interrumpida, pero eso Paulina no lo podía saber. Me miró con insolencia, como echándome en cara que fuese «el ojito derecho» del amo de la casa. Y ni siquiera era hijo de él. Y había aterrizado, además, después que ella. ¿Por qué no se había encaprichado con ella del mismo modo que se había encaprichado conmigo...?

«¿Celos de mí...?». A lo mejor era por eso por lo que había decidido marcharse. Pero la versión que había ofrecido era del todo creíble: un novio formal le propone llevar una vida en común en la capital, hasta iban a trabajar en el mismo sitio. ¡Igual que un cuento de hadas! Pero no quedaba otro remedio que otorgarle crédito. En cualquier caso, ella parecía dispuesta a marcharse.

—No quería importunarles —dijo—, pero tenía que despedirme de usted. Es lo normal. Me ha dado cobijo en su casa durante todos estos años, que ya van siendo muchos. Y a Juanjo, en fin, (bajó, tímida, los ojos, con esa voz casi ronca que no llegaba a ser la de un carretero, pero que tampoco se correspondía con la de una chica joven), también lo quería ver por última vez —Una fina capa de humedad vibrante tembló, un momento, en sus pupilas. Ahora sí que se atrevía a mirarme fijo a los ojos. Yo bajé al punto los míos, me sentí tan embarazado que me reproché en mi fuero interno no haberle hecho más caso a aquella muchacha.

Pero ahora había encontrado, según afirmaba ella misma, novio. Un novio procedente de la capital, que no se puede comparar con uno que vive en la aldea y que, además, es cinco o seis años más joven que ella. ¡Asunto zanjado! Podía irse a la capital, donde aquel chico «formal» la recibiría con los brazos abiertos, sin un reproche, todo sonrisas y palabras valientes para un porvenir que ya se había puesto en marcha: ellos mismos lo habían puesto en marcha a fuerza de coraje y voluntad.

Entró como una bala tía Luciana. Había engordado, pero sus movimientos seguían siendo dignos y no carentes de agilidad. Conocía la geografía de la vivienda como si fuera el mapa de su piel, así que nada de lo que ocurriera entre esas cuatro paredes podría causarle la menor inquietud. Miró a los presentes, se entretuvo algunos segundos más en mirar a su sobrina, con quien parecía haber adoptado una actitud hostil, sus ojos flameaban de cólera, cólera fría y persistente.

—¿Tal es tu descaro —dijo con rabia contenida—, que te atreves a decir que te vas, así, de buenas a primeras, y todos los años que has pasado aquí con nosotros, desde que eras una cría, como si no hubieran contado para nada...?

Paulina bajó la cabeza y, con la mirada fija en las losas, respondió:

—Estoy en mi derecho.

—Luego no vengas pidiendo misericordia cuando las cosas te vayan mal, allá en la ciudad. Por si no lo sabías, allí cada uno va a lo suyo. Como si te quieres ahogar en el río, nadie acudirá presto a echarte una mano.

—Si he entendido bien —intervino con un susurro el señor Alfredo—, ¿usted no quiere que se vaya, no es así, doña Luciana?

—No, que se quede aquí, es donde mejor podría estar.

—¡Pero si me ha salido un novio! —volvió a chillar la joven.

—Como sea igual que el otro... Que Dios nos proteja... ¿Y qué...? ¿Cuánto duran los novios? Es mejor estarse en casa, quietecica, arropada por los suyos. Muchacha, ya hemos hablado de esto: en la capital no se te ha perdido nada bueno.

—¿Y usted qué sabe? —replicó la otra, roja de rabia.

—¿Que qué sé yo...? A mi edad..., ¿me lo preguntas? Para empezar, ¿dónde conociste a ese? A ver, dínoslo.

—No, no lo diré —replicó, con descaro, la joven.

—Siempre has sido tú muy amiga de los secretos.

—Eso, muy amiga de los secretos —pensé que le iba a sacar la lengua y me dio por reír; para disimular, hube de llevarme la mano a la boca, como si reprimiera una tos repentina.

—¡No repitas lo que yo digo! Mira, Paulina, tengamos la fiesta en paz; vamos a dejar a estos señores tranquilos, que estaban muy distraídos con su conversación, y vamos nosotras a ocuparnos con lo nuestro, que es mantener la cocina como los chorros de Úbeda y las demás salas igual de relucientes.

El señor Isidoro, en tanto que invitado, guardaba prudentísimo silencio; no obstante, por el brillo de los ojos se le veía tan entretenido que no hubiera cambiado aquella escena doméstica por una entrada en el cine de su barrio, por mucho que proyectaran una película de bandidos que planean el atraco a una sucursal bancaria, en el Lejano Oeste.

—Déjeme, tía Luciana, el autobús parte dentro de media hora y pienso tomarlo. A usted no se la puede convencer de nada. Siempre ha sido así. Desde que era pequeña, ya me estaba chillando.

—Hija mía, es que eras un poco obtusa. Buena persona, no lo niego. Pero obtusa... Y testaruda... Pues también... Como ahora... ¡Y dale con lo de marcharse a la ciudad!

—Es que ya no quiero vivir aquí. Me asfixio en El Barro. Me siento como si me faltara el oxígeno para respirar, como si las ganas de vivir se me esfumaran. Una se ahoga en cuanto sale a la calle. Ese olor a barro, a lluvia, a estiércol, a cactus que pinchan... ¡No lo soporto! —se llevó las manos a la cara, como queriendo reprimir un sollozo, que se le escapó, aun así, por entre las rendijas de los dedos.

—Pero, hija mía, ¿tan mal te tratamos aquí...?

—No es eso, tía, usted no lo puede entender: nunca ha salido de El Barro. O muy poco. A lo mejor ha estado en Hellín. Y la capital de la provincia la ha visitado una o dos veces en su vida; por eso no puede imaginarse lo que siento yo.

—¿Y qué sientes, querida mía? —insistió tía Luciana, que había dulcificado la voz, daba la impresión de que se dirigía a una niña de diez años y que por eso mismo, por lo pequeñaja que era, estaba dispuesta a concederle una segunda oportunidad.

—Lo acabo de decir. Siento que me ahogo, que estas cuatro paredes no están hechas para mí; yo he nacido para algo más, para conocer mundo y pasearme por las avenidas y paseos de las grandes capitales. Del brazo de mi chico, iríamos a todas partes, a las tiendas, a los restaurantes, a las salas de cine, y veríamos dos o tres veces la misma película.

—¿Por qué dos o tres veces? —preguntó, intrigado, el señor Alfredo, que hasta entonces no había oído hablar nunca a la sobrina de aquella forma tan apasionada.

—Porque una no nos bastaría para sentirnos felices, arropados, uno al lado del otro en las butacas. ¡Ah, yo a mi novio lo conozco bien, es muy buena persona!

—¿Cómo lo sabes? ¡Te habrá enviado una o dos cartas atiborradas de letras empalagosas! ¡Y una foto a través de alguna amiga que te ha hablado bien de él! Y ya por eso te figuras que es la luna o, mejor aún, el príncipe de Gales —se burló tía Luciana, que a duras penas se contenía y a la menor ocasión aprovechaba para enrabietar a la jovenzuela díscola, alma sensible y, según pensé yo en aquellos instantes, enamoradiza.

—Nada de eso —repuso Paulina—. Nos conocimos por casualidad en la verbena de las fiestas de Ayna, en el parque que hay junto al Altozano.

—¡Ah, bailes y música! ¡Un mozo muy galán sí que es! —replicó, descortés en grado sumo, tía Luciana.

Entonces fue cuando la muchacha no pudo más; dio media vuelta y, a punto de dar también un portazo, pero se contuvo a tiempo, salió de la pieza, dejándonos amoscados y con el aroma de la última burla de tía Luciana flotando todavía en el ambiente.

Capítulo 5

Volvimos a quedarnos solos, una vez se hubieron marchado las dos mujeres. Sospechábamos que Paulina ya había preparado las maletas y que su decisión era «irrevocable», como se oía decir ahora por la televisión, aparato que, a regañadientes, había terminado comprando e instalando en el salón el señor Alfredo. Hube de insistir un poco; pero en el instituto hablaban de la novedad y yo no quería quedarme a la zaga, aunque en algunas casas decían que las imágenes eran en color, mientras que en nuestra pantalla seguían siendo en blanco y negro. Menos daba una piedra, y yo no iba a protestar por los dones del caballo regalado, aunque cojeara de una pata y viese mal con el ojo derecho.

Don Isidoro llevaba un buen rato sin hablar; fue, no obstante, el primero en retomar la conversación interrumpida:

—Entonces, ¿cuál es tu misión en la vida?

No había olvidado que yo aún no había contestado a esa pregunta. Precisamente, ahí era donde nos habíamos quedado. Carraspeé un poco, sentí un nudo en la garganta, me temblaron los dedos de la mano izquierda y experimenté, por último, una especie de rozadura en el codo derecho, como si me hubieran pinchado con un alfiler o como si un abejorro hubiera pasado por ahí, rozándome con las alas.

—Quiero ser escritor —dije de pronto, con la frente bien alta, dispuesto a desafiar a los fantasmas del presente y del futuro. En la mirada había la resolución de quien acaba de lanzar los dados y asume el resultado, costara lo que costase.

—¿Escritor...? —don Alfredo no salía de su asombro. Cierto que hasta ese momento no le había dicho ni una palabra al respecto.

—¿Escritor...? ¡Ahí tienes, amigo Alfredo, a tu pupilo, creyente y fiel seguidor de las cosas de la Iglesia! ¡Rebelión en la granja! ¡Rebelión en la granja! Eso es lo que ha pasado aquí —exclamó el señor Isidoro, tan divertido con mi respuesta que ni siquiera se había molestado en disimular una especie de, digamos, arrebato.

—¿Y a mí...? —reaccionó el señor Alfredo, como quien se dispone a espantar una mosca—. Pero escribirás de vez en cuando sonetos de carácter religioso, ¿no? ¡Ah, con eso me conformaría! No olvides que siempre he depositado una gran confianza en ti, y que aunque me hayas fallado en cuanto a la «vocación», llamémoslo así, no me has fallado en cuanto a la persona, porque has salido un joven excelente, con dos dedos de frente, y yo diría hasta cuatro dedos de frente, y muchas narices de coraje, valor y sentido común. Quiero que sepas que me siento orgulloso de ti, siempre lo he estado, y que nunca, nunca me has decepcionado...

Oímos cómo se abrían y cerraban algunas puertas de la casa con cierto tumulto. Oímos también voces femeninas, la acalorada discusión de dos personas que no llegan a entenderse. El señor Alfredo suspiró. Luego bajó la cabeza y se dijo para sí, aunque de forma bien audible: «No quiero que se vaya; voy a tratar de retenerla». Se levantó del sillón, dio la vuelta a la mesa maciza del despacho y, atravesando sigiloso la pieza, como si fuera un gato, se dispuso a salir, en tanto que nos dirigía una leve mirada de complicidad, con la que solicitaba nuestra paciencia y pedía que no nos moviéramos de nuestros sitios. Él sabría arreglar el asunto.

La estuvo esperando en el vestíbulo, mientras Paulina terminaba de bajar las escaleras de madera.

—Te lo ruego —le oímos suplicar con voz tierna y firme a la vez, como la de un padre que se obstina en no reñir a su hija, pese a que desea comunicarle algo importante—, quédate; hazlo por ti, por nosotros. En ningún sitio estarás mejor que aquí. A la ciudad podrás ir siempre que lo desees, pero ¿por qué abandonarnos?, ¿por qué dejar sola a tu tía, que, aunque tiene su carácter, y no siempre es el que quisiéramos conocer, sabes que te aprecia mucho y que, de hecho, toda su vida gira en torno a ti? Porque, ¿con quién iba a discutir si tú decides, finalmente, dejarnos huérfanos y desamparados en esta casa, que es, y eso es algo que no me canso de repetir, la tuya también?

Tal vez la muchacha estuviera esperando eso: que el amo diera una señal por ella, que mostrara signos de apego, de afección, de ganas de seguir viéndola todos los días, como siempre había ocurrido desde que había puesto los pies en aquella casa, cuando, a una edad temprana, los padres se habían desentendido oficialmente de ella.

Paulina seguía sin moverse en el último peldaño de las escaleras, el bulto a sus pies, un macuto sin ruedas, de esos que usan los reclutas. Tía Luciana se habría asomado desde lo alto, en la barandilla. Pero no podíamos verla. A la muchacha tampoco, nos imaginábamos la escena. Y como al cabo no fue suficiente con la imaginación, nos levantamos de nuestros asientos y nos asomamos a la puerta. Era en el preciso instante en que la chica, desconcertada, se encogía de hombros y se ponía a balbucir excusas, palabras sin sentido. Comprendimos que en el fondo lo que ella deseaba era marcharse, y que había que dejarla partir. Tal vez regresara un día, tal vez nunca la volveríamos a ver. Solo el paso del tiempo daría con la respuesta. Así debió de entenderlo el señor Alfredo, al extender los brazos. Y la joven se apretó junto a él, buscando quizás en esa despedida el calor de una persona que por lo general nunca daba muestras de calor; al menos, no de aquella forma. Bajó asimismo las escaleras tía Luciana y, en un momento, se montó una verdadera escena de despedida: pañuelos, gemidos, sollozos, abrazos, apretones, movimientos torpes de seres que sienten en el alma como una punzada, peor aún, como un salto al vacío que los mantiene, durante el espacio de varios segundos, en el aire.

Se cerró la puerta de la calle. Ahora sí que se había marchado Paulina, a saber cuándo regresaría. Hubo un golpe seco, sordo, que dejó unos segundos aturdidos a los habitantes de aquella casa; pero la normalidad reclamaba su plaza, y no tardamos en volver cada uno a sus ocupaciones. Como si nunca hubiera habido una desaparición y la muchacha siguiera aún con nosotros, entretenida con las tareas en la cocina.

La visita también daba muestras de querer marcharse. De hecho, había estado a punto de preguntar a Paulina si quería que la acompañara; pero una especie de pudor se lo había impedido. Por otro lado, ella iba a la ciudad, mientras que el señor tomaría la senda contraria, vivía en un pueblo en las cercanías de Caudete. Él también formaba parte del escuadrón de españoles, ciudadanos de a pie, que habían cedido a la tentación de comprarse un utilitario, ¿por qué no un modesto y coqueto seiscientos? Económico, bonito, atractivo, tan elegante como una dama con delantal de encajes, que sale una mañana de domingo a dar una vuelta a orillas del río. No obstante, parecía que tenía algo importante que comunicarme, así que, antes de coger el sombrero y el bastón, que había dejado, el uno colgado en el perchero, el otro, firme en un rincón de la estancia, me habló aparte, aunque don Alfredo seguía estando presente:

—Muchacho, es muy importante lo que voy a decirte. Tiene que ver con ese destino que has escogido para ti, el de escritor... ¡Nada que objetar! Si yo tuviera un retoño como tú y eligiera ese destino..., pues, pues lo felicitaría en lo más hondo de mi alma y le daría la enhorabuena. Pero deseo ponerte en guardia acerca de determinados peligros que te acechan. En primer lugar, en razón de esa afición tuya de escribir encontrarás a tres tipos de personas: los indiferentes, los que te admiran y te desean la mejor suerte del mundo (que triunfes) y los que te admiran tanto como te envidian, o, por así decir, te envidian tanto como te admiran. ¡Desconfía de estos últimos! Te pondrán trabas, te desanimarán, te dirán que tú para eso no vales, o que la competencia es ruda, ruda, imposible hacerse un huequecito en el mundo de las editoriales. Desconfía, insisto, de ellos. No los escuches, no te arrimes a ellos. Constituirán los peores enemigos con los que toparás a lo largo de tu vida, en tanto que mantengas firme el propósito de ser escritor. Y no olvides otra cosa: lo importante no es lo bien o lo mal que escribas, sino que te pongas, como quien dice, en marcha, que persistas, que trabajes para mejorar y que busques tu estilo, tu «manera» entre las mil y una maneras que hay de escribir un libro. ¿Me entiendes?

—Sí, le entiendo perfectamente.

—Dicho esto, me voy. De repente, me han entrado las prisas. ¡Ah! Otro detalle que tiene su importancia: nunca hagas como yo ahora, tener prisas. Todo lo que lleves entre manos has de realizarlo sin prisas, tranquilamente, con la respiración sosegada y el ánimo sereno. Créeme, es la clave de la felicidad, pues si hay algo que echa al traste la felicidad de uno es precisamente el acopio de prisas, la vida acelerada, el estrés, en suma, que tanto caracteriza a las sociedades modernas. Hazme caso: no corras, y serás feliz.

Y tras decir esto buscó el sombrero, que ajustó enseguida a su cabeza, y agarró el bastón, que dejó colgando del brazo como si él se hubiera convertido en una percha. Una percha móvil, de andares reposados, no faltos de elegancia, aunque, eso sí, algo torpes y titubeantes.

Don Alfredo había escuchado los consejos sin haber añadido una palabra; pero en cuanto nos despedimos de su amigo, que también se había convertido por arte súbito en mi protector y mecenas, en la portezuela ya abierta del coche, pues habíamos salido afuera, movido yo por la curiosidad de saber de qué color sería, y resultó ser un seiscientos verde cremoso, verde atenuado como el de una pálida hoja recién lavada por la lluvia, donde nos estrechó por última vez la mano, me dirigió entonces unas palabras cargadas de misterio, que venían a completar las enseñanzas de don Isidoro. Dijo:

—A lo que acabas de oír, que está muy bien dicho por parte de mi amigo Isidoro, me gustaría que sumaras las advertencias que voy a darte ahora. El oficio de escritor es muy peligroso, voy a explicarte por qué: está sujeto a toda suerte de privaciones, frustraciones, calamidades. En primer lugar, te quedarás sin amigos, porque el arte de escribir exige silencio, calma, soledad; y eso no cuadra con una vida agitada en plena sociedad, rodeado de camaradas. En segundo lugar, la aguja de la frustración te estará pinchando todo el tiempo, porque harás depender tu éxito del reconocimiento de los otros, pero ¿y si este no llega nunca? Escribir para el triunfo, para la gloria, para la posteridad de tu nombre, que permanecerá imborrable, intacto, a través de la bruma de los siglos, conlleva un riesgo importante: no haber conseguido el objetivo, quedarse en el no reconocimiento, y esto con independencia de que escribas muy bien o muy mal (eso, en el fondo, es lo de menos). Por consiguiente, te aconsejo que si escribes no escribas para los otros, sino para ti mismo, para darte gusto a ti, y no a los eventuales lectores. Escribe porque te lo pide el alma, porque de alguna manera has de sacar los demonios fuera; pero no escribas porque esperes una recompensa, un título, un sillón en la sala de los escritores reconocidos y afamados. Si lo haces así, no te sentirás frustrado y podrás escribir hasta el fin de tus días, aunque no hayas logrado publicar ni una sola página.

Me pareció muy sensato lo que dijo Alfredo aquel día; así que, unidas a las palabras del señor Isidoro, decidí guardarlas en el fondo de la memoria y ponerlas a buen recaudo, a salvo del olvido.

Capítulo 6

Debo olvidarme de mí ahora y seguir la traza de nuestra querida Paulina. De todas formas, apenas había novedades que contar en mi vida; los días se sucedían monótonos, idénticos a sí mismos, rodeado de mis camaradas, de mi compañera Lea, y el deber de los libros, que tan ocupado y ajetreado me traían. En cambio, no puedo decir lo mismo de la muchacha que nos dejó aquel día, el mismo en que revelé a mi padrino que yo quería ser escritor.

De toda esa serie de sucesos me enteré más tarde, pero puedo adelantar que le estaban ocurriendo cosas, a mi entender, dignas de ser contadas.

Llevaba en el bolsillo algunos ahorros, además del dinero que le había dado en el último segundo el señor Alfredo. Mientras el autobús la metía por las calles tortuosas de los pueblos de la llanura manchega iba pensando que si en la estación, por casualidad, no encontraba a nadie podría pasar la noche en alguna pensión de mala muerte, y al día siguiente ya vería lo que haría. Transcurrida una hora y media, pues el autocar se había detenido hasta en los pueblos más remotos, pararon por fin en la estación de autobuses de Albacete; era una tarde soleada, ninguna nube en el horizonte anunciaba malos presagios o vientos que pudieran jugar en su contra. Paulina lo tenía todo para estremecerse de júbilo; se consideraba al fin libre, el sueño de su infancia se estaba cumpliendo en esos precisos momentos. Saltó a tierra y puso el pie en el duro asfalto del andén, una luz de neón parpadeaba no muy lejos de allí, a casi la altura de su cabeza.

Se abrió el compartimento y pudo extraer el bulto, uno solo, no muy pesado, pues lo había llenado básicamente de ropa, no contenía libros ni recuerdos que pesaran lo suyo. En realidad, ¡todos los años que había pasado con nosotros cabían en un simple macuto, algo hinchado, cierto, igual que el vientre de un asno al llenarlo de hojas tiernas, tallos y flores! Pero era tan poco lo que llevaba consigo que diríase sacada de un asilo, una joven desamparada que se dispone, no obstante, a probar fortuna en la ciudad.

Echó un vistazo a su alrededor, buscaba la cara conocida, el rostro amable de la persona que terminaría por dar un giro a su vida de ciento ochenta grados. Pero no lo halló, o por lo menos el suspense se prolongó más de lo que hubiera deseado. Habían quedado —por carta— en que pasaría a recogerla; ambos estaban al tanto de los horarios del autobús. Así que no había excusas, y ella empezaba a inquietarse; de hecho, fue presa de cierta zozobra en cuanto vio el andén desierto, los pasajeros habían ido desapareciendo uno tras otro por la puerta de cristales ahumados y doble batiente. Se notaba que el edificio, con el hangar donde estacionaban los autocares, era de reciente construcción: todo olía a nuevo, a limpio, incluso parecía que hubieran acabado de retirar de las paredes el cartel que dice: «No tocar. Pintura fresca».

Al fin agarró el macuto, que se decidió a transportar por el asa en lugar de echárselo al hombro, y tomó la dirección que habían seguido, minutos antes, los demás viajeros. El vestíbulo de la estación era amplio, se dividía en diferentes salas comunicadas entre sí por pasillos; en todas partes veía filas de asientos de plástico blanco, arrimadas a las paredes, y, en la primera sala, las taquillas de las compañías, que ofrecían sus billetes con destinos que se encargaban de anunciar los altavoces: «Salida inmediata, el autobús procedente de... con destino a... efectuará una parada de cinco minutos. Se ruega a los pasajeros acudan al andén número...» Fue el primer mensaje que escuchó en la ciudad de Albacete, y se le quedó grabado en la memoria como si lo hubieran escrito con letras de fuego.

Apenas se fijó, mientras seguía andando, en las dos o tres tiendas que había en la sala más grande, la que se situaba enfrente de las puertas principales. Eran modestas boutiques de souvenires, o bien de comestibles: platos típicos de la región, así como botellines de agua, periódicos y revistas, libros de bolsillo, casetes de música donde tal vez Paulina hubiera encontrado a alguno de sus artistas predilectos.

Atravesó el umbral y se encontró afuera, en una plaza donde estacionaban los vehículos; a su derecha se veía una valla con barrotes de yeso, y, al otro lado, árboles y las vías ferroviarias. La estación de trenes se encontraba justo al lado de la de autobuses. Parecían edificios gemelos, pero el destinado a los trenes era más antiguo y tenía un enorme mosaico de cristales en la fachada, donde se representaba la imagen de varios payeses en plena faena, el campo, siempre el campo. Recordaba a las adustas fachadas de las iglesias románicas o góticas, pero la representación tenía un carácter laico en vez de religioso.

Miró a su alrededor, preguntándose si Juan, su novio ausente, disponía de coche; era algo que no había mencionado en ninguna de sus cartas; pero que no hubiese hablado de ello no significaba que no tuviera uno; a lo mejor un seiscientos del mismo color que el de la visita de ese mismo día, cuando había anunciado a los de casa que se marchaba a la ciudad. Depositó en el suelo, junto a una señal de prohibido, el bulto con la intención de esperar (como mucho) quince minutos, un cuarto de hora le pareció el tiempo suficiente para llegar a hacerse a la idea de que definitivamente la habían dejado tirada. En ese tiempo pasó un autobús de línea, que estuvo tentada de coger. Permaneció cinco minutos haciendo mucho ruido, con el motor tan rugiente como lo sería la mandíbula de un ogro al bostezar, y se fue al cabo, pestañeando con sus luces áureas a los costados, como una linda puesta de sol en miniatura.

Conocía la dirección del hotel, así que no tenía nada más que dirigirse hasta allí y cantarle las cuarenta al caradura. Era en la avenida de Los Llanos, enfrente del parque Abelardo Sánchez. No es que hubiera estado muchas veces en la capital, pero sí las suficientes como para no sentirse desorientada después de un largo viaje en autobús. Y si había decidido esperar solo había sido por cortesía, para que después el otro no se lo echara en cara; estaba convencida de que volvería a verlo, no se le iba a escapar.

Nada más doblar a la izquierda tomó la rectilínea avenida de la Estación, que terminaba en una rotonda con una fuente, o una estatua, ahora no lo recordaba bien, en medio.

Era uno de los puntos neurálgicos; si continuaba recto tomaría el paseo de la Diputación, los jardincillos del Altozano y esa larga calle repleta de comercios, ¿cómo se llamaba?, la cual desembocaba en la entrada con verjas del parque. Tan fácil que no podía perderse ni extraviarse: no había sino que seguir todo derecho, torcer al final a la izquierda, y, al rato, se encontraría con la fachada blanca, adusta, severa, del Hotel Los Llanos. «Aquí, pensó, todo es Los Llanos. Para empezar... La Virgen de los Llanos, patrona de la ciudad». ¿Y por qué Los Llanos? Porque, salvo el alto de Chinchilla, a 13 kilómetros de distancia, no había más relieve que el liso, plano y estático suelo de la planicie castellano manchega. Aquel espacio parecía un inmenso campo de batalla donde todo, una vez concluida esta, había sido barrido, aplastado, convertido en polvo que flota, un instante, a la altura de los ojos, y luego vuelve a dejarse caer, como extenuado por su propio peso. Así se sentía ella entonces, insignificante mota de polvo que flota a la deriva en las desiertas calles de la ciudad. No tan desiertas: había bullicio, animación de gente que va de compras y no desperdicia la ocasión para hablar aquí y allá, en las terrazas de los bares a menudo repletos. Paulina se sintió contagiada por el calor populachero, la electricidad que reinaba en el ambiente. De haber tenido algo de tiempo, se hubiera sentado también en una de las terrazas para charlar amistosamente con los de la mesa de al lado; eso era algo que hacía, poco más o menos, todo el mundo. Se había fijado y se sintió feliz de estar allí, a pesar del plantón. Pero conocía de sobra el camino y pensaba cantarle las cuarenta en cuanto aterrizara en el recibidor del hotel, por muchas estrellas que exhibiera en el letrero. Una reprimenda, por lo menos, sí que se merecía.

Cuando llegó a la puerta alta, abovedada, con cristales oscuros y rejas a modo de decoración, de la fachada lisa y regular del establecimiento, el sol se había ocultado; prestaba una corona de oro a las ramas más altas de los pinos que lucían verdes en el parque, gigantes cabezudos de endiabladas melenas. Había un portero con sombrero, casaca y galones; las puntas de los zapatos, tan relucientes que hubieran servido de linternas en una excursión por el bosque. Se llevó la mano a la sien y la saludó afectuosamente. Paulina compuso un aire digno, de alta señora, y respondió al saludo con ingenua sonrisa, ¡ay!, de campechana. Pero el hombre, que era alto y barrigudo, la dejó pasar de todos modos. En el interior había muchos dorados, adornos de mucha monta, decoraciones que la muchacha no había visto aún, y con los que no había soñado siquiera. Se notaba que era de elevada categoría. El recibidor, al fondo a la izquierda, era de madera oscura y maciza, incluso las paredes exhibían listones de madera, parecía un camarote dentro del vestíbulo, un mundo aparte dentro de aquel espectáculo grandioso, con cortinas de terciopelo tan altas como los abrazos de la Virgen Santísima, mesas de billar, mesas redondas con motivos asiáticos, y sillones tapizados alrededor, sobre mullidas alfombras de figuras tan complejas que parecían laberintos dentro de un laberinto. Sin ponerse a vacilar, tan segura de ella como sin duda se lo exigiría el protocolo, se acercó con paso rápido al mostrador, donde una pareja de empleados la aguardaba expectante, un hombre y una mujer de mediana edad.

—Buenas tardes.

—Buenas tardes. ¿Anda por aquí el señor Juan Castillo?

—¿Juan Castillo...?

—Un empleado. Trabaja en el servicio de restauración. ¿Anda por aquí?

—¿Por aquí? —repitió la mujer, extrañada por el tono empleado; y el acento también debió de resultarle poco familiar; tal vez se hubiera sentido más cómoda dialogando con una persona de origen asiático; pero aquella muchacha de aires campesinos —digámoslo, vulgares— le resultaba extraordinariamente antipática, como si procediera de otro universo, de otra galaxia, de otro mundo que se encontraba a años luz del famoso y popular Hotel Los Llanos.

—Sí, por aquí, porque si no ha ido a buscarme a la estación de autobuses ha sido porque, supongo yo, tenía que permanecer aquí, que es el sitio donde trabaja. Y claro, le habrán cambiado el horario a última hora y por eso no ha podido ir a recogerme. ¿Tiene un seiscientos, verdad? —preguntó, ya envalentonada, habiendo confundido, quizás, el deseo con la realidad.

—El señor Castillo no se ha movido, en efecto, de aquí en toda la tarde —comunicó el señor con un máximo de seriedad, el rictus tan contraído que diríase un torero a punto de pisar la arena del ruedo.

—¿En toda la tarde...? —Paulina optó por mostrar su enojo, ¡era lo mejor que podía hacer en esos momentos!—. Pero ¡si tenía que ir a recogerme en la estación de autobuses! ¿No habíamos quedado en eso? Pues bien clarito lo había puesto en la carta que me escribió —Y poco le faltó para sacarla del bolso; pero se contuvo a tiempo porque, se dijo, no iba a armar un revuelo en aquel establecimiento de categoría donde, por añadidura, trabajaba el que pronto iba a ser, si no lo era ya, su novio.

Mandaron llamar al interesado. Y cuando se presentó en el vestíbulo del hotel resultó alguien enclenque, pálido, delgaducho. Otra vez me preguntaba cómo Paulina podía haberse fijado en una persona así. ¡Qué gustos tan raros tenía! Ya con Julián había demostrado que le faltaba agudeza, si no buen tino, a la hora de elegir los muchachos que le convenían. Además, se le veía apurado, se retorcía nervioso las manos; a lo mejor no le había dado tiempo de idear una buena excusa, o qué palabras emplearía ante el jefe, quien lo miraba con desfachatez y una pizca de sorna, detrás del mostrador. Era un tipo con el pelo rizado, de unos veintiocho años, los ojos negros y las cejas pobladas, cargado de espalda y de hombros, aunque más bien poca cosa en cuanto a la envergadura, y con un extraño tic en la cara, que lo hacía sonreír aunque sintiera ganas de llorar, y le temblaba un poco, casi imperceptiblemente, el labio inferior, que era grueso y un pelín colgante. Llevaba puesto un traje de faena: pantalón azul oscuro con correa de cuero negra, y camisa dotada de muchos bolsillos de un azul celeste, azul de mañana que apenas ha conseguido desembarazarse de la niebla madrugadora.

—¡Ah, Paulina! Tú por aquí. Entonces, ¿has venido?

—¡Pues claro que he venido! ¿Acaso no me creías capaz?

Los empleados, así como el jefe, que había salido de su cueva solo para chismorrear, se preguntaron inquietos si no tendría lugar una escena doméstica, en pleno recibidor, a la vista de todo el mundo, de los clientes sobre todo. ¡Había una pareja con pinta de norteamericanos que acababa de empujar, en tanto que arrastraba las maletas el botones, la puerta giratoria de cristales con marcos de latón! Toda una escena en ciernes. El empleado treintañero alargó el brazo, iba vestido con camisa a rayas y chaleco negro con franjas doradas; daba a entender que «por allí sería mejor». Y los jóvenes volvieron la cabeza para descubrir una puerta lateral, que debía servir de entrada a los vericuetos y pasillos internos del establecimiento. Con ademán impaciente, tomaron ambos ese camino y desaparecieron por la puerta, antes incluso de que los nuevos clientes alcanzaran el recibidor.

No daba a un pasillo, como se había figurado Paulina, sino a una pieza minúscula, donde había un perchero y tres o cuatro sillas de paja arrimadas a la pared. Nada más, ni un triste ventanuco, ni un mueble donde aliviar la vista de tanto blanco en las paredes y el techo. El suelo, de baldosa gris con forma de rombo.

—¡Ah, sí! —exclamó Juan, acordándose de pronto—, esta salita sirve para cambiarse de prisa y corriendo, cuando uno llega tarde al trabajo y por alguna razón (que solo el jefe conoce) tiene que mostrarse disponible «al instante». Casi la había olvidado, como yo nunca llego tarde...

—Mira, tú —empezó diciendo la de El Barro con acento más que irritado; y cuando una pueblerina se enfada...—, ¿no me habías dicho por carta que...? Pero, vamos a ver, majo... ¿Quién te crees tú que soy yo, una cualquiera, una que se ha caído de un guindo...? ¡Pues no! Soy mil veces más lista que tú, y a mal genio no me gana nadie.

Era una forma (lo reconocía ella muy en el fondo) de marcar territorio, de establecer límites y premisas, porque sabido es que en cualquier relación de pareja cabe todo, excepto el famoso «aquí todo vale», es decir, que en realidad no cabe casi nada. «Y, se dijo mientras se estremecía de cólera, si no me pongo a gritar yo, se va a poner a gritar él, pues ¡menudos son los hombres!; así que prefiero interpretar yo el papel de gallito, aunque me falten las plumas y la cresta; pero tampoco veo que él las lleve; por lo tanto...».

Y con esa maraña de pensamientos, continuó por espacio de

un minuto poniendo en solfa a su novio, que a lo mejor no lo era aún, pero por si acaso.

—¿Me dejas hablar un segundo...? —replicó, tímidamente, Juan, con la misma vocecita que uno emplea cuando se le ocurre responder a los sermones del abuelo, siendo niño.

—¡Habla! Pero más vale que sea sensato.

No supo explicarse por qué ni cómo, de repente le entraron ganas de dar una bofetada a aquella cara de niño bobo, niño asustadizo y bueno, que ha crecido, sí, pero que los pantalones le siguen quedando grandes, como si en realidad no hubiese crecido lo suficiente. Más tarde contaría que lo hizo por desahogarse, para liberar la tensión acumulada con la despedida tormentosa en casa del señor Alfredo, el viaje largo y tedioso en autobús y la espera inútil en la parada de autobuses. ¿Por qué no iba a ser él quien pagara los platos rotos? Así que, de buenas a primeras, y como lo viera tan endeble, tan poca cosa, incapaz de ofrecer la mínima resistencia, le atizó una... quiero decir, una guantada, o, si lo prefieren, un tortazo que sonó rotundo en la salita, como si hubiera tenido lugar una pequeña explosión, una explosión que solo concernía a dos personas ridículas, a dos seres insignificantes, diminutos, encerrados en un espacio claustrofóbico.

—¡Ay! —protestó el muchacho, llevándose la mano izquierda a la mejilla derecha, donde había recibido el impacto. Había averiguado, por la misma ocasión, a qué sabían las tortas de El Barro.

Y otra vez... ¡Cambio de papeles!... La muchacha, que en realidad no deseaba ningún mal a su compañero, experimentó la comezón del remordimiento nada más ejecutar la acción; aún no había regresado el brazo a su sitio, cuando ya se había arrepentido y se malquería por haber sido capaz de hacer una cosa así, ¡con lo pacífica y serena que se había mostrado ella siempre en casa de su protector! «¡Disculpa! ¡Disculpa!», gritó, alarmada, exasperada, y se echó llorando a los brazos de quien hacía unos momentos había recibido tamaña ofensa.

Hubo reconciliación. ¿Cómo no?

La reconciliación consistió en que por el momento se iría a casa de él, a esperarlo mientras terminaba su jornada laboral, y una vez que regresara a casa podrían charlar tranquilamente los dos y hacer proyectos de futuro, «porque quiero que sepas, añadió casi al final, que estoy muy, muy contento de tenerte a mi lado. ¿Sabes cuántas noches me había pasado pensando en ti desde que nos conocimos? ¡Pues muchas, muchas noches! Y no hablo ya de los días. O sea, que desde que nos conocimos no hago otra cosa que pensar en ti. Mi vida...» Y aquí se interrumpió; se había hecho un lío. La canción aquella le hubiera sacado de apuros, lo malo era que no recordaba bien la letra. Alzó el brazo derecho a la altura de los ojos y empezó a agitarlo con un movimiento que imitaba el vaivén de las olas, daba a entender que era mucho, mucho lo que se felicitaba porque ella estuviera con él en esa salita.

Paulina se apaciguó.

«A lo mejor es feo, se dijo, pero la bondad del carácter suple con creces los defectos físicos».

«Porque la guapura, añadió como dialogando consigo misma, no da de comer; y eso es algo que decía mi tía; ¡y cuánta razón tenía mi pobre tía!».

Pensado lo cual, se abrazó nuevamente a su novio. Las paces estaban hechas.

Ahora había que darse prisa. No convenía impacientar a los jefes, que seguirían expectantes detrás de la puerta, como tres centinelas, como tres custodios o guardianes del templo, de esos que solo acceden a dejar libre el paso si el visitante aporta las oportunas credenciales.

Salieron al vestíbulo. El gran jefe había desaparecido. La pareja del recibidor charlaba con un cliente que había puesto el codo en el mostrador y que iba vestido de manera informal (con bermudas rojas, ¡qué escándalo!). Alzaron la vista y descubrieron a los recién reconciliados, acababan de soltarse la mano; pero era un detalle que no había pasado desapercibido al señor del chaleco, pues poseía vista de halcón, cualidad esta que lo enorgullecía sobremanera.

Luego se separaron, no sin darse otro abrazo; aunque el lugar y la situación impedían cualquier rienda suelta a la pasión. Aun así, se abrazaron y casi se besaron. Dos hermanos no se hubieran mostrado más comedidos que ellos en aquel momento. Juan se dirigió hacia una de las salas que había en la planta baja. Paulina se encaminó, por su parte, a la salida; solo una vez, por pura cortesía, volvió la cabeza hacia los inquilinos del recibidor. El mostachudo, quiero decir, el hombre de las bermudas rojas había cesado de hablar y seguía con la vista los graciosos movimientos de la muchacha. Pero ella no se dio cuenta, o más bien hizo como que no se daba cuenta de nada.

Capítulo 7

Es muy importante obtener la dirección de la persona a la que vas a visitar. Esto es un perogrullo muy importante. Porque hay perogrullos ligeros, como por ejemplo «el sol sale por el este»; pero el de la dirección no es un perogrullo como los otros; este es de vital importancia. ¿Si vas a ver a alguien y no sabes dónde vive...? Afortunadamente, Paulina acababa de solventar este problema. Y había un detalle a tener muy, muy en cuenta: si él mismo le había dado la dirección era porque contaba con ella, es decir, se veía viviendo con ella, compartiendo sus horas, sus sueños, sus proyectos... ¡Ah!, en esas condiciones no le hubiera importado vivir donde fuera, hasta en la China. Cualquier sitio estaba bien, excepto El Barro.

Paulina estaba hartita de su pueblo y por eso había tomado el autobús aquella misma tarde. Ahora caminaba con paso alegre hacia la nueva dirección. ¿Dónde era? Él le había dicho «el barrio de San Pablo», «La Fiesta del Árbol». Lo de La Fiesta del Árbol le sonaba, era un parque que había detrás del edificio de Los Redondeles. Sí, el paseo de la Feria, el molino de agua, los árboles, la explanada, los jardincillos... Preguntando se llegaría a Roma; además, en Albacete nada podía quedar demasiado lejos. ¿Y si se perdía? Bueno, su novio se lo había explicado bastante bien, si dejamos de lado el detalle de que como le habían entrado las prisas, pues no se había expresado del todo correctamente.

En fin, ella se puso a caminar, acera adelante, y esto era lo que contaba... Al cabo de una veintena de preguntas a los transeúntes y de otra buena veintena de serias vacilaciones, logró por fin pararse delante de la puerta del inmueble: un piso de cuatro plantas, con balcones, de fachada granulada color verde mostaza. Se le veía nuevo. Juan le había prestado la llave, así que no tuvo más que introducirla en la cerradura, subir las escaleras, volver a meter la llave en la otra cerradura; en fin, una serie de operaciones mecánicas que cualquier hijo de vecino ejecuta todos los días sin apercibirse siquiera de ello.

Lo primero que le llamó la atención fue comprobar lo limpio que estaba todo. Aquel piso brillaba como la patena de aluminio que había en el patio, en el pueblo. Y luego estaban todas esas plantas arrimadas a las ventanas del salón. En el balcón también había muchas. La vivienda se componía de una sala, un balcón no muy ancho, un cuarto junto al salón, una cocina con forma de pasillo también junto al salón, un pequeño pasillo donde había una despensa o armario empotrado, también junto al salón, y un cuarto de baño con bañera, ubicado justamente al lado del salón. En definitiva, era pequeño pero coqueto.

A Paulina le gustó mucho, sobre todo por lo bien que lo había decorado ese muchacho que ahora no cabía ninguna duda de que era su novio.

Lo estuvo esperando un buen rato. Y durante ese tiempo vio desfilar en la ventana los vivos colores del anochecer, que iban languideciendo como una imagen que se difumina, pierde poco a poco el brillo, la nitidez de las formas, se convierte al cabo en una sombra espesa; el cielo de repente pasa a ser la sombra de lo que fue. «Y menos mal, pensó Paulina, que mañana será otro día».

En el tiempo en que la claridad del cielo se borraba, tomó

una ducha, sacó la ropa del bolso y la puso sobre la cama, inquieta porque los meneos del viaje podrían haberla estropeado de forma irreversible.

Acuciada por el hambre, abrió el frigorífico y descubrió medio pollo asado en una fuente de cristal, con salsa de laurel, cebolla, tomate y pimiento, y su buena porción de patatas: doradas y blanditas por dentro. Cerró el frigorífico, abrió el mueble que había encima del fregadero y encontró, en uno de los estantes, paquetes de arroz, pastas y espaguetis, perfectamente alineados. También descubrió latas de tomate frito, paquetes de bizcochos, galletas María y medio pan redondo metido en una bolsa de tela para que no se pusiera duro tan pronto. «Entonces, se dijo, no le falta qué comer». Y, ya más tranquila, volvió a abrir la puerta del frigorífico, sacó la fuente que contenía el medio pollo asado, la colocó sobre la mesa y se puso a buscar, abriendo no pocos cajones, una sartén y un mechero o caja de cerillas con que encender el fuego.

Al cabo de cinco minutos, estaba sentada en la mesa. El medio pollo asado en un plato, humeante aún. Y se lo comió sin asomo de remordimiento. Y cuando llegó al último bocado se puso a reflexionar sobre cuál sería la excusa más adecuada. La cual excusa que encontró fue esta: «El viaje había sido largo, penoso, rabiosamente movido; hacía unas cinco o seis horas que no probaba bocado. Él lo comprendería». De paso, se fijó en las cualidades culinarias de su novio; no estaban mal, pero estaba convencida de que ella sabía cocinar mejor. Por ejemplo, le hubiera puesto más pimienta y menos cerveza a ese pollo que se acababa de comer.

Aún le quedaron fuerzas para lavar los platos y recogerlo

todo en la cocina; después se dirigió, con el vientre lleno y la mente aturdida, a la cama del dormitorio, donde se dejó caer apenas sin darse cuenta, como si actuara bajo los efectos de una potente droga, y se quedó al instante dormida.

La despertó un ruido.

Era él, había entrado en su propia casa.

No, no podía ser así. Le había prestado las llaves. Otro ruido, que fue más bien un timbrazo, y Paulina acabó de despertarse. Se precipitó hacia la puerta de la entrada, descolgó aquella especie de teléfono y apretó el botón.

Ni siquiera había preguntado: «¿Quién es?» Se puso a esperar y durante esos dos o tres minutos de espera fue capaz de traer a la memoria la excusa que había inventado antes: «Viaje largo, tedioso, hambre de cinco semanas...».

Llamaron a la puerta. Paulina se precipitó, toda emocionada, toda contenta. No era su casa, pero todos los indicios parecían indicar que ahora sí que lo era. Había un «a partir de ahora» que llamaba al mismo tiempo que sonaba la puerta, al mismo tiempo en que Juan repartía los golpes sobre la madera.

Y por fin entró. Lo primero que hizo fue abrazarla. Se arrojó a ella como el emigrante que vuelve a casa por Navidad, o como el padre que vuelve a ver la cara de su hijo, ya no tan lozana, sin ese aspecto inocente y juvenil de antaño.

Pasaron al salón y allí Paulina le explicó que le había encantado el piso, que lo encontraba pequeño pero coqueto, los muebles en su sitio, ni muchos ni pocos, justo los que tenían que estar, y el balconcito: una preciosidad, esas plantas daban mucho lustre; el anochecer era desde allí un espectáculo grandioso, digno de la mejor película de Hollywood. Bueno, el caso era que en un momento dado había sentido un hambre feroz, de esas que te anulan el pensamiento, y se había comido el pollo, claro, podía haberle guardado la mitad, pero el caso era que, como quien dice, había empezado a masticar y cuando había querido darse cuenta, pues ya no quedaba nada de pollo, ni de patatas, pimiento o lo que fuera; solo quedaban los huesos, que hubiera relamido también, pues ella hubiera sido la primera en afirmar que el plato aquél le había salido riquísimo; total, que se lo había comido todo, todito. ¿La perdonaba?

Juan se echó a reír. Sus carcajadas retumbaron en el salón, igual que el ruido de la bofetada cuando estaban en la salita del hotel.

La situación había cambiado, no obstante: ahora no había reproches, sino mirada halagüeña, confiada, hacia un futuro que se había puesto a caminar con ellos. El secreto estaba, pero no creo que fueran conscientes, en ajustar el paso de manera que fuesen ambos al mismo ritmo y, lo que era aún más importante, sin atreverse a empujar las agujas del reloj, puesto que no hay nada más contraproducente que someter el tiempo a presión, lo mismo que intentar meter un elefante en el garaje de la casa de uno. ¡Imposible!

Juan explicó brevemente que ya había cenado en el hotel; a menudo cenaba allí. Trabajar en el hotel Los Llanos, le aclaró enseguida, es como el juego de la pata coja: las ventajas y los inconvenientes alternan; al final uno no puede ir ni muy rápido ni demasiado lejos. Y si te sales de tu casilla, ¡descalificado!

Paulina se sentó en una de las sillas que había junto a la mesa redonda, bajó los hombros, fastidiada, y exclamó: «¿Qué es eso de la pata caja? En fin, si tú me perdonas lo del pollo, yo te perdono lo de la pata coja».

«Mujer, replicó Juan, no pienses más en ese pollo. Se fue. ¡Otros vendrán! No vendrán volando, ni tampoco entrarán por la ventana; pero vendrán, y entonces nos los comeremos y seguro que nos sabrán a gloria».

«¡Cielos! ¡Cielos! —gritó Paulina—. ¡Lo que me va a costar discutir contigo! ¡Tú eres de los que dicen sí a todo sin haber puesto una sola objeción!».

Capítulo 8

Sin lugar a dudas, ocurrieron muchas más cosas aquella primera noche que pasaron juntos. Debido al decoro, Paulina se abstuvo de contarme nada más, por lo que si continúo con la narración del episodio me adentraría en el terreno de la fábula y la mera invención. Mis lectores merecen que sea veraz, así que renuncio a mis pesquisas, vuelvo la página y cambio de escenario. ¡Alguna ventaja habíamos de tener los escritores, cuando algo nos resulta demasiado «escabroso», siempre podemos volver la página o, ya puestos, cambiar las fechas y meter todo eso de golpe en el pasado, inofensivo ya para las almas vivas y sensibles! Me doy cuenta —dicho sea de pasada— que últimamente abuso de las exclamaciones. Es un síntoma del macabro Romanticismo. Estoy leyendo demasiado a Guy de Maupassant (de acuerdo, no era romántico, sino un escritor realista, pero abusaba igualmente de la Retórica, esa escuela que se empeña en poner exclamaciones, interrogaciones y puntos suspensivos cada dos líneas), y eso se nota en lo que escribo ahora. Tendré que moderarme en cuanto a Guy de Maupassant... ¡Diablos, otra vez los puntos suspensivos! ¡Diablos, otra vez las exclamaciones!

Pues, como iba diciendo, amaneció, y ahí seguían los dos: habían pasado tan bien que mal aquella primera noche. ¡Se activaron como dos hormiguitas que no pierden de vista el agujero del hormiguero, por donde no tardando han de meterse otra vez! La vida del obrero consiste en recorrer galerías, lo mismo a ras del suelo que subterráneas, incluso las hay que se elevan hasta competir con el cielo; y ese recorrer es en realidad un ir y venir continuo, repetido en virtud de la magia del almanaque, que todo lo dicta: acciones y pensamientos.

Juan, cual hormiguita, corrió presuroso a su lugar de trabajo y allí aprovechó la menor ocasión, una pausa que le había dado el jefe, para acudir a la oficina de la intendencia, donde se puso a decir maravillas de una tal Paulina, la recomendaba, daba fe de ella, estaba convencido de que no iba a decepcionarles. ¿Acaso no había oído comentar que había un puesto vacante en la cocina, o si no, como camarera de piso? Ella era una mujer muy pulcra y ordenada, joven aún; pero dotada de mucha rectitud y de cautela en el obrar.

El señor Agustín, calvo y con gafas que se parecían mucho a las de Calvo Sotelo, se lo quedó mirando con la sonrisa en los labios. Le habían divertido aquellas muestras de entusiasmo, tan propias de la juventud. Juan Castillo, uno de los empleados más fieles y prometedores de la firma, no había puesto hasta la fecha ningún, ningún problema. Así que, ¿por qué no iba a creerle? El intendente se aclaró la garganta, farfulló un poco antes de decir con voz cavernosa, impropia de esa grave fisionomía:

—Ejem, ¿estará de acuerdo con el salario?

—¿Qué salario?

—Es nueva. No la conocemos de nada, salvo por tus referencias. Cobrará lo mínimo que puede ofrecer esta casa.

—Es decir, ¿cuánto? Pero ya le adelanto que es buena cosa que la cojan; nosotros nos apañamos con poco.

—¿Nosotros...? Entonces, ¿la has metido en tu casa? Porque, hasta donde llegan mis informaciones, tú no estás casado,

¿me equivoco?

—No, no se equivoca. Ella y yo somos novios... Ha venido del pueblo. Estaba harta de allí, eso es lo que me ha dicho repetidas veces.

—Comprendo —el intendente reflexionó un poco antes de añadir—: Dile que se presente aquí mañana a las ocho. La estaremos esperando.

A punto estuvo de saltar hasta el techo el interesado; pero se contuvo porque ese techo no era muy alto y podía romper la escayola que disimulaba los cables y demás instalaciones ocultas.

Se pasó el resto de la jornada inquieto, incapaz de concentrarse debidamente, más de una vez el jefe hubo de traerlo a tierra, porque se había ido en misión secreta por los vericuetos de su imaginación, que al parecer eran infinitos. Sabía que Paulina había proyectado pasarse el día buscando trabajo, iba a recorrer las calles del centro, preguntar por aquí y por allá si necesitaban una sirvienta, una costurera, una empleada de almacén en cualquier tienda, una de las muchas que había visto el día anterior con escaparates tan llamativos y lustrosos. Albacete era una ciudad mediana que bullía de comercios, los paseantes subían y bajaban las calles y avenidas, con frecuencia no resistían la tentación de comprar «eso tan bonito que han puesto en el escaparate». También sabía que había llegado con algunos ahorros, pero que esos ahorros quería preservarlos, ponerlos de lado por si la vida se presentaba cuesta arriba, y así tendría con qué agarrarse, no se caería abajo, como si se hubiera colado por un túnel sin final, o con un solo final: la desdicha. «¿Precavida?, se preguntó Juan. Bien, cuanto más la conozco más me gusta. Es cierto que apenas si nos conocemos, pero el caso es que me gusta, le gusto, ¿qué más le puedo pedir a la vida?».

Como ya se ve, era alguien flemático, amigo de sus amigos, reposado como el caparazón de una tortuga; tal vez carecía de ingenio, pero era metódico y siempre pisaba sobre seguro. A lo mejor Paulina había acertado al fijarse en él; en nada se parecía, desde luego, al Julián de nefasto recuerdo para los habitantes de El Barro. Y como las horas siempre pasan, hasta las más lentas, que las más rápidas vuelan, concluyó por fin la jornada y se encaminó de nuevo a su casa, no sin haber recibido la penúltima reprimenda del jefe, quien había empleado en esta ocasión palabras bastante duras: «Si mañana, dijo, sigues con esa cabeza de chorlito te mando al calabozo, y ya sabes cuál es el calabozo: ¡la sala de máquinas!». Se refería a los sótanos del hotel, lugar que causaba aprensión al bueno de Juan Castillo; desde el primer minuto que lo contrataron, había preferido con mucho trabajar en la superficie.

Nada más entrar, comunicó a Paulina la buena nueva. Había contado con que los intentos de su compañera por encontrar trabajo habrían resultado baldíos, pena inútil, caminata sin resultados a lo largo y ancho de la zona urbana. Pero, para su sorpresa, no mostró alegría ni pareció que quisiera celebrar un evento como aquel.

—¡Ah! ¿Para qué te has molestado? —preguntó, un poco descorazonada—. ¡Ya tengo trabajo! Me esperan el jueves en la frutería situada en la calle Dionisio Guardiola, casi enfrente del edificio de Correos.

Juan se quedó pasmado. Hubiera debido sentirse orgulloso de su novia, felicitarla por su diligencia, que había demostrado ser tan eficaz. Sin embargo, la decepción era el sentimiento preponderante. Intentó hacer valer sus bazas:

—Tal vez te convenga este otro empleo. Trabajarías a mi lado; nos veríamos a cada rato; comeríamos juntos con los demás empleados.

—Hum... No estoy segura de que todo eso representen ventajas. ¿Si me canso de verte todos los días, a cada rato...? ¿Si los compañeros con quienes trabajas me caen mal y no puedo discutir con ellos porque son «tus» compañeros...? ¿Si el jefe nos coge manía en vista de que tú y yo somos novios, y duplica por eso mismo la vigilancia hacia nosotros...? Hum... En la frutería me sentiría más a gusto conmigo misma. Además, en ese hotel le caí de entrada mal a esa vieja que había detrás del mostrador. Lo advertí enseguida. Bueno, no sería tan vieja; pero su espíritu, su mente se corresponden con los de una señora cuya edad madura roza la jubilación.

—Desde ese punto de vista, que trabajemos en un mismo sitio equivale a jugárselo todo a cara o cruz: lo mismo puede salir bien que mal. Tal vez no te falta razón, más vale apostar sobre seguro, en la frutería no correríamos riesgos de incompatibilidad. ¿Qué le voy a decir mañana al intendente? ¡Se había mostrado tan satisfecho con la propuesta de que pasaras a formar parte del equipo!

—¡Espera! —gritó Paulina—. No te embales; ¿y si lo de la frutería no funciona?, ¿si el jueves, cuando acuda a la cita, me anuncian que se lo han pensado mejor, que en realidad no necesitan a ninguna dependienta, que patachín, patachán, una buena colección de excusas para mayor escarnio de mi persona? Y si mañana digo no al hotel y pasado me dan calabazas en la frutería, nunca mejor dicho, ¿qué hacemos?: ¿ponemos tú y yo cara de tontos?, ¿nos comemos una rosca?

Juan, que no pensaba a tanta velocidad como lo hacía su compañera, se quedó por segunda vez perplejo:

—¿Entonces...?

—Mañana voy al hotel. Acudo a la entrevista. Me dicen: ganarás tanto, tendrás que hacer esto y lo otro; los domingos, día de descanso. O bien: los martes, día de descanso. Yo digo que sí a todo. Me pruebo el traje (como la falda me quede demasiado corta, ¡nanay!, me largo del hotel en ese mismo instante). Recorro todos los pasillos y salas, la planta de arriba y la de abajo. Estrecho la mano de los nuevos compañeros, a quienes guiño un ojo, aun sabiendo que tal vez no los vuelva a ver al día siguiente. Y así, paso la jornada según las órdenes que me haya dado la gobernanta. Llega el jueves, llamo desde una cabina al hotel para anunciar que he cogido un resfriado. Me presento en la frutería de la calle Dionisio Guardiola. ¿Que no me cogen? Día libre, y al otro: al hotel a las ocho en punto. ¿Que me cogen y me explican lo que tengo que hacer? Sopeso sueldos, compromisos, días libres... Y de los dos trabajos, me quedo con el que más me convenga. ¿Qué te parece mi plan?

—Es una suerte tener un trabajo. Que haya donde elegir, ¡eso ya es doble suerte! En mi opinión, aquí deberían entrar en juego los gustos personales: ¿Prefieres una frutería, trabajar de cara al público, con mucho frío en invierno y excesivo calor en verano...? ¿O prefieres la seguridad de un puesto en el hotel, donde la mayor parte del tiempo la gente te dejaría tranquila, tú solo te ocuparías de tu faena, y ya? Pero si solo te fijas en el salario y de que en este sitio vas a ganar más que en aquel otro, a lo mejor acabas frustrada y arrepentida por no haber sabido escoger cuando tuviste la oportunidad.

—No solo voy a sopesar el salario; también voy a tener en cuenta las otras condiciones; lo principal es que el ambiente en que una pasa una buena parte del día sea lo más agradable posible. ¿Y si los jefes de la frutería son unos ogros, personas totalmente salvajes y horripilantes? ¿Y si en el hotel me como el marrón de que termino por no soportar a nadie?

—Escucha, de la frutería no te diré una palabra, porque no conozco a los dueños; pero del hotel te puedo decir que el ambiente es en general bueno, los colegas nos llevamos bien. Bueno, siempre hay algún que otro chismoso, alguno que se quiere pasar de listo; pero a esos yo los evito, les veo la cara de tarde en tarde; tú podrías hacer lo mismo. Los jefes no son malas personas. Eso sí, miran mucho la pela, porque para ellos la pela es la pela; pero, ¿hay algún jefe que no piense todo el rato en el dinero? Además, la vida les sonríe, se forran con los clientes de categoría que acostumbran visitarnos en fechas señaladas, y de vez en cuando nos preparan una fiesta para que los empleados estemos contentos. Son jefes con una filosofía moderna; para ellos lo práctico dicta las reglas del juego, y si acaso surgen complicaciones, apelan al intendente, el señor Agustín, zorro viejo que se las sabe todas: a ese no lo engaña ni la gitana más experimentada en trucos y piruetas de cartas.

Finalmente, para dar gusto a su compañero, eligió quedarse con el hotel, salvo si el primer día resultaba catastrófico, pues aún le quedaba tiempo de acudir el jueves a la cita con la frutería.

Y mientras ocurrían estas cosas en la capital, Alfredo y yo

iniciamos una divertida controversia. Desde que le anunciara que pretendía ser escritor, me trataba de otra forma, como si de repente hubiera considerado que había alcanzado la edad adulta, la edad en que uno es capaz de reflexionar con un mínimo de sentido común. El motivo del debate era el siguiente: no lográbamos ponernos de acuerdo acerca de la razón principal que había movido a Paulina a dejarnos. Yo sostenía que había sido por amor, se había enamorado de ese Juan Castillo, y, ciega de amor, no veía otra cosa y no anhelaba otra cosa que reunirse con él. Y si hubiera vivido en Madrid o en Barcelona, en lugar de en Albacete, pues a Madrid o a Barcelona que se hubiera ido. Él, por el contrario, sostenía que se había marchado por el hechizo que ejercía la capital sobre los lugareños; desde que había instalado la televisión en la sala de estar, la muchacha había visto imágenes de la vida en la ciudad, con todas esas calles, tiendas y coches, y se había sentido irremediablemente atraída. Como el ser humano siempre desea lo que no tiene (perogrullo que nunca está de más), Paulina, aburrida en el pueblo, hastiada de convivir con gallinas, palomas y conejos, y de soportar las manías de una tía suya que se iba haciendo vieja, debió de pensar: «¡Esta es la mía! Agarro un novio de hasta debajo de las piedras, y me largo a vivir con él en la ciudad». Y dicho y hecho, encontró a Juan Castillo lo mismo que hubiera topado con Juan Sinnombre, el caso era tener la excusa que le permitiera partir. Y todo eso, por el influjo de las imágenes que aparecían en la pequeña pantalla, maldita televisión, se arrepentía sinceramente de haberla comprado. A tales argumentos, yo objetaba que Paulina era joven, discreta, enamoradiza; como cualquier chica de por ahí, tenía derecho a enamorarse, perder la cabeza como una boba, y no ver otra cosa que el objeto de su deseo. «¿El objeto...?, replicó don Alfredo. ¡Muy literato te has vuelto tú! Aquí solo hay un objeto a la vista: la chica se fue; aún no comprendemos del todo por qué».

No conseguimos ponernos de acuerdo. Decidimos consultarlo con el señor Isidoro, mi padrino y protector literario. Hablamos con él por teléfono; primero se puso el señor Alfredo, luego me pidió que me pusiera yo, y así, en el despacho, con el auricular pegado a la oreja, que era grande, negro y tan ligero como una caracola de mar, acerté a oír su voz, que me transmitió el siguiente mensaje: «Los dos tenéis razón —dijo—. Paulina quería enamorarse, necesitaba una excusa para poder marcharse a la ciudad. Cierto que no iba a enamorarse de cualquiera (ya había tenido bastante con la experiencia del tal Julián), pero, habiendo encontrado a Juan en aquel baile de verbena y viendo que reunía el mínimo de requisitos, se dispuso a entregarle su corazón como quien ofrece un obsequio: para la pareja, de pronto todo eran risas y promesas de futuro. Así pues, con la obstinación de un rinoceronte y la determinación de un elefante, Paulina arremetió con todo, preparó a escondidas el bolso de viaje y dio el portazo, tú mismo fuiste testigo de aquel memorable momento». El señor Alfredo meneaba la cabeza para mostrar su total desacuerdo. Así que, en aquel asunto había tres pareceres distintos; diríase que en lo tocante al amor cada uno estaba predestinado a forjarse su propia idea. Con todo, consideré que la mía era la más romántica, la del señor Isidoro, la más reconciliadora, y la del señor Alfredo, la más amargamente realista; pero su realismo era paniaguado, o sea, en desuso. ¡La razón estaba de mi parte! Paulina había actuado movida por la pasión, el arrebato místico, aunque con los ojos puestos, no en el cielo, sino en la mismísima tierra. Aguijoneados por la curiosidad, decidimos consultarlo igualmente con tía Luciana, quien aportaría un punto de vista femenino, que hasta el momento solo disponíamos de los puntos de vista masculinos. La encontramos en la cocina, estaba charlando ruidosamente con unas vecinas que solían frecuentar nuestra casa. Nos ofrecieron café y tostadas y, ya sentados en la mesa, el señor Alfredo lanzó la pregunta a la vez que disimulaba su impaciencia, del mismo modo que yo disimulaba la mía. «¿Por qué razón pensáis que se ha ido Paulina: por amor o porque estaba harta del pueblo y necesitaba una excusa para largarse?». Las tres mujeres quedaron suspensas, no se esperaban una salida como aquella. Había una que tricotaba con las gafas puestas. Se las quitó, puso la labor sobre la mesa, y nos contestó tranquilamente: «Los hombres no valen la pena, ninguno vale la pena; lo malo es que tardamos más de cincuenta años en descubrirlo». Dicho lo cual, volvió a colocarse las gafas y continuó tricotando, como si no hubiera habido interrupción. La segunda, que estaba a su lado y llevaba sobre los hombros una chaqueta de punto, se partía de risa, todo su cuerpo, que era generoso de carnes, se estremecía en el asiento. «¿Los hombres...? ¡Bah! ¡Si yo te contara!». Y volvía a reírse, feliz con sus recuerdos, donde habría realizado toda clase de pillerías a los hombres. «¡Ahí tenemos —me dije— la opinión de las mujeres! Ellas saben menos que nosotros». Pero aún faltaba la de tía Luciana. Se nos quedó mirando con aire de misterio, como si estuviera enfadada con sombras y fantasmas, y nos soltó de golpe, rascando con la voz que le salía de la garganta: «Paulina se enamoró de una ilusión: creyó que en cualquier lugar sería mejor que aquí. Y no hay más. Solo el tiempo logrará desengañarla. La felicidad de uno no se halla más que en un sitio: allí donde se ha criado y ha correteado con las cabras».

Capítulo 9

Por desgracia, la cosa no quedó ahí. La noticia de la fuga de Paulina corrió veloz por las calles de El Barro, tomó la carretera secundaria, se adentró en las calles y callejas de Ayna, volvió a tomar la carretera secundaria, hasta llegar a Hellín, donde hizo otro tanto, si bien eran muy pocos los que conocían a Paulina; algunos la confundieron con otra persona, otros simularon conocerla con tal de darse un aire de importancia. Lo cierto era que la actuación de la chica pareció censurable, moralmente incorrecta, se discutía si no había cometido un pecado mortal. En la parroquia, el padre Antonio, que había sido mi consejero espiritual en mi época de monaguillo, lo dijo claro y fuerte: «Es inconcebible que una muchacha se vaya a vivir con un hombre sin estar casada. Lo del consentimiento es lo de menos. El sacramento del matrimonio sigue siendo sagrado y no se puede saltar a la ligera, so pena de caer en desgracia con Dios y con la Iglesia». Así fue como me lo explicó cuando me llamó a su lado, temeroso de que yo siguiera el ejemplo de aquella «frívola» y dispuesto a catequizarme por segunda vez, en vista de la edad «peligrosa» que había alcanzado, edad durante la cual las tentaciones diabólicas acechan como bandidos, a la sombra de las conciencias inmaduras.

Traté de calmarlo. No era mi intención imitar los pasos de Paulina. Por otro lado, yo adoraba mi pueblo y no quería salir de él bajo ningún concepto. Además, tenía una amiga cuyos padres seguían fielmente los preceptos de la Santa Madre Iglesia. Lea, al igual que yo, solo se preocupaba de sacar el curso adelante. Tanto ella como yo opinábamos que no había por qué dar prisas al futuro, ya se presentaría él solo en su momento. Se tranquilizó al oírme. Me felicitó por mi elección y añadió, por último, que conocía personalmente a Lea, una chica que le había causado buena impresión nada más verla.

Referí estos avatares a la propia Lea, y ella me dijo que comprendía a Paulina. A veces la mentalidad pueblerina se vuelve tan agobiante que es natural y hasta lógico que una chica extrovertida busque escapatoria por algún lado. «¿Crees que Paulina se ha ido porque la agobiaba el ambiente enrarecido que se respira en El Barro?». «Chico —me contestó—, imagínate que te has forjado un montón de ilusiones en tu cabeza y que compruebas con desesperación que no puedes cumplir ninguna de ellas. El medio rural te lo impide. ¿No pensarías seriamente en buscar nuevos aires, donde poder llevar a cabo tus proyectos? Pues eso es lo que le ha pasado a esta chica. En mi opinión, que haya habido un Juan Castillo en esta historia es lo de menos; tarde o temprano, se hubiera marchado de todos modos».

Definitivamente, comenzaba a hacerme un lío en mi cabeza. No había persona con la que tratara el asunto que no me aportara un punto de vista único, inédito. Me dije: «Todos tienen derecho a opinar, pero resulta que ninguna de las opiniones coincide». Así pues, en lo tocante al amor cada quien se forja su propia idea, sin lugar a dudas, la que más se acomode a su carácter.

¿Y qué pensaba yo al respecto? Poco a poco fui abandonando la idea romántica, la fuga por amor. Paulina había sido práctica: al obedecer a su instinto no había hecho otra cosa que un ejercicio de supervivencia. Quizás en El Barro hubiera terminado languideciendo, secándose como una flor a la que han privado de luz. ¿Me pasaría a mí lo mismo alguna vez? Ya se lo había comentado al padre Antonio: «A mí me tira el terruño; yo no soy de ciudad, sino de pueblo; y bien orgulloso que me siento cuando reivindico mi condición «aldeana».

Hecho este paréntesis, convendrá volver a la ciudad, contar al lector qué fue de ella y de su empleo en el hotel. Lo cierto es que el primer día anduvo, como quien dice, él solo, tal un juguete al que han dado cuerda y que se ha puesto a bailar él solo, incluso es capaz de hacer sonar la música. Así, el primer día en el hotel consistió en un simple «dejarse llevar». Estuvo escuchando mucho rato a la gobernanta, que se llamaba Claudia y era una apasionada de los gatos (en su casa había tres, dos machos y una hembra), y también tuvo que estrechar un sinfín de manos, cada vez que doblaba la esquina de algún pasillo aparecía la enigmática figura de un compañero nuevo. Cinco minutos estuvo charlando con el jefe. Este la felicitó (sin que pudiera averiguar por qué) y le anunció, bajando el tono, que «cuando había movida de verdad era en septiembre, durante los días de la Feria». También habló con el intendente. Su novio le había dicho tantas maravillas de él que cuando lo conoció personalmente y vio cómo era de torpe delante de las mujeres, se sintió un poco decepcionada; aun así, se dijo que en los momentos difíciles seguramente podría contar con él. No supo explicarse cómo, pero ese hombre le había transmitido confianza. La gobernanta, que era su jefa más directa, no le había causado la misma impresión. Le había parecido una mujer seca, altiva, orgullosa. La comparó con un olmo, que crece enhiesto y regio a lo largo de los años; mientras que al señor Agustín lo comparaba con un laurel, que no aspira a las alturas, sino que solo pretende embriagar con gratos aromas un espacio redondo a su alrededor.

Lo que más le agradó a Juan fue comprobar que su novia había recibido una acogida favorable en la dirección y entre sus compañeros. Este comienzo tan prometedor les daba todo el derecho del mundo para ponerse a soñar: cabían los proyectos, y no solo a corto o medio plazo, sino también a largo plazo.

Y estos proyectos se hubieran realizado sin duda; unos habrían tardado más, otros menos. El tiempo, cual director de orquesta, se habría encargado de distribuir el ritmo de las ilusiones, los desengaños, los fracasos y las expectativas. Pero, ¡ay!, la maldita calamidad nunca duerme, a veces se adormece y queda como aletargada, pero cambia un poco la fuerza del viento, o el color de los días se altera, y ya la tenemos ahí, aporreando sin piedad la puerta de los desafortunados. Y lo que pasó, en el fondo, fue por una tontería. Juan Castillo era, al igual que su amiga, hijo de campesinos. Siempre habían vivido en el pueblo, hasta que una cosecha incierta provocó año de escasez y frío en el hogar. Los padres oyeron decir que en la ciudad «les iría mejor». Y allá que se fueron, el chico acababa de cumplir los 21 años. Tenía una hermana tres años menor que él, pero esta ingresó en el convento de las Agustinas y pasó de novicia a monja en un plazo de tiempo bastante corto. Juan había traído como recuerdo de sus años de infancia el amor por la tierra, las plantas y los animales. En su apartamento había una interesante colección de ellas, muchas florecían durante casi todos los meses del año. Y hubiera sido lógico que también poseyera algún animal de compañía, habida cuenta de que llevaba bastante tiempo viviendo solo. Y ese animal de compañía existía, en efecto, solo que era atípico, insólito, inadecuado para vivir en un piso; era posible que el propietario se hubiese metido en la ilegalidad. En fin, ¿de qué animal se trataba? Paulina no se había dado cuenta el primer día. Y el segundo, con el jaleo de la jornada en el hotel, tampoco. Pero amaneció el tercer día y las cosas habían forzosamente de cambiar. Habituada al nuevo escenario, Paulina era capaz ahora de percibir los pequeños detalles, los puntos que van sobre las íes, etcétera.

Se levantó temprano, salió ya lista y aseada del baño, se metió en la cocina y agarró el cazo con que calentaban la leche y preparaban el café. Se había colado una abeja que zumbaba dentro de las cuatro paredes y toda su piel, cubierta de pelos, recogía ambiciosa los rayos que atravesaban la ventana. La abrió para hacer huir al bicho, antes de que... Y el bicho salió afuera, no pidió hacerse de rogar. Paulina respiró aliviada, continuó la tarea como si no hubiera habido interrupción. Tres minutos más tarde percibió una segunda abeja, no entendía por dónde habría podido colarse, si estaba segura de que todas las ventanas permanecían cerradas. Juan seguía durmiendo a pierna suelta en la cama del cuartucho, ajeno al peligro, encerrado en su burbuja de algodón y sueños encantadores.

Paulina repitió la operación, esta vez un pelín exasperada. De nuevo la abeja, como había hecho la precedente, salió afuera sin hacerse de rogar. Y cuando estaba volcando en la taza, que era más bien tazón blanco, el café, y ya había puesto sobre la mesa la canasta con las rodajas de pan y el bote pringoso de mermelada, así como un recipiente de cristal con terrones de azúcar, avistó una tercera abeja que volaba tranquila-, aunque zumbona, -mente en medio de aquel espacio limitado por los muebles. Los rayos del sol penetraban con más fuerza aún. Entonces se dijo: «No les tengo miedo a las abejas. Pero que no se piense que estoy dispuesta a compartir mi tostada con ella». Y se preparó una con mermelada y mantequilla, no sin haber abierto primero otra vez la ventana. Se había prometido a sí misma que mientras durase el desayuno no prestaría la menor atención a cualquier bicho viviente, ya fuese volador, reptador, zigzagueador, o lo que se le antojara ser. De este modo su desayuno resultó la mar de tranquilo, aparte de copioso, porque el diminuto intruso tampoco pareció fijarse lo más mínimo en el contenido de los recipientes; aunque se obstinó en no salir, estuvo varios minutos dando vueltas por el cielo de la cocina.

Y cuando ya pensaba que todo se había acabado y que había llegado el momento de despertar a Juan para que se dirigieran juntos al hotel, aunque se había enterado de que él comenzaría a trabajar dos horas más tarde que ella, entró en el salón donde había tantas plantas, y alzó las persianas, que eran de madera decorada con figuras y letras orientales. ¡Pasmo! No, mejor dicho: ¡Susto!, vaya susto que se llevó la pobre infeliz. La fragancia que se respiraba en aquella estancia era formidable, agridulce, igual de refrescante que un jarro de agua fría. Lo que vio fue un enjambre, eso es, un enjambre de abejas. Mil, dos mil, cinco mil monedas de oro provistas de alas, no paraban de volar en ese espacio poblado de plantas alineadas junto al cristal de los ventanales, dentro de sus macetas de plástico. Tal fue el susto que se llevó que gritó como una loca, y tanto fue lo que subió la voz, como si fuera un rayo herido, que Juan, habiéndose despertado de la peor de las maneras, acudió veloz en su auxilio. Pero, al ver el panorama de las abejas doradas se relajó enseguida, bajó los hombros y se sentó en el sofá, en medio de la multitud de insectos, los cuales le dejaron sitio, corriéndose como si constituyeran una cortina con cascabeles de oro. El zumbido era espantoso, temible, aquel salón parecía un concentrado de primavera, el espacio que hubiera debido ocupar un prado se había metido allí por alguna inexplicable razón. Paulina no estaba para encogerse de hombros ni, menos aún, para sentarse tranquilamente en el sofá. «Son mis animales de compañía: las abejas —informó en ese momento Juan—. En el balcón he dispuesto una caja de madera, donde han fabricado su colmena. Hace tres años que convivo con ellas. Y tú, ¿no te habías dado cuenta hasta ahora?». Paulina se quedó de piedra, la sorprendió tanto el hecho insólito en sí como la tranquilidad pasmosa con que lo comunicaba.

Hay sucesos que ocurren una vez en la vida. O incluso sucesos que acontecen a una sola persona de cada cien mil. O sucesos tan raros que quedan inéditos en la historia de la humanidad. Seguramente Paulina no lo pensaba, pero cuando planteó el siguiente dilema era probable que fuese la primera mujer en haberlo hecho: «Elige, o las abejas o yo». En general, la alternativa se plantea entre el perro y ella, la suegra y ella, o incluso el trabajo de él y ella, pero... ¿las abejas en tanto que alternativa...? Tampoco lo pensaba Juan, por mucho que no recordara que ninguna mujer hubiera planteado semejante dilema, ni a él ni a ningún otro hombre. «¡O yo o las abejas!». ¿Y qué daño podían hacer esas tiernas criaturas? Eran curiosas, adorables, dotadas del sentido del ritmo y de la música, y en cuanto al don del trabajo... ¡Nadie podría decir que no eran trabajadoras! Juan, encogiéndose una vez más de hombros, no supo qué responder. Al fin, tras reflexionar un poco, dijo:

—Si es por miedo, ¡tranquila!, se pasan la mayor parte del tiempo fuera de casa. Y en invierno no salen. O salen muy poco. Siempre hay una aventurera que explora el terreno. A mí me conocen, a ninguna se le ha ocurrido nunca picarme.

—Y a mí, ¿me conocen?

—Te conocerán, en cuanto lleves un par de semanas aquí.

—Y por las noches, ¿cómo quieres que mire la televisión con todos esos bichos rodando a mi alrededor?

—Por las noches no salen, se recogen cuando se pone el sol; una media hora antes, o así.

—¿Y por las mañanas?

—Por las mañanas es raro que te cruces con alguna. Acostumbran llevar su propia vida. Nosotros, los humanos, somos casi transparentes para ellas.

—Sí, es lo mismo que me acaba de pasar ahora.

—Les habrá atraído el aroma que hay en el salón. Muchas de las plantas que ves están en flor, ¿a que son preciosas?

—Sí, preciosas, con abejas y todo..., preciosas. Las prefiero en mitad de un prado. Juan, nos vamos conociendo; cada vez me caes más simpático; he notado en ti cierta sensibilidad que me atrae, lo reconozco. Pero ¿esto, las abejas...? ¿Quién podría soportarlo? Elige: o ellas o yo.

Al final hubo apaños: la puerta del balcón, siempre cerrada; las abejas, siempre fuera; las plantas, unas cuantas deberían seguir el camino de las abejas, es decir, salir al balcón; y al menor picotazo, la colmena entera escaleras abajo, con destino al camión de la basura. A Juan le causó mala impresión oír «camión de la basura»; pero se abstuvo de hacer ningún comentario. Deseaba, en primer lugar, apaciguar a su soliviantada compañera. ¡Y menos mal que era de pueblo! Si hubiera sido de ciudad se lo habría tomado con peores humos todavía. Y lo que puede el amor, o quizá lo que puede el orgullo: a Paulina terminó agradándole el soniquete al despertar, una especie de zumbido zen, que entumecía los sentidos y apaciguaba el alma. Era comparable al sonido del agua al caer desde un metro de altura; pero adormecía aún más y se hacía al cabo tan familiar que uno no podía conciliar el sueño sin haber escuchado antes tan extraña música. En ese sentido, reemplazaba a las ovejas saltarinas; eran más bien abejas saltarinas, y en vez de saltar vallas, saltaban espacios, como la luz cuando atraviesa inmensas regiones al amanecer.

En descargo de Paulina, hemos de admitir que se hubiera acostumbrado a la idea. El trabajo en el hotel le convenía, ni la gobernanta ni ninguna otra persona se distraían complicándole la existencia, sino que la dejaban en paz y ella podía efectuar su trabajo sin excesivas complicaciones. Era, además, de un natural pulcro y diligente, así que no le resultó complicado adaptarse al ritmo del hotel. Pero lo que empezó a ponerle los nervios de punta, de manera que dormía cada vez menos y se angustiaba cada vez más, fue la pregunta que ella sola se hizo una tarde, la cual se transformó muy pronto en obsesión: «¿Qué pasará cuando tenga un hijo, lo llenarán las abejas de picotazos, lo matarán en su cuna...?» La futura mamá no podía permitirse el lujo de correr riesgos en este sentido; y menos por algo tan fácil de evitar como hacer salir afuera a las abejas, aunque para ello también tuviera que sacar al novio, el padre de la criatura, o salir ella misma pitando, dispuesta a olvidar y a poner a salvo la vida de su propio hijo. Esta cuestión era muy delicada, lo adivinaba, podía hacer peligrar la relación de pareja. Se lo comunicó a Juan cuando este ya había cantado victoria, pero no había contado con los efectos retrasados de la sorpresa inicial. «No es por ti, le dijo; ni siquiera es por las abejas, a las cuales he terminado adorando; es por mi hijo, en fin, por nuestro hijo que nacerá algún día. ¿Quieres que esté en peligro a causa de las abejas?». Una vez más, Juan se quedó anonadado, sin saber qué decir; esta vez, y era la primera, no se atrevió a encogerse de hombros. Por su parte, también adivinaba que la cuestión era terriblemente vital, seria, de esas que marcan el devenir de una pareja. «¡Aún queda mucho para eso!», gritó de pronto. «Si ni siquiera hemos pasado por la vicaría». Al oír esto, Paulina dio un grito, no sabría decir al lector si era por el espanto o por el entusiasmo:

—¿Estarías dispuesto a casarte conmigo...?

Juan se encogió de hombros:

—Si me quieres, estoy dispuesto a casarme contigo.

—Y yo, contigo; pero no con las abejas. No es por mí, es por nuestro hijo que va a nacer.

—Que va a nacer «algún día» —rectificó Juan—. Aún queda mucho para eso, quién sabe si dos o tres años. Aunque estuviéramos casados, no vamos a hacer un hijo inmediatamente.

—¡Y tú qué sabes! Es el buen Dios quien lo decide. Si Dios quiere, mañana mismo estoy encinta. Es más, ni siquiera te puedo garantizar que no estoy encinta ahora, ya, en estos mismos instantes.

En la época en que narro estos acontecimientos estaba a punto de morir el general Franco. Primero cayó gravemente enfermo, todo el mundo creyó que en cualquier momento «se iba». Pero no se fue así como así; era necesario que hubiese suspense, porque cuarenta años de gobierno no pasan en balde, especialmente cuando la entrada había sido tan violenta, con guerra civil incluida, y la salida del dictador se las prometía en su cama, rodeado de sus familiares, de sus generales y ministros, a quienes había encomendado proseguir la labor, puesto que él mismo se había encargado de «dejar todo cuanto había en el cortijo atado y bien atado».

En efecto, España se había convertido en un gran cortijo, donde el cacique mayor, rodeado de sus caciques locales, de sus ministros y de toda la propaganda informativa, disponía el orden y la medida de los acontecimientos nacionales.

Justo antes de que acaeciera la fecha que había de marcar un nuevo rumbo en la historia del país, la gente se había puesto muy nerviosa, casi a diario había manifestaciones, protestas, el juego del gato y el ratón con los grises en las calles de las grandes ciudades, los cuales, porra en mano, repartían a diestro y siniestro, no ya caramelos, sino porrazos y patadas, reproduciendo así a pequeña escala lo que en 1936 había sucedido a gran escala. Yo no participé en ninguna de esas revueltas; la violencia no salpicaba tan lejos que llegara a las calles de mi pueblo, donde reinaba una paz inalterable, serena y aletargada como lo está una lagartija cuando trepa en medio del muro y se dispone a tomar su acostumbrado baño de sol matutino. Mis relaciones con Lea iban tan bien, y mis estudios tan viento en popa a toda vela, que no se me ocurría otra cosa que elogiarme a mí mismo y mis ratos en la biblioteca, después de las clases, a menudo acompañado de la chica amada, me resultaban tan gratos que no deseaba nada más, sino rodearme de libros, respirar ese ambiente con ligero polvillo en suspenso, con el amarillo irisado de la luz en las ventanas, al caer la tarde. La magia operaba siempre: en aquella mesa larga solíamos estar solos, ella y yo, era maciza y oscura, repleta de estrías y de marcas que eran como secuelas de los tiempos pasados, cuando solo había bibliotecas en los monasterios y los monjes eran los únicos seres que sabían leer y escribir. Era probable que en una vida anterior hubiese sido monje, tal vez me había dedicado a copiar el manuscrito del Cid Campeador para que no se perdiera y las generaciones futuras pudiesen admirar las hazañas de aquel héroe en absoluto anónimo, fiel a su causa y al rey, que en aquel entonces batallaba contra los moros y se reivindicaba descendiente de los legendarios monarcas visigodos. Comuniqué el hallazgo a Lea y se rió por lo bajo, diciéndome: «Cuando eras un monje, ¿usabas faldones como yo los utilizo ahora?». No era verdad que llevara faldones, sino una falda que le quedaba muy bien, apenas si ocultaba las rodillas, de un color morado, muy a la moda desde que sonaran con fuerza las canciones de los Beatles.

A nosotros nos llegaban con cuentagotas todas estas novedades, si bien era cierto que desde que habíamos metido la televisión en casa las noticias volaban; habían dejado de servirse del carro tirado por mulas para utilizar en su lugar el bólido, la avioneta o el tren, medios de transporte insólitos en nuestro pueblo, cuya existencia se nos dio a conocer únicamente porque de repente había imágenes en nuestras pantallas, aunque seguían siendo en blanco y negro.

No es que fuéramos incultos, es que empezábamos a vivir en otro planeta; mientras que, más allá de los sembrados y los pequeños bosques de pinos que asomaban en la ladera, el progreso se había disparado, el curso de los días tomaba velocidad de crucero, nosotros seguíamos retrasados, ajustábamos nuestro ritmo al de la mula, el gallo o la oca, criaturas que desconocían lo que es sentir prisas. Y este punto era el que más nos diferenciaba de los habitantes de ciudad: mientras que ellos iban acelerándose conforme las máquinas exigían nuevos ritmos y revoluciones en el andar, nosotros, los de pueblo, ignorábamos a propósito el «espíritu de las prisas», denominación que tal vez habría empleado Montesquieu de haber vivido en nuestra época.

Yo me acordaba del consejo que me había dado mi maestro, el señor Isidoro: «Sobre todo, nada de prisas. ¿Quieres ser feliz? Pues entonces huye de las prisas como si fueran la última reencarnación del mal, qué digo, la última reencarnación del mismísimo diablo». Era algo que me había dicho repetidas veces; y cada vez empleaba una fórmula distinta.

Me costaba entender por qué otorgaba tanta importancia a este hecho. «Lo que es innegable, me dije, es que si las personas aceleran su ritmo de vida, y las prisas son enemigas declaradas de la felicidad, entonces esto significa que las personas son cada vez más desgraciadas. Luego, a modo de conclusión, el progreso no ha traído consigo la felicidad, sino todo lo contrario, la desdicha y, peor aún, la fatalidad misma». ¡Desastroso destino el del ser humano, que, seducido por el progreso, se quemará las alas, al igual que la mariposa cuando gira en torno a una lámpara, y esa luz no representa otra cosa que la puerta semiabierta del más allá, la muerte!

No puedo concluir este episodio sin referir lo esencial: eran mediados de noviembre del año 75, Franco aún no había muerto, pero su muerte estaba a punto de acaecer, cuando llamaron inesperadamente a la puerta. Fue tía Luciana a abrir y se encontró con que su sobrina, la querida y añorada Paulina, permanecía nerviosa en el umbral, sin atreverse a subir el único escalón de piedra. Pero no reaparecía sola, una criatura diminuta aguardaba aún en el centro de su vientre.

Capítulo 10

La alegría fue inmensa. Tía Luciana, que en el pasado la había reñido mucho precisamente porque la había querido mucho, a pesar de que en muchos aspectos de la vida no se entendían, había estado esperando su regreso y había llegado incluso a contar los días. Casi un año desde que se marchara, eso era lo que había tardado en volver. La joven díscola sentaba, por fin, la cabeza. Todavía no se le notaba lo del vientre, que hubiera podido pasar por un simple relleno de más, y aun esto era discutible, porque regordeta y rolliza era como mejor lucía su belleza natural y fresca, propia de la sierra. Paulina siempre había sido una chica muy salerosa y serrana, y su reciente peregrinación con vía crucis en la ciudad no iba a alterar esto lo más mínimo. En realidad pareció que se sentía profundamente arrepentida y que al fin había reconocido que ella, al igual que sus antepasados, no podría pasarse del pueblo, el ambiente rural era el que más le convenía, a ella y a la prole que estaba por venir.

Con todo, no quiso contarnos todo lo ocurrido, aunque sí ofreció suficientes detalles como para que pudiésemos terminar de completar el cuadro: un novio que le consigue una plaza en el propio hotel donde él trabajaba; de carácter más bien gentil, si bien tímido en exceso, un día le revela la manía de las abejas. El empleo perdura, a pesar de las muchas dudas que la atosigan a diario, sobre todo las concernientes al detalle de las abejas. Un episodio fatal, el descubrimiento de que ella, ella, Paulina, sin explicarse cómo se había quedado embarazada.

Como apenas se le notaba lo de la barriga, consultó consigo misma si revelárselo al novio, que hacía cada vez más preguntas, que se mostraba con ella cada vez más frío y distante, quizás porque intuyera el fondo del asunto. Se hizo una buena amiga, a quien consultó lo que debía hacer, y esta le dijo que si el futuro padre llegaba a enterarse, exigiría matrimonio o que le permitiera ver a su hijo si acaso se separaban. En fin, que iba a representar para ella un incordio, así que lo mejor que podía hacer era largarse sin decir nada; de este modo Juan Castillo desaparecería para siempre de su vida, solo quedaría el recuerdo de la semilla, es decir, el hijo que estaba por nacer. Al mismo tiempo que se debatía con estas terribles vacilaciones, advirtió de pronto que añoraba las callejas de su pueblo, el ambiente rural, el aire sano y frescote procedente de la sierra de Alcaraz, un sitio estratégico que marcaba la frontera natural entre las provincias de Albacete y Jaén, el centro y el sur peninsular, la planicie castellana y los elevados picos de la geografía andaluza.

La noticia de la concepción peregrina dejó pasmada y maravillada a la buenaza de tía Luciana. Inmediatamente fue de parecer que no había que decir nada al padre de la criatura, pues era capaz de contratar a abogados para arrancar al hijo de los brazos de la madre. Allí, en casa, el niñito se criaría sano y fuertote, correría por el huerto y el patio, se divertiría con las gallinas y las cabras, había que dejar, sobre todo, a la naturaleza seguir su curso. El entusiasmo de la que iba a convertirse muy pronto en tía abuela era grande. Hubiera sido una desconsideración, una falta de piedad inmensa, desengañarla en aquellos momentos de ensueño y felicidad por venir.

Paulina se expresaba muy rápido, atropellando incluso las sílabas. A mí me costaba reunir los datos, pero al fin me hice una idea tan precisa que terminé apiadándome del joven amante de las abejas, quien quedaba burlado en su piso, descompuesto y ya sin novia. ¡Pobre Juan Castillo!, me dije. No era del todo justo lo que acababa de hacer esta muchacha, impulsiva como ninguna, que tanto suscitaba las más grandes esperanzas como mandaba al traste los más sólidos proyectos, y dejaba a su promotor tirado en la cuneta, como digo, descompuesto y sin novia.

En el fondo, tía Luciana estaba actuando de forma egoísta, y yo, al callar, también. Había una razón de peso que nos obligaba a actuar de este modo: el señor Alfredo había caído enfermo desde los últimos meses; su estado desmejoraba conforme pasaban las semanas, y no disponíamos de ningún remedio al alcance. Pensamos que la presencia de un «nieto» daría luz y color al caserón, el tronco duro del olmo, convertido en sarmiento, se revitalizaría, una nueva savia permitiría prolongar por tiempo indefinido la vida de ese olmo ya viejo y cansado. Más aún cuando se negaba a recibir las visitas de los médicos, y se obstinaba en no tomar medicamento alguno, y afirmaba, entre tosidos y resoplando, que si su hora se aproximaba con paso ligero, que lo dejaran morir tranquilo en su cama, no quería que lo importunaran con bobadas de última hora.

Paulina preguntó por él, se extrañaba de no haberlo visto aún. Tía Luciana contestó que estaba malucho, unos días en la cama no le sentarían nada mal, y al cabo se restablecería completamente y podría volver a reunirse con los sacerdotes en su despacho, como siempre había acostumbrado hacer. Sugirió a su sobrina depositar el bolso que traía en el cuarto y así, libre de manos, podría echarle una mano en la cocina, donde, como en los tiempos antiguos, prepararían entre las dos un plato excelente, para chuparse los dedos.

Eso hacía bastante tiempo que no ocurría en nuestra casa. Sería motivo de júbilo para el señor Alfredo, a quien tanta falta hacían la alegría, el estruendo, el movimiento y el frenesí. «Porque has de saber, prosiguió tía Luciana, que nuestro amable señor Alfredo protesta ahora por todo: que corres las cortinas para que entre un poco la luz en el cuarto, ¡no quiere!; que pones un poco de música y de conversación en su cuarto, ¡no quiere!; que preparas un desayuno copioso o una merienda que lo distraiga de sus horas vacías, ¡no quiere! Últimamente, ¡ay!, siempre está con un no en la boca, como si fuera una espina que se le ha clavado en la garganta». Dicho esto, suspiró ruidosamente.

Uno de los pasatiempos preferidos del enfermo consistía en charlar conmigo durante las tardes ociosas. Por alguna razón ignorada, los temas de conversación que escogíamos le resultaban tan amenos que casi se olvidaba de su trágico estado y viajábamos con la imaginación a todo tipo de lugares, a cuál más maravilloso. Pero con demasiada frecuencia tratábamos sobre asuntos serios. Insistía, por ejemplo, con que prosiguiera mi afición literaria. Me pedía que le diera a leer algún manuscrito reciente; actividad que a mí me encantaba, pese a que no acostumbraba reconocer mis méritos, sino que, crítico como ninguno, me advertía que la escena descrita no resultaba convincente, o que los personajes hablaban como autómatas, faltos de naturalidad. Estas sesiones de crítica y revisión me enfurecían, frustraban y ponían fuera de sí, aunque, por consideración al enfermo, trataba de guardar la compostura. Ni siquiera Lea, que se había convertido en una lectora suspicaz, se mostraba tan crítica y exigente con mis manuscritos. Y en cuanto a don Isidoro, leía en la distancia mis trabajos y solía enviar por correo felicitaciones, consejos amables, sugerencias...

Pero el enfermo era tal vez el único que se atrevía a decirme la verdad, y esto era lo que más dolía: la verdad desnuda, sin comodines que suavizaran su impacto. ¡Aquello sí que suponía una medicina para el espíritu! La medicina de la humildad y el reconocimiento de que sin trabajo, tenacidad y paciencia no habría milagros: la obra perfecta no existía, bastante era obtener un estilo mínimamente aceptable, «que se dejara leer», como le oí decir un día a mi querida Lea.

Una tarde de mediados de diciembre, lo recuerdo bien por el brillo rojo que emitía el brasero en medio de la pieza, nuestra conversación derivó hacia temas inhabituales, insospechadamente transcendentes.

—¿Nunca te has preguntado por qué no hay ninguna mujer en mi vida, o si la hubo en el pasado, o si en ese pasado lejano había tenido algún hijo con una mujer que acaso ya no forma parte de mi vida? —me preguntó como quien dice, a bocajarro.

Tosí para darme tiempo a recobrar mis espíritus. El corazón, por alguna razón inexplicable, se me había encabritado en el pecho, parecía dispuesto a saltar.

—Recuerdo que cuando me traía el señor Pedro a esta casa, desde el Internado, me contó que usted tenía un hijo, pero que este hijo, ya mayor, se había marchado a América. Por lo visto, nunca se ha vuelto a tener noticias suyas.

—¿Eso te había contado el bueno de Pedro? ¡Vaya! Cuando lo vea se habrá ganado una buena regañina.

—¿Por qué? —me atreví a preguntar.

—Las mentiras son siempre piadosas. En fin, no siempre, a veces las mentiras adoptan la forma de un milpiés gigantesco que avanza, incansable, moviendo sus mil patitas, por las conciencias de la gente. Pero en este caso se trata de una mentira piadosa, inofensiva... En fin, dejemos a nuestro pobre hijo en América.

—¿Entonces...?

—¿Entonces...? ¡Nada! Es mentira, ni hijo en América ni sobrino en Alemania. Ejem, es broma. Quiero que sepas que yo no tengo ni he tenido descendencia alguna; aparte de ti no hay nadie más. También quiero que sepas que Paulina, que felizmente ha regresado, es para mí lo mismo que una hija, y el hijo que ahora espera será igual que un nieto, la prole que en realidad yo no tuve.

—¡Me alegro mucho! ¡Estamos de enhorabuena! —grité, tratando de transmitir mis ánimos en un espíritu decaído, se le notaba por el tono de la voz, que iba languideciendo por momentos.

—Sin embargo —agregó con un susurro rasposo, molesto al oído—, ha llegado la hora de sincerarse. Es preciso, sí, que tú sepas la verdad, toda la verdad, nada más que la verdad. Has llegado a esa edad en que estás preparado para comprender, para tragar sapos y culebras, lo que sea, lo que te digan que ha sido así y no de ningún otro modo.

Este preámbulo me encogió el corazón, que se puso a latir con más fuerza aún que antes. Empezaba a sospechar que mi castillo de infancia, esa fortaleza inexpugnable, mi reino de felicidad y bienestar, donde me había sentido a gusto conmigo mismo y en paz «con Dios y con los hombres», podría venirse de repente abajo, derrumbarse con la primera embestida de esa verdad latente, secreta como una culebra temible que asoma por fin a la superficie para devorarlo todo: piedras y hombres, muros y hombres, árboles y hombres.

—¿De qué se trata?

—¡Mírame, Juanjo! ¿Me ves como un hombre perfecto? ¿Te has pensado que soy tu salvador, un alma caritativa, generosa...? ¡Pues te equivocaste! Este hombre que yace ahora en la cama, que se apresta a rendir cuentas con Dios, este hombre que pugna y se debate por obtener de su rostro una sonrisa, siquiera una sonrisa con que saludar el calor de los días, cuando la mañana asoma por las grietas de las cortinas, sin atreverse a colarse del todo en la estancia del enfermo, este hombre, digo, que causa más piedad y consideración que ningún otro sentimiento, es un monstruo, un ser aborrecible, una escoria de la sociedad, un despojo inútil y estúpido.

No podía consentir que siguiera apuñalándose a sí mismo de aquella forma, a todas luces exagerada, a todas luces cruel. Le interrumpí diciendo:

—¿Quién no ha cometido más de un pecado muchas veces a lo largo de su vida...? ¡Y no por eso afirmaremos que somos monstruos o seres depravados! Los monstruos son aquellos que no tienen conciencia, que nunca se arrepienten, que volverían a las andadas si la ocasión se presentase, pues, careciendo de cualquier forma de arrepentimiento, son incapaces de distinguir entre el bien y el mal.

—Tal vez debiera empezar por el principio. Pero no, no voy a contarte mi vida ahora. Una vida insípida, que no vale la pena de ser contada. Aunque, créeme, todas las vidas, incluso las más anodinas, encierran secretos, misterios, contradicciones tan grandes que darían materia con que escribir tratados de psicología. Y así, se dice que «cada persona es un mundo». No te figuras hasta qué punto esta afirmación trae consigo consecuencias fatales, terribles. Un mundo de misterios, enigmas, fuertes impulsos reprimidos, tenaces obsesiones que escarban en el fondo de nuestras conciencias, pinchan, agujerean, rompen las paredes del corazón. Esas obsesiones son como escarabajos que remueven la porquería que se acumula en las conciencias con el paso de los años.

—No entiendo adónde quiere ir a parar al decirme todo esto.

—¿Adónde quiero ir a parar? ¡Ni que pudiésemos elegirlo! Todos vamos a parar al cementerio. Y algunos, ni eso, desde que se ha puesto de moda incinerar los cadáveres, meter las cenizas en un frasco y correr al océano para arrojarlas en esas aguas apacibles, que son como espejos del más allá. A mí, que no me incineren, que la tierra me trague de una vez por todas, y que, en una lápida, queden grabados un nombre y una fecha. ¡Eso es todo! Pero nos hemos alejado del tema. Así que vuelvo a decirte que no pienso contarte, ni por asomo, mi vida entera, mi vida aburrida y sosa como un pastel sin azúcar o un gazpacho andaluz sin pimiento ni tomate. Je, me entran ganas de reír, pero reír, ser feliz, supone ahora un esfuerzo que queda fuera de mi alcance. Yo no río, la muerte, que ronda cerca de mi cama, que me espía y acecha, dispuesta a dar el gran salto, no me permite reír, me dice: «Ese es un lujo al cual ya no tienes derecho. Llora, si quieres, pero ¿reír? ¡Eso ya no!». Así me habla la muerte, me susurra al oído sus nefastas amenazas, sus amenazas de quebrantahuesos, ese pajarraco grande que se alimenta exclusivamente de carroña.

—Se está usted poniendo muy, pero que muy peripatético —protesté con acento trágico, yo mismo afectado por el ambiente peripatético que reinaba en la lúgubre estancia.

—¡Son triquiñuelas de viejo que vacila en contarte la verdad, toda la verdad, nada más que la verdad! Aunque no desee contarte mi vida entera, hay detalles que son imprescindibles, que debes conocer para que puedas hacerte una idea precisa del cuadro. Allá voy... Mi madre era una persona muy católica y religiosa. Al contrario que mi padre, que se había convertido en un déspota con todos esos galones que lucía en el pecho. Se burlaba de ella y de la crecida fe con que afrontaba las tareas más nimias de la vida cotidiana. En resumen, le daba mala vida desde que unieron sus vidas con aquel «sí, quiero» inquebrantable. Mi madre lo aceptó como parte de su destino cruel, creyó que se desquitaría en la otra vida. Dio al mundo tres hijos, una hembra y dos varones. Yo fui el menor y gocé de una protección especial, mi madre se volcó conmigo desde el primer minuto. Fui su niño predilecto, su hijo adorado, su consuelo frente a tantas injurias y oprobios que recibía a diario, pues resultó que mi hermano mayor se convirtió casi enseguida en una copia moral de mi padre, no tardó en unirse a los martirios con que aguar la fiesta de esa pobre mujer. De mi hermana apenas te hablaré, estaba en medio de los dos hermanos, había sido la segunda en nacer y desde el primer minuto de su existencia anunció un color delicado, su salud fue frágil, en mi memoria ha quedado la imagen de una niña paliducha, blancuzca, siempre metida en la cama. Pese a los jarabes y antibióticos, los médicos no pudieron hacer nada por ella: nos dejó a la edad de los doce años, fue entonces cuando mi madre más se volcó conmigo, en busca de un consuelo ante tamaña pérdida irreparable. ¿Voy bien por ahora? ¿Te interesa la historia de mi familia?

—Sí —le contesté—. Resulta amena, pero arroja un aire triste, me recuerda a los ramilletes de flores que se marchitan en su jarrón de cuello largo, hermoso recipiente de cristal traslúcido.

—Así fue, en efecto. Mi infancia resultó una experiencia ajada, marchita en sí, fallida como un juguete mecánico, que no funciona por mucho que hurguemos en el engranaje. Continúo... El fervor religioso creció en mi madre después de que la muerte hubo realizado una visita en nuestra casa, llevándose en sus brazos, que eran como estropajos rasposos, a mi pobre hermanita, a quien apenas tuve tiempo de conocer. Mi padre redobló su ferocidad, secundado por el hijo mayor, un calavera a quien habían reservado, al igual que había ocurrido con mi padre, el servicio militar, porque tal vez fuera esa la mejor manera de devolver a la sociedad lo que ésta le había entregado, en virtud de su cuna, que era de rancio abolengo. Por mi parte, para sorpresa de todo el mundo, decidí que mi vida estaría al lado de Dios, yo mismo pedí ir al seminario de la provincia, deseaba con todas mis fuerzas llegar a ser sacerdote, mi fe era tan grande que competía en intensidad con la de mi madre. Ella fue la única que me apoyó y sostuvo. Mi padre hizo buen acopio de burlas y mi hermano esgrimió tan malos modos, que a punto estuvimos de llegar a las manos en más de una ocasión; pero por consideración a mi madre me contuve, apreté mi rabia con los dientes, y no la dejé salir afuera. Lo más triste de todo esto era que mi madre se quedaría sola frente a aquellos dos fieras, una vez que yo hubiese franqueado las macizas puertas oscuras del seminario. Esta terrible situación se apaciguó un tanto cuando admitieron a mi hermano en la escuela militar de Zaragoza y se marchó, con toda su palabrería y su majadería a cuestas, permitiendo así que se restaurasen un tanto la paz y armonía en aquella casa donde los recuerdos de infancia me apesadumbraban cada vez más.

Hizo una pausa. Le faltaban las fuerzas para hablar demasiado seguido, por lo que su respiración se entrecortaba y buscaba aliento con la boca abierta, como pez fuera del agua, aunque no tan exageradamente. Al cabo retomó el hilo de su discurso, que amenazaba con romperse en cualquier momento:

—Abrevio, no estamos aquí para perder el tiempo, y siento que el mío se ha convertido en materia líquida, se me escapa por los dedos sin llegar a humedecerlos. ¿Alguien ha podido meter el tiempo, como quien dice, en su puño, cual pajarito atrapado a quien niega la facultad de volar? Pues eso..., no más demoras, no más demoras... Yo lo que quiero contarte ahora es que el primer año que pasé en el seminario fue más o menos llevadero: aprendí muchas cosas, disciplina, la Biblia, madrugones, el refectorio donde nos reuníamos los aspirantes a sacerdote a la hora de comer y de cenar, y una celda diminuta que compartía con un joven de Alcaraz. Recuerdo que había una litera con barrotes blancos, dos mesitas de noche, una lámpara con pantalla blanca, de tela, y un armario que hubiera conservado su decoro en una casa de muñecas. La memoria me falla cada vez más; pero hay aspectos, por no decir puntos del pasado que no se borran jamás. Y estos puntos crecen. Cuanto más viejo me hago, más me acuerdo de ellos. ¡Otra vez me he puesto a desbarrar! Vuelvo... El segundo año fue otro cantar. En fin, quiero decir que surgieron complicaciones. Una en particular fue muy gorda, me echaron del establecimiento en cuanto cundió la noticia. Porque discreción, discreción, eso no lo hay en un seminario ni en ninguna otra parte. El caso es que ese segundo año, maldito mes tórrido de abril, lo recuerdo bien, ese segundo año, digo, nos sorprendieron. ¿Y quién nos sorprendió? Pues, el otro, el padre Ulpiano. Recuerdo bien su nombre, así como su cara: era un hombre algo mayor, con mechones grises a guisa de peinado en las sienes, y una redonda y luciente calva en lo alto de la frente. Tendría unos cincuenta y cinco años. Entonces, vestido con su hábito de monje, que llevaba una cuerda de trazo grueso en la cintura, y sandalias con hebillas oxidadas en los pies, abrió de golpe la puerta y nos sorprendió a los dos, a mí y al compañero de Alcaraz, cuyo nombre dejaremos en el más completo anonimato, en una postura, digamos, comprometida. Por todo decir, querido Juanjo, y espero que esto me lo perdones, habíamos caído en la práctica de la homosexualidad —en este momento de la narración se le llenaron los ojos de lágrimas, el señor Alfredo siempre había sido un alma sensible—. Muchas veces me lo he negado a mí mismo, y sin embargo siempre lo he sido, es hora de que lo admita: homosexual, proscrito del reino de Cristo en la tierra, vergonzoso hijo de Satanás, que no fue capaz de reprimir su propio impulso y se dedicó toda su vida a remar contracorriente, negándose a sí mismo, una y otra vez, lo que sí era, pese a la mentira con que pretendía cubrir el oprobio, homosexual, homosexual... —Estas últimas palabras las había pronunciado tan bajo que apenas logré oírlas. Después rompió a sollozar y se cubrió la cara con ambas manos.

TERCERA PARTE

Capítulo 1

Llegó el verano, con él las vacaciones, tiempo de reposar y de pensar en el futuro mientras las diminutas olas de la piscina municipal golpeaban los bordes de las paredes de azulejos. ¡Qué delicia estar allí al lado de Lea, quien había triunfado en su año escolar, lo mismo que yo, y nos habíamos hecho incluso la competencia en cuanto a los buenos resultados! Estábamos allí, juntos, zampándonos los bocadillos después de un buen rato de chapuzón, sentados en el césped, sobre las toallas playeras que esgrimían un sublime color naranja. Las altas ramas de un eucalipto disimulaban febrilmente los rayos del sol de mediodía. ¡Y cómo apretaba de lo lindo! Oíamos el ruido de la regadora, expandiendo a unos cincuenta metros de distancia sus gotas acariciadoras en un césped que siempre pedía más, más agua, más frescor, más sombra. Igual que nosotros, los humanos. Lea y yo nos mirábamos a los ojos y, acto seguido, sonreíamos, los carrillos inflados con el último bocado del suculento bocadillo, donde había mucha lechuga y algunas rodajas de huevo cocido.

Sin embargo, lo de Alfredo no había terminado tan bien como hubiera cabido esperar. De hecho, mi preocupación era latente, detrás del bienestar de ese momento en la piscina persistía la honda preocupación por el estado de salud de mi querido padrino. Los médicos que habían acudido a verle habían comenzado a decir que estaba en las últimas. El enfermo se negaba con todas sus fuerzas —y ya no eran muchas las que le quedaban— a que lo trasladaran al hospital, donde —afirmaba él

— sería operado para nada, por puro placer de los médicos, que harían de su cuerpo un simple material de experimentación. Que lo dejaran morir tranquilo en su cama, eso era lo único que nos pedía en aquellos momentos febriles, delicados, antesala de la muerte y fervor último de una existencia que se apaga.

En absoluto le tuve en cuenta su condición homosexual, la cual me había revelado varios meses atrás; ni me atreví a juzgarlo siquiera, porque ¿quién era yo para decidir que ser homosexual o heterosexual es algo bueno o malo? ¡A cada cual con sus tendencias, nadie es quién para juzgar las naturales inclinaciones de los hijos de Adán y Eva! Me había rogado que le guardara el secreto. Y yo, como un vil ladrón de la información, se lo conté a Lea. Entonces esta exclamó sonriente: «¡Y ahora es cuando el señor Alfredo me cae todavía mejor! No tardes mucho en llevarme a su casa para que lo conozca».

No creo que Lea fuese consciente de lo que acababa de decir. ¿Visitar la residencia de un moribundo? ¿Ese era su deseo? ¿Impregnarse de la atmósfera de dolor que reinaría en aquella casa, con el añadido de que quizás atraparía el virus mortal que pululaba en las habitaciones...? De hecho, ¿por qué decidía seguir conmigo, si yo estaba expuesto a los peligros de contagio y transmisión de la enfermedad?

Esta serie de interrogantes me vinieron al espíritu en un momento, en un flash, como se dice ahora. Me la quedé mirando con la boca abierta y la expresión atónita. ¿Me hallaría frente a un extraterrestre? Lea se sintió incómoda.

—¿Qué mosca te ha picado? —me preguntó frunciendo el ceño.

—¿A mí...? —le contesté—. Verás, me temo que don Alfredo se nos muere. Si no hoy, cualquier día de estos. ¿Por qué quiso revelarme su secreto, que seguramente no habrá confiado a nadie más? Porque sentía próxima la muerte, quería saldar las cuentas con el pasado, ingresar «puro» en el reino de los cielos, porque una persona que guarda un secreto hasta la tumba, y este secreto a lo mejor le corroe el alma, créeme, no es seguro que pueda entrar en el reino de los cielos. Allí uno entra cuando, y solamente cuando, no se ha dejado ninguna cuenta pendiente.

Lea reflexionó un poco:

—Quizá sea mejor para mí que me quede donde estoy, comiéndome tranquila este bocadillo, sentada en el césped mientras contemplo a esos muchachos al saltar a la piscina —terminó diciendo.

Me fijé en aquellos muchachos, ruidosos, alegres y alborotadores. No se tiraban de cabeza al agua, sino que hacían la bomba con la intención de salpicar lo máximo posible. Y después de bucear un rato, otra vez sacaban la cabeza afuera, saltaban por las escaleras metálicas al borde de la piscina y de nuevo se arrojaban haciendo «la bomba». El ruido que provocaban era espectacular. Hubiera aplaudido de no haber pensado que los otros lo podían tomar como una ofensa y que Lea se figuraría que me había puesto celoso. No los conocía en absoluto, serían campesinos de temporada que aprovechaban una tarde libre para darse un chapuzón.

Sin embargo, volvió a reflexionar unos instantes. Por la expresión, deduje que estaba a punto de cambiar de opinión.

—¿Lo sabe él? Quiero decir, ¿sabe que estamos juntos?

Me rasqué la frente como si me hubiera salido de pronto un

chichón.

—Esto... Sí, sí que se lo dije un día, hará un par de semanas. Tía Luciana me acosaba a preguntas, así que tuve que soltar prenda.

—¿Y cómo se lo tomó? ¿Le molestó que mientras él yace en la cama, pasando las de Caín, otro disfruta de la vida a pleno pulmón, acompañado, además, de una linda muchachita como yo? —guiñó, coqueta, un ojo a la vez que ponía esa expresión que tan bien le sentaba, de desbordante ingenuidad.

—¿Qué le va a molestar...? Si lo que desea es, precisamente, mi felicidad.

—En ese caso... Para ser honesto contigo mismo y que no te dejes una cuenta pendiente para cuando te vayas a la tumba, tendremos que ir a verlo. Tú ya lo tienes visto de sobra, pero yo aún no lo conozco. Es el padre, en fin, el padrino de mi «futuro».

—Pues, reflexionando... Es cierto que si se muere sin haberte presentado a él, que eres mi «futura», como tú misma dices, habré dejado un asunto pendiente y no podré irme al reino de los cielos cuando me llegue la hora.

Un poco más lejos continuaba el alboroto; las bombas «humanas» caían una y otra vez, y las chicas que rodeaban la piscina reían a carcajadas, liberadas por fin de toda inhibición.

—¡Qué patéticos somos! —exclamó Lea—. Nosotros, hablando de muertos y de finales de viaje, y aquellos pasándoselo bomba, nunca mejor dicho.

—Esto es serio —repliqué, conservando en la frente la nube de la desazón—. Hay que fijar una fecha, presentarnos los dos delante de mi padrino, que más da que se esté muriendo. Aunque se retuerza de dolor, le alegrará ver que nos queremos. Eso sí, ¡exigirá matrimonio! Porque, aunque homosexual, sigue al pie de la letra los mandamientos de la Iglesia Católica. De hecho, su vida ha sido una contradicción: lo educaron en el respeto de los preceptos religiosos, y él, cual patito feo, salió medio rana, en fin, lo que no salió fue hombre de iglesia.

—¿Y te burlas así de él, sabiendo que está en las últimas...? —Lea se había escandalizado profundamente al oír mi burdo juego de palabras.

—Me salió por sí solo, sin pensarlo siquiera. ¿Te parece bien venir este domingo a casa del señor Alfredo? La dirección ya la conoces, pero te la dejaré escrita de todos modos en un papelito. Te estaremos esperando los cuatro: tía Luciana, el señor Alfredo, Paulina y yo. Podríamos comer ese día juntos en El Barro; el pueblo se animará con tu presencia, que está de un apagado últimamente que no hay quien lo soporte.

Los cálculos fueron hechos rápidamente. Lea respondió con una esplendorosa sonrisa, como era habitual en ella:

—El domingo, vale. No habrá inconveniente, bastará con avisar a mi madre, que está de un insoportable ahora... En fin... Sabes, he estado meditando un poco en lo que acabas de decir a propósito del patito feo y la rana, y todo eso, y he llegado a la conclusión de que es verdad aquello que dicen de que «el muerto se va al hoyo y el vivo se va al bollo». O sea, que por mucho que queramos evitarlo, la vida va a continuar... Perderemos a nuestros seres queridos, nos anegaremos de dolor, estaremos un par de semanas con pinchazos en el estómago y agujetas en las articulaciones, y al cabo nos despertaremos un día como si todo ese dolor se hubiera esfumado, como si se lo hubieran llevado por la noche metido en un saco para arrojarlo luego en un río, y ese río arrastra el dolor que sentíamos, o lo sepulta en el fondo para que nos olvidemos de él. La vida pide su curso, nosotros no podemos pararnos ni un solo momento. O continuar, o marcharse con los que se han ido, y entonces ya no estaríamos vivos y todo nos daría absolutamente igual.

Capítulo 2

Lo que pasó aquel domingo no se lo esperaba nadie: representó un cúmulo de sorpresas, a cuál más aparatosa.

Le había anunciado al señor Alfredo la noticia y me contestó con una sonrisa, dijo que estaba mejorando de salud y que podría recibirla sentado en el sillón de la sala, con una manta que le cubriera de cintura para abajo, pese a que estábamos a mediados de julio. Tía Luciana se alegró mucho al enterarse, exclamó juntando las manos: «¡Por fin!»; y anunció que prepararía una paella de pollo y marisco, para chuparse los dedos. En cuanto a Paulina, puedo decir que nunca en mi vida había visto a una persona tan redonda. Llegué a sospechar si no esperaba el alumbramiento de un solo ser, sino que aterrizaban dos seres queridos. Se la veía contenta, aunque de tarde en tarde caía en una especie de abatimiento que la dejaba plana, como si toda ella se hubiera convertido en una película de cine mudo. Meneó, vivaracha, la cabeza... «¡Sí, sí, que venga, que venga, seguro que haremos buenas migas tu amiguita y yo!», exclamó con un poco de histeria en el acento.

Según lo planeado, iría a esperarla en la parada del autobús a la hora convenida. No es que fuese a tomar uno, puesto que pensaba realizar el trayecto en bicicleta, pero en algún punto teníamos que coincidir, y, ¿qué mejor que la parada del autobús, por mucho que permaneciera desierta días enteros? ¡El Barro es un lugar ignorado de la geografía peninsular! Algún día sacaremos los habitantes una canción que se titule: «El Barro también existe».

Serían las once y media, cuando me senté en una piedra plana que había al borde de la carretera, en el arcén, a la salida del pueblo. Un letrero medio oxidado anunciaba que allí paraba, cuando Dios quería, un autobús procedente de la ciudad. La brisa soplaba dulce y ya en ese momento de la jornada las sombras se habían achicado bastante, en tanto que el sol, disco de plata con agujas de oro fino, se plantaba en lo más alto de lo azul, ahuyentando no solo cualquier atisbo de sombra, sino a las mismas nubes, que no osaban surcar el cielo de nuestra provincia. Aquello era soledad, sol y soledad, la residencia misma de la soledad. Si alguien os pregunta dónde vive, decidle que la soledad ha elegido domicilio en un pueblo llamado El Barro, a muchos kilómetros de ninguna parte.

Y estaba con estas reflexiones, tan divertidas como improvisadas, cuando de repente, ¡pasmo increíble!, una mole de morro cuadrado, ¡un autobús!, tapó por un instante la línea del horizonte. ¡Era eso, un autobús! El monstruo había descubierto nuestro pueblo en un día tan albino como aquél, sin sombras ni nubes, cielo azul nada más, y sol metido a herrero, que con un martillo de infinitas toneladas aporrea el yunque de las horas. Apareció a lo lejos, vino, se detuvo y arrojó —como quien dice — un único viajero, un joven vestido de blanco con sombrero panameño de banda de un gris oscuro. ¡Si hasta lucía un lindo clavel rosa en la solapa! Esto suponía el colmo del absurdo. ¿Qué pintaba semejante galán en un pueblo como este, tan fuera de uso que solo venían a vernos los hombres del pasado?

—Chico —me llamó sin vacilar un segundo, mientras el autobús tomaba de nuevo la carretera—, ¿eres de aquí? ¿Conoces a una tal Paulina? Te daré una propina si me dices dónde vive.

Ya se había metido la mano en un bolsillo del pantalón; pero, al ver mi cara de asombro, interrumpió su propósito y se me quedó mirando, a la espera de una respuesta.

—¿Paulina...? Sí, la conozco. Vive en mi casa. Quiero decir, en casa del señor Alfredo. ¿Lo conoce?

Me había puesto de pie por si había que dar indicaciones con el brazo extendido. Y todo ello, sin parar de conjeturar quién sería aquel sujeto que preguntaba por Paulina. ¿Sería el de las abejas...?

—Me lo figuraba. Entonces, ¿tú debes de ser Juanjo?

—¿Me conoce...?

—Algo me ha hablado de ti Paulina. No mucho, la verdad.

—Y usted debe de ser ese señor que trabajaba en el hotel Los Llanos... ¡Demonios!... He olvidado su nombre.

—¿Te refieres a Juan Castillo?

—El mismo. ¿No serás tú él, por casualidad?

—Sí, ese soy yo. Juan Castillo, para servirte —me tendió la mano, una mano calurosa y dura, con callos en las palmas.

Las apretamos con fuerza y al instante comprendí por qué era imposible no hacerse amigo de esta persona. Le cuadraban aquellos versos que dicen:

Para ser sincero,
no tengo dinero,
mas soy caballero.

Y es que poseía una sonrisa seductora, rejuvenecedora. La mirada era limpia, y aunque su altura fuese poca, la falta de físico la compensaba con la mucha presencia de espíritu que emanaba de él. «A una persona así se le perdona hasta el episodio de las abejas», pensé de pronto, pero no me atreví a decirlo en voz alta. Me fijé en un punto que se dirigía hacia nosotros, no cesaba de crecer, de manera que al cabo se convirtió en alguien montado en bicicleta... ¡Era ella, Lea! Así que estábamos destinados a coincidir todos en el mismo sitio, a la misma hora. Quiero decir, todas las personas que cuentan para mí. Juan Castillo, aún de espaldas a ella, se dio la vuelta nada más notar la presencia de un extraño. Los frenos hicieron rechinar las llantas, las ruedas patinaron por encima de la gravilla y la máquina se detuvo por fin. Lea puso un pie sobre el asfalto.

Hubo presentaciones, apretones de manos, tras lo cual nos dirigimos los tres a casa, donde nuevamente habría presentaciones y, me dije, la sorpresa mayúscula por parte de Paulina, al reconocer al joven con el que había convivido durante un año. ¿Cuál sería su reacción? Conociendo el carácter impulsivo de la chica, lo mismo se arrojaba a sus brazos que le arrojaba a la cara platos o cualquier otra vajilla que pillara a mano.

En vez de empujar enérgico la puerta, toqué humildemente con los nudillos, a la espera de que fuese tía Luciana quien nos recibiera. En efecto, acudió la buena señora a abrirnos, algo pesada en el andar con esas carnes de más, pero muy digna en los movimientos. Se nos quedó mirando, asombrada, nunca se hubiera figurado que tres personas, en lugar de dos, estarían esperándola.

—Pasad, pasad —dijo—. ¿Usted es...?

No quedaba muy claro a quién dirigía la pregunta, si a ella o a él, ambos desconocidos todavía para la buena señora.

—¡Oh, yo soy Lea, la amiga de Juanjo! —exclamó Lea, con

una sonrisa nerviosa.

—¡Ah! ¿Tú eres la que vive en Ayna, la del instituto?

—Sí, la misma.

—Deja que te abrace. El señor Alfredo se pondrá muy contento al verte.

Las dos mujeres se abrazaron. Yo contenía la respiración, un poco agitado, aunque reconociera en el fondo que no había motivos para ello.

—¿Y tú...? Quiero decir, ¿y usted...?

Se la notaba ansiosa por averiguar la identidad del joven. Seguro que barruntaba indicios que dejaban prever chubascos, incluso aguaceros en aquella vieja casona tan, por el momento, apacible.

—¿Yo...? —Le tendió la mano con una sonrisa de oreja a oreja, tan amplia como un abanico; daban ganas de sonreír con él—. Yo soy Juan Castillo, el novio de la señorita Paulina.

—¿Señorita...? ¿Paulina...? —Tía Luciana se había quedado como alelada, en estado de shock.

Pero ya la aludida, quien seguramente había estado a la espera de acontecimientos en la retaguardia, es decir, en el mismo vestíbulo, detrás de la gruesa señora, había hecho repentina irrupción, atropellando un poco a su tía. Se quedó plantada delante del exnovio, pasmada aún, no en vano era asimismo el padre del hijo que estaba por nacer.

—¿Eres tú...? Pero, ¿por qué has venido a verme? —dijo, entre llorosa y rabiosa, no me atrevo a especificar cuál de los dos sentimientos dominaba en ella.

—¡Ah! Veo que me reservabas una gratísima sorpresa —replicó el joven, quien, al parecer, no estaba al corriente del estado de su excompañera—. ¿Y cómo te has podido marchar sin decirme nada? —le reprochó de pronto—. He estado mucho tiempo intentando olvidarte; me decía cada mañana al despertar: «Si se ha ido sin dejar una nota siquiera es porque ya no quiere saber nada más de ti. Paciencia, Juan Castillo, no te quiere y eso es todo. Pero eso solo lo pensaba por las mañanas. Al regresar del hotel, por las tardes, después de haber estado rumiando casi toda la jornada, me decía plenamente convencido: «Se fue movida por algún motivo especial, que tú ignoras todavía. Pero ella te quiere, sí, te quiere; tanto como tú a ella». Y así, día tras día, semana tras semana, no me quedó otro remedio que rendirme a la evidencia: «Paulina, yo te quiero y no podría vivir sin ti». Por favor, dame una segunda oportunidad, más aún si compruebo que un hijo nuestro, el fruto de nuestro amor, se ha puesto en camino, está al caer. ¡Déjame si quiera ser el padre de la criatura! —exclamó de repente, después de haber improvisado este discurso, una declaración de amor, en la misma puerta de nuestra casa de pueblo. Y él, que era de ciudad, aunque de orígenes tan humildes como los nuestros, había acudido a la cita en autobús, con una simple sonrisa, un sombrero panameño en la cabeza y un clavel de color rosa en la ranura de la solapa. ¡Estaría plenamente convencido de que para conquistar a una dama no se requiere nada más!

Paulina se puso a temblar de pies a cabeza, le rechinaban los dientes y los ojos se le habían humedecido tanto que parecía que se hubiera puesto a llorar, aunque era imposible colegir si experimentaba sentimientos de alegría o, por el contrario, profunda tristeza, una desazón que le roería el alma, cual gusano de seda atacando feroz la pálida y verde hoja.

—Pero, ¿qué haces aquí?, ¿por qué has venido a verme? —repitió, atolondrada, en voz baja, voz de falsete, como si fuera un susurro que se pronunciara a sí misma en el momento de acostarse.

—Yo te amo —contestó con voz firme, serena, el de nuevo pretendiente, puesto que ya lo había sido el año anterior.

Entonces se derrumbaron todas las resistencias; atrás quedaron los sinsabores vividos, todo aquel cúmulo de abejas en su apartamento, el frío y el calor que habían pasado mientras permanecieron juntos, y hasta trabajaron juntos en aquel hotel situado en el corazón mismo de la ciudad de Albacete.

Como pudo la abrazó, ya que la redondez de ese vientre impedía que las muestras de amor fuesen demasiado generosas o expansivas. En definitiva, lo que presenciamos tanto tía Luciana como Lea y yo fue una escena de reconciliación: la pareja se recomponía después de un año de ausencia y de ingrato recuerdo.

—¡Vamos, vamos adentro! El señor Alfredo estará volviéndose loco de impaciencia. Y nosotros, todavía aquí, en la puerta —protestó con aspavientos tía Luciana—. Sí, pasa tú también —añadió, dirigiéndose al joven que se estremecía de júbilo una vez alcanzado el éxito de su misión.

Lea me atrapó la mano, antes había arrimado la bicicleta al muro de la casa. Los rayos del sol se estrellaban contra la cadena, las llantas y la caja metálica del timbre, en el manillar. La máquina aparecía tan resplandeciente que simulaba arder con fuego cristalino y saltarín, como agua que se escapa del espejo de una fuente. En cambio, a los pies del escalón de piedra crecía una hierba resistente a los ataques del sol y a la escasez de lluvias.

Hallamos al señor Alfredo sentado en su sillón de cuero marrón, orejero. Estaba cerca de la ventana, delante de las cortinas de un azul cristalino, que subían hasta el techo. Por los cristales penetraba una luz fuerte, que se adentraba hasta la mitad de la sala, formando un nido de luz sobre la maciza mesa de ébano. Las paredes estaban decoradas con un papel de tenues tonos grises y amarillos, que infundían un aire gastado a la pieza, como si perteneciese a la época en que las casas se protegían del frío invernal a base de chimeneas.

Una manta irlandesa le protegía las rodillas y el regazo, mostraba en general un aspecto cansado, como si el hecho mismo de respirar lo fatigara en exceso. La cara permanecía lívida, surcada de arrugas, especialmente en torno a los ojos, que los mantenía semientornados, y numerosos mechones formaban una especie de aureola en torno a ese cráneo demasiado descarnado, donde los rayos del sol jugueteaban con el pelo entre gris y blanco. Se le veía, en fin, pálido, debilitado por una enfermedad que duraba desde hacía meses, si no un año completo. Conservaba, no obstante, la facultad de hablar y se mantenía en su pleno juicio, enteramente consciente de cuanto sucediera a su alrededor. Así, se nos quedó mirando con la sonrisa helada a causa del frío que provocaba la enfermedad, allá en el centro de su pecho.

Tía Luciana, una vez más, se nos adelantó a todos y arrancó a hablar:

—Voy a presentarle —dijo—, señor Alfredo, a dos personalidades: a mi izquierda, Lea, la novia de Juanjo, a quien esperábamos para hoy; y a mi derecha, este buen mozo, Juan Castillo, de quien ya ha tenido noticias, es el novio de Paulina, el padre de la criatura que está por venir.

El señor Alfredo esbozó una pálida sonrisa, su respiración era fatigosa. Exclamó sin fuerzas apenas:

—¡Qué bien que se hayan reconciliado! Señor Juan, me alegro de conocerle —le tendió la mano, que el invitado se apresuró en recoger una vez dio un paso al frente.

Luego solicitó la mano de Lea, quien también corrió a ofrecérsela, como si se aprestara a socorrer a un náufrago, a quien ayuda a subir a bordo con el firme propósito de salvarle la vida.

En ese momento ocurrió algo extraño, algo que no nos esperábamos, la misma tía Luciana, habituada a toda clase de hechos insólitos, se quedó tan pasmada, como si sufriera alucinaciones o como si un fantasma hubiese surgido ante ella, que no daba, pese a la visión, crédito alguno. De pronto, el visitante Juan Castillo dijo:

—Señor Alfredo, usted está enfermo, eso lo averiguamos enseguida: basta con echarle una ojeada para caer en la cuenta. Sin embargo, yo puedo curarle, conozco los remedios. Hace una década en mi pueblo adquirí fama de curandero; algunas personas se llenaron de superstición, otras de envidia. Hice enemigos poderosos, como lo eran el médico, el cura y el delegado municipal, quienes me acusaron de tramposo y me amenazaron con meterme en prisión si continuaba con mis prácticas «poco ortodoxas». En fin, volvamos la página a este episodio lamentable de mi vida. Una vez en la ciudad, me olvidé de tales prácticas sanadoras; ni siquiera le comenté una palabra a mi querida Paulina, aquí presente. Pero ahora que lo veo a usted en semejante estado, vencido acaso por la enfermedad, me comprometo a curarle, sí, por lo menos lo voy a intentar.

—¿Qué dice usted de curar a quién? —preguntó, atónita, tía Luciana, se había disparado en ella la alarma de la desconfianza.

El señor Alfredo reaccionó de inmediato:

—Por probar, no se pierde nada. ¡Ya son varios los médicos que han venido a verme! ¡Y nada, todavía nada! —le quedaban fuerzas para exclamar, pero la respiración era trabajosa; los ojos se le habían humedecido a pesar del calor reinante.

Sintiendo que ese calor apretaba cada vez más en la estancia, tía Luciana corrió a abrir las ventanas y cuando estas quedaron abiertas de par en par nuestra respiración se aflojó un tanto, aliviados con la frescura del aire que penetraba. El improvisado curandero se acercó entonces al enfermo, le palpó la frente, le tomó el pulso, le hizo varias preguntas en torno a sus hábitos culinarios y a sus actividades cotidianas. Parecía una consulta normal frente a un médico con bata blanca y el título colgado en la pared, en su gabinete de consultas. Pero en realidad aquella escena tenía mucho, nos lo figurábamos bien, de extraordinario.

—¿Quiere que nos quedemos solos? —preguntó de pronto el enfermo.

—No hace falta —replicó al instante Juan Castillo—. Mi diagnóstico es simple e inmediato: me ha bastado con hablar con usted un momento para entrever las raíces de su mal. Usted no quiere curarse, eso es todo cuanto le pasa. Ha decidido morirse, la vida para usted ya no vale nada, es algo que no merece la pena. Ha aprovechado cualquier intoxicación, cualquier indisposición del cuerpo por algún alimento que haya tomado, o algún frío que haya atrapado, para agravar su dolencia, inconscientemente, que era un daño que en condiciones normales usted habría vencido sin mayores dificultades. Pero su estado de ánimo se halla tan decaído que sus fuerzas físicas se han debilitado hasta el extremo de que cualquier contrariedad puede provocar en usted terribles y funestas consecuencias.

—¡Uf! —suspiró el enfermo—. ¿Por qué iba a querer morirme? No le veo sentido a lo que dice.

Yo pensé entonces en sus revelaciones de hacía poco, en lo mal que lo había pasado a causa de su inclinación sexual y en cómo había intentado toda su vida negarse a sí mismo lo que, para su desgracia, sí que era. El daño espiritual, que se había gangrenado con el tiempo en su alma dolorida, había terminado por afectar al cuerpo de forma palpable y evidente.

—Hum... —replicó Juan Castillo, llevándose el dedo pulgar a la barbilla, que toqueteaba, pensativo—. La pregunta correcta sería, más bien: «¿Y por qué iba a querer seguir viviendo, a mi edad?» ¿Eh, señor Alfredo...? Esa es la pregunta que se ha estado formulando cada mañana al despertar.

Con una agilidad de pensamientos bastante admirable, tía Luciana dedujo que Juan Castillo había venido en busca de su amada, a quien se llevaría consigo a la ciudad por segunda vez; y como había habido reconciliación, a primera vista nada podía evitar este fatal desenlace. Pero si el «curandero» hallaba una ocupación en El Barro con relación a su oficio, es decir, si se consagraba a la sanación del señor Alfredo, entonces demoraría su partida, y con ella, la de Paulina, cuyo estado avanzado desaconsejaba además los viajes y traslados. En definitiva, concluyó en su fuero interno la buena señora, lo mejor para todos es que Juan Castillo permanezca con nosotros, al menos por el momento. Y movida por este plan, que no tenía nada de perverso, se apresuró en ofrecer al forastero una cama y un plato para la cena, invitándole además a pasar siquiera una semana en El Barro, espacio de tiempo exigido por la curación del señor Alfredo. Pero, ¡ay!, no contaba con que tal vez el señor Castillo debía partir inmediatamente a la ciudad, pues al día siguiente lo esperaban en el hotel, donde seguiría siendo un empleado como tantos otros. Antes de que tuviera tiempo de responder, Paulina se sumó a los ruegos mientras se acariciaba el vientre redondo, dando a entender con ello que no sería aconsejable, dado su estado, que la obligaran a partir de forma tan precipitada como improvisada.

—¡Qué honor representa para mí esta invitación! —exclamó Juan Castillo—. El hotel Los Llanos me ha dado dos semanas de descanso. Las vacaciones son cortas, pero suficientes, quizás, para que hagamos todo lo que tenemos que hacer.

Su novia se abrazó a él, colmada de alegría y de satisfacción. Nos pusimos a hablar todos en la sala, junto al enfermo, el cual nos sonreía y se animaba por momentos. Comimos la prometida paella —que salió riquísima— y luego pasamos la tarde charlando, elaborando planes de futuro, conociéndonos más en profundidad, como si presintiéramos que lazos irrompibles nos unían seguramente para el resto de nuestros días.

Capítulo 3

¿Es posible que la irrupción de una sola persona en un hogar provoque una pequeña revolución? Sí, es posible. Soy testigo de que en muy poco tiempo Juan Castillo revolucionó nuestras vidas, revolucionó al pueblo entero, que no estaba habituado a esta especie de frenesí. Y es que al día siguiente se dejó convencer por Paulina para que dimitiera de su puesto en el hotel y tratara de hacer su vida allí mismo, junto a Paulina y al hijo que estaba por nacer, aún seguía siendo un misterio si sería niño o niña. Paulina, que hacía poco más de un año había luchado con todas sus fuerzas para abandonar nuestro pueblo, renegando así de sus raíces, ahora se declaraba, por el contrario, tan «pueblerina», tan apegada a las tradiciones locales y al modo típicamente aldeano de entender la vida, que no concebía su existencia fuera de El Barro, nuestro insignificante, minúsculo, anodino e insípido punto de la geografía castellano-manchega. Habría que preguntarse por las razones de este cambio de actitud, aun a riesgo de adentrarnos en el terreno de la especulación. A mi juicio, Paulina debió de experimentar en la ausencia, cuando compartía con su prometido aquel apartamento situado en Albacete, la morriña, esa nostalgia de las cosas de pueblo. Fue durante esta larga ausencia cuando se apercibió de hasta qué punto estaba ligada a su pueblo natal, esas callejas que había recorrido una y otra vez a lo largo de su infancia y adolescencia. Hay personas que se adaptan muy bien a las nuevas situaciones, que se hacen, pese a los inconvenientes, con el ambiente urbano; pero no era el caso de ella, ella exigía para sentirse feliz respirar el aire de la sierra, poseer un corral en el patio de atrás, compartir en la mesa con los vecinos los momentos típicamente aldeanos. Ella era una persona de pueblo; por fin se atrevía a reconocerlo alto y fuerte, no se sentía avergonzada por su condición rural ni la asustaba el porvenir, para el cual preveían pueblos enteros desiertos y la continua emigración del campesino a la ciudad, donde terminaría convirtiéndose en un obrero, en un empleado o en un camarero de hotel, como había sido el caso de Juan Castillo. Lo cierto era que desde hacía muchas semanas Paulina se declaraba más Luciana que tía Luciana, quiero decir, se la veía más apegada a su pueblo que ninguna otra persona. Ni siquiera la irrupción de su prometido hubiera sido capaz de sacarla de allí.

En cuanto a este, que, como ya he dicho, se había dejado convencer muy fácilmente por la mujer embarazada, contactó casi inmediatamente con nuestro alcalde, el viejo Eulogio. Su propósito era convencerlo para que le diera permiso de ocupar una casa abandonada, medio en ruinas, la cual prometía restaurar lo antes posible. Allí era donde se había propuesto reiniciar su vida en compañía de Paulina y el hijo de ambos. Este plan contaba con un detalle importante, el cual inclinaba la balanza definitivamente del lado pueblerino, en oposición a la posibilidad ciudadana. Me refiero al detalle de las abejas y las plantas que habían quedado en el apartamento, aguardando el regreso del amo. Juan Castillo se propuso recuperarlas, alojarlas en su nuevo hogar, instalar acto seguido una colmena en el patio de atrás, donde aún crecían la maleza, los arbustos silvestres, las hierbas odoríferas, y todo estaba por hacer, si lo que pretendía era convertirlo en un lugar ameno, provisto de huerto, corral y una cerca que impidiese a las cabras aventurarse por las callejas del pueblo.

A mí me infundió mucho coraje oír este plan de instalación. Pensé que nos procuraría distracción para los dos meses veraniegos, era fácil prever que serían ricos en emociones intensas y actividades físicas.

El traslado de los muebles se efectuaría con una camioneta alquilada, el señor Isidoro se había ofrecido como conductor. Yo echaría una mano en tanto que mozo de carga y el seiscientos verde del señor Isidoro serviría para trasladar a las abejas, así como a las plantas, que irían en los asientos de atrás. La operación se presentaba tan delicada que todos nos temíamos lo peor, un accidente o cualquier otro contratiempo ocurrido en mitad de la carretera. Se barajó la posibilidad de meter la caja en la camioneta, pero Juan Castillo se empeñó en efectuar el viaje en coche, aprovechando que disponíamos del seiscientos verde; consideraba que así sería menos arriesgado para las abejas y menos traumático. «Un paño negro encima de la caja, y las abejas no se moverán de su sitio», aseguró, tratando de tranquilizarnos y de tranquilizarse a sí mismo. Por su parte, mi padrino literario comentó que la experiencia prometía ser muy «zen» y que por eso asumía el riesgo. En una situación de extrema urgencia detendría el vehículo en el arcén, abriría al máximo las cuatro ventanillas y permitiría que los insectos se escaparan antes de que se convirtieran en la causa de algún estropicio dentro del habitáculo. El joven apicultor admitió el riesgo de perder así sus queridas abejas, pero añadió que —con todo — lo prefería a tener que introducir la caja en la camioneta. En cuanto a las plantas, no todas cabrían en el seiscientos; algunas, las más altas, debían de viajar en la camioneta, que no era muy grande, bastaba con unos pocos muebles para rellenar el montacargas. Este no disponía de lona y quedaba al aire libre, como si fuera el ring donde se organizan campeonatos de boxeo.

Así, la mañana de un lunes acudió temprano el señor Isidoro a El Barro, donde ya se le esperaba, Juan Castillo había sido el primero en levantarse. Hubo algunos chistes, los ánimos estaban de lo más propenso a las actividades físicas. El único bemol era que la víspera Paulina había sufrido un mareo, se creyó llegada la hora del parto. Pero solo había sido una falsa alarma. Ya habían avisado al vecino Manuel, quien se había ofrecido a conducir a la futura mamá al hospital de Hellín en cuanto se dieran las primeras señales del parto. Este agricultor disponía de una furgoneta y vivía a dos pasos de la casa del señor Alfredo; no costaría nada ir en su busca en cuanto surgieran las primeras complicaciones. De este modo, el futuro padre podría efectuar tranquilo la mudanza de la capital al pueblo.

Así pues, subieron al coche Isidoro y Juan Castillo; no había plaza para nadie más. Yo me preguntaba, intranquilo, qué sería de ellos. Si había un control de carretera, corrían el riesgo de que los multaran, confiscaran la caja de las abejas y se llevaran el coche al depósito municipal, hasta que su amo, después de haber pagado la multa, fuese a recogerlo. Cruzamos los dedos y ellos partieron mientras el resto nos quedábamos en casa, aguardando su regreso. Estimaron que duraría aproximadamente dos horas, si todo salía a pedir de boca.

Yo entretuve ese rato charlando con Lea por teléfono. Las llamadas habían bajado de precio y, la verdad, don Alfredo nunca se había mostrado rácano, antes bien, siempre había hecho prueba de una extraordinaria generosidad. Había oído decir que su madre le había dejado en herencia una renta suficiente para que viviera con holgura, a la que no pudo oponerse el temible padre, don Fernando, a quien yo conocía y solo veía de vez en cuando; pero en cada ocasión demostraba poseer un genio irascible, propenso a las trifulcas. De hecho, siempre había maltratado verbalmente a su hijo, desde hacía poco tiempo yo suponía que era por lo del episodio del seminario. Un militar jubilado como él, que tenía un hijo que también era militar, no podía consentir que el menor hubiera salido, por así decirlo, del bando opuesto.

La última vez que había visto al señor Fernando estaba seriamente enfermo, un catarro que no se terminaba de curar, complicaciones en los bronquios y un hígado ahora tan irritable como el carácter de quien lo poseía. No se temía por su vida, pero el médico le aconsejaba serenidad, largos paseos, vida tranquila... En Hellín, donde vivía desde hacía muchos años, solo le quedaba disfrutar de su vejez sin complicarse la existencia ni embarullar la de sus allegados, especialmente la de su hijo Alfredo. Pero, por culpa de ese carácter endiablado, no era fácil para él seguir al pie de la letra esta serie fenomenal de sabios consejos.

Encontré a Lea muy animada mientras charlábamos por teléfono. Me comentó que le había entusiasmado mi familia y que le encantaría pasar una parte del verano en El Barro. La paella de tía Luciana le había parecido excelente. Le pregunté si no echaba de menos las playas de Alicante, sobre todo cuando la canícula apretaba fuerte en una región tan escasa de sombras. Me contestó que el verano anterior había pasado dos semanas en las playas de Alicante. En Campello había una playa que llamaban del Cura porque, en otro tiempo, uno se había arrojado al mar por amor y se había ahogado. Era sacerdote, pero no amaba la sotana, sino la falda de una mujer, ¡en fin! Lea se reía al contarme todo esto, que no eran más que chismes. Lo más probable fuera que además de la falda amase a esa mujer, hasta el punto de renunciar a su propia vida si no le era posible compartirla con la de ella. Y ella se esfumó y él se arrojó al agua de cabeza, que estaría helada en ese período del año. En torno a él flotaría un instante la negra sotana, como si representara una flor de pétalos negros, justo antes de precipitarse hacia el abismo.

Llegaron por fin los forajidos, aunque con las manos vacías, es decir, habían metido en el coche las plantas, o buena parte de ellas, pero no la colmena.

Interrogados por las razones de aquel cambio de planes, Juan Castillo suspiró, se encogió de hombros, se secó el sudor de la frente con el dorso de la mano.

—Ha sido por mi culpa —dijo—. No había previsto que llegábamos a una hora en que las abejas no habían regresado aún de sus itinerarios en busca del néctar con que fabricar la miel. A la caída del sol es cuando se encierran en su casa, para volver a la mañana siguiente a salir y recoger el precioso néctar de las flores. Pero no ha sido un viaje en balde. Nos hemos dirigido al hotel, donde he anunciado que me daba de baja y que por consiguiente me despedía de ellos. Les ha pillado por sorpresa. «¿Ha sido por culpa de una mujer?», me ha preguntado el intendente, que es una persona sagaz como hay pocas. Y yo le he respondido: «No solo por una mujer; también hay un hijo que está en camino». Entonces él, sonriendo, me ha replicado: «Por eso mismo, porque hay un hijo de por medio, deberías guardar este trabajo. Piensa en su porvenir. Piensa en el bienestar de la familia». «A veces en la vida hay que asumir riesgos —le he contestado—; el que no está dispuesto a asumirlos, que se prepare, porque la felicidad nunca llega por sí sola: o uno sale en su busca, o nunca la obtendrá». «¡Me encanta tu filosofía! —exclamó el intendente—; pero en lo que tienes que pensar ahora es en las cuestiones prácticas, y lo práctico, es decir, lo más razonable es que te quedes como estás, puesto que te ganas bien la vida, sin demasiadas complicaciones ni fatigas, aquí todos te tratamos bien y te estimamos; y tú, por un capricho pasajero, por un antojo quizás de mujer, estás dispuesto a arrojarlo todo por la borda, cual marinero intrépido, pero te advierto que no vas a encontrar ninguna isla maravillosa, donde pasar el resto de tus días».

—A ese señor no le faltaba labia —comentó Isidoro—. Supongo que has tenido que batallar fuerte para que al final te dejara partir, desembarazado de cadenas, dueño de ti mismo y de tu porvenir.

—El fondo del asunto es que yo quiero estar con Paulina; adonde ella vaya, allá iré yo; y si a ella le apetece pueblo, pues a mí, lo mismo, pueblo. Además, el niño será más feliz pisando barro y tierra que no pisando asfalto y cemento. Y por si fuera poco, en este ambiente propicio podré dedicarme a las actividades que más me gustan: el cuidado de las abejas, el cultivo de las plantas, el trato, en fin, con los animales. Todo esto no tiene precio o, mejor dicho, su precio es infinitamente superior a cualquier beneficio económico que prometa la ciudad, donde solo me esperan agobios, prisas, sometimiento a la voluntad ajena e incomodidades de todo tipo.

De este modo, la aventura del viaje arriesgado quedaba postergada para mejor ocasión. Y como había que ahorrar tiempo y dinero, finalmente se decidió que Juan realizaría un viaje en solitario. Pasaría un par de días en el apartamento para arreglar el finiquito del alquiler, preparar los bártulos y poner el trapo negro sobre la caja de las abejas con el fin de impedir que salieran volando a la mañana siguiente. Entonces nos presentaríamos Isidoro y yo con la camioneta, cargaríamos los bultos y otra vez a la carretera: una treintena de kilómetros nos separaba de la capital.

Siempre que acudía a vernos el señor Isidoro se montaba un debate filosófico, moral o, simplemente, de carácter práctico. En esta ocasión no podía ser menos, pese al languideciente estado del señor Alfredo. Durante la sobremesa, a la fresca de la terraza, se habló sobre el porvenir de la humanidad. Y aquí fue donde Juan Castillo nos sorprendió a todos con una buena colección de disparates, ideas que rozaban lo absurdo, intrépidas observaciones del alma humana. El señor Isidoro, que era profesor de instituto, aficionaba en grado sumo llevar la contraria, especialmente en las materias intrincadas; así que la discusión prometía ser larga, si me apuran, interminable, como algunos partidos de fútbol de Primera División, que de lo aburridos que resultan parece que se obstinan en no concluir nunca. Pero en esta ocasión no había ningún árbitro que se atreviera a pitar el final de la contienda.

—El ser humano —afirmaba, seguro de sí, el jovencísimo apicultor— ha perdido enteramente el juicio, se ha vuelto, por así decirlo, loco de remate. Me pregunto si alguna vez ha poseído el uso de la razón, o si, por el contrario, esta clase de locura colectiva forma parte de su herencia genética, ya es un rasgo distintivo de la especie.

—Óigame usted, caballero —replicó Isidoro con tono guasón—, en una familia no está bien generalizar; imagínese cuando se trata de un pueblo, de una raza o, ya que estamos, de la especie humana. Usted acaba de generalizar: «El ser humano se ha vuelto loco», y eso, a mi juicio es llevar la apuesta demasiado lejos. Estará loca una persona, estarán locas mil personas, veinte mil o cien mil... Pero, ¿la humanidad entera? ¿No quedará un solo cuerdo, uno que se levante con el pie derecho y se acueste con la cabeza en su sitio, ni agitada ni trastornada por alguna eventualidad?

—En estos tiempos que corren —continuó Juan Castillo, imperturbable— reina la locura. Me he preguntado si alguna vez ha reinado la cordura, y como he llegado a la conclusión de que no, siempre han preponderado la agitación y la insensatez en el ser humano, he deducido, con toda la lógica del mundo, que nuestra especie no está en su sano juicio, nunca lo ha estado. Se rige por la desfachatez más descabellada, el libre albedrío decadente, la voluntad enajenada y el alma revolucionada, como si la hubieran introducido en un barril de pólvora. El día menos pensado estallamos por los aires, y no será un individuo, una casa o un pueblo el que estalle, sino que toda la humanidad, víctima de su propia enajenación mental, saltará por los aires. Y entonces será el sanseacabó para nosotros y para el resto de seres vivos que pueblan este planeta.

—Otra vez vuelve a generalizar. Admito, y ya es mucho admitir, que los dirigentes están todos locos, gobiernan el mundo con un acopio de insensatez que clama al cielo, para desgracia de los súbditos, que son quienes pagan los platos rotos. Pero entre estos súbditos abundan los sensatos, los cuerdos, los dueños de sí y de sus actos; aunque tampoco faltan los que necesitan ayuda psicológica o algo por el estilo, porque su conducta deja mucho que desear. Por consiguiente, es absurdo afirmar que toda la especie padece el mal de la locura; esta locura, si se halla, solo se encuentra en algunos miembros del colectivo humano. Y a veces un solo caso de enajenación mental puede arrastrar al resto de la población, como ocurrió con Hitler, cuya demencia arrastró consigo al pueblo alemán, si bien sufrió un atentado, lo cual demuestra que no todos estaban dispuestos a sacrificar el porvenir de la nación por culpa de los desvaríos de un loco aupado en el poder.

—El caso del Führer demuestra que la locura se contagia, en casos extremos se convierte en una pandemia. ¿Ha visto alguna vez una tromba de barro, no ya de agua, sino de barro? Lo arrastra todo consigo, nada se le resiste. Pues eso fue lo que debió de ocurrir durante la Alemania nazi, el desvarío arrastró a un pueblo entero a la guerra y a la ruina totales.

—Si se contagia, eso quiere decir que no es algo que sea genético, algo que venga de nosotros, sino que procede de fuera: se trata de un mal adquirido, en ningún caso heredado.

—Y esto que acaba de formular conduce a la siguiente pregunta: «¿A qué se debe esta especie de locura colectiva que padece desde tiempos inmemoriales la humanidad?». En mi opinión, las razones se multiplican, existe una multitud de condicionantes y de factores que explican la conducta absurda, colmada de despropósitos, del ser humano. Y entre estas razones quizás la principal provenga de la educación recibida. Yo creo que nos educan para que tarde o temprano perdamos la cabeza, para que actuemos como si estuviéramos locos, aunque muy en el fondo de nosotros conservamos el sano juicio, ráfagas de lucidez que solo afloran a la superficie de cuando en cuando.

—A la Educación hemos llegado, pues —apuntó con sonrisa de satisfacción el que era profesor de instituto; debió de pensar que en su terreno tenía todas las de ganar—. ¿Y por qué nos habrían de educar nuestros padres para que actuemos como si estuviéramos locos, aunque en realidad conservamos perfectamente la cordura?

—¿Por qué? Pues porque hay una tradición que respetar, y hay unas reglas del juego fijadas por las élites, y hay, en fin, una seria preocupación por la opinión ajena, de modo que cualquier individuo procura amoldar su conducta a los patrones que rigen en la sociedad, no vaya a ser que lo tachen de necio o de, peor aún, insensato.

—Es decir, fingir que uno está loco para que los demás no te consideren loco. ¡Un sinsentido!

—En efecto, si algo aprendemos desde el primer día es a fingir. La clave de la Educación recibida es la ficción, es decir, aprendemos sobre todo a fingir. Le pondré un ejemplo: a un niño en la mesa le enseñan a no comer con los dedos, a no agobiarse con la comida y a respetar cierto protocolo: primero la sopa, luego la carne con patatas y, en tercer lugar, el postre. Podría ser de otra forma, pero eso es lo que le enseñaron, y así es como tiene que ser. Sin embargo, ese niño, y cualquier otra persona antes que él y después que él, lo único que hace es fingir:

cumple con el protocolo a regañadientes, porque actúa en público, pero cuando se halla comiendo solo, lo hace a sus anchas: utiliza los dedos, a lo mejor prueba primero el postre y después la carne, no sigue en absoluto las reglas del buen comensal. Lo llevarán a una casa de visita y el niño actuará con todo primor, se atará la servilleta en el cuello, masticará despacio, comerá utilizando el cuchillo y el tenedor. Y ese mismo niño, que conoce una por una las reglas de la cortesía, en solitario se pringará los dedos de Nocilla, se atragantará con la boca llena, beberá del morro de la botella y para nada se acordará de usar la servilleta o el vaso. Y este ejemplo vale para todas las situaciones: en público me atengo a las formas, en privado hago lo que quiero, con tal de que nadie me vea hacer a mi manera. ¿No es eso fingir? Eso es lo que hacemos todos, fingir una y otra vez mientras actuemos en público. Porque en privado, ese es otro cantar.

—Fingir que uno se atiene a las etiquetas no tiene nada de particular. Precisamente, las etiquetas existen para facilitar la convivencia entre las personas, para que no reine la anarquía en las relaciones humanas. Luego, en privado, ya cada uno hará lo que le dé la gana. Eso carece de importancia, lo relevante es la actuación en público.

—Ahí no estamos de acuerdo. Lo relevante no es la actuación en público, sino la convicción del respeto que todo ser humano (no mencionaré a las plantas ni a los animales) se merece. Así, cuando yo procuro no comer con los dedos lo haré por atención, por respeto a los demás. Pero si solo lo hago para evitarme líos y complicaciones, entonces cada vez que se dé un conflicto entre mi capricho personal y el interés general, lo que otros llaman el bien común, saldrá sin duda ganando la primera opción. Es decir, egoístamente fingiré en público, y egoístamente actuaré en privado, aunque mi conducta acarree un perjuicio a la mayoría de la población. Eso es algo que me traerá sin cuidado.

—Amigo mío —replicó Isidoro con sonrisa bondadosa—, se llena usted de buenas palabras, ¿quién soy yo para poner en duda el buen tino de lo que bien dice? Pero me temo que se ha salido del tema, del hilo conductor, porque: ¿qué tendrá que ver la locura con el arte de fingir, llamémoslo así?

—La locura también es literatura. Me explico, algunas obras literarias han desarrollado al máximo el arte de fingir, han convertido a sus personajes en unos locos rematados precisamente porque se han creado una ficción y esta ficción ha terminado por remplazar a la realidad. El loco no distingue entre la ficción y la realidad; o, dicho de otro modo, para él la ficción es pura realidad y la realidad es pura ficción; o, dicho aún de otra manera, el loco es aquella persona que a base de mentir termina creyéndose sus propias mentiras: se ha creado un universo paralelo, ficticio, y este universo es para él lo único que existe, por mucho que haya sido fundado en la mentira. El ejemplo máximo de este esquema lo hallamos en El Quijote, por supuesto. Ahora imaginemos que todos somos Don Quijotes, movido cada uno por pequeñas o grandes empresas. Las del héroe cervantino eran grandes, aspiraba a salvar la humanidad, a socorrer a las doncellas y a los desvalidos. Pero las de cualquiera de nosotros, que somos Don Quijotes a pequeña escala, pueden ser de naturaleza bien distinta: unos aspiran a ganar mucho dinero; otros a hacerse famosos escalando montañas o conquistando los más altos escenarios del cine jolibudiano... ¿Qué fuerza mágica impide que no nos deslicemos por la senda de la ficción, hasta el punto de creernos nuestras propias mentiras y desembocar fatalmente en la locura, que no es otra cosa que la negación obstinada de la realidad? El ser humano ha inventado un universo paralelo; pero esto ha sido a costa de perder su sano juicio. Cuando las personas inventamos una realidad diferente, un mundo artificial a base de máquinas, de etiquetas y de protocolos, ¿no es esto admitir que nos hemos vuelto locos, rematadamente locos? Por consiguiente, el arte de fingir y la locura son dos factores que tienen mucho que ver, están íntimamente relacionados entre sí.

—Bueno, sí; como discurso no está mal, hasta le doy mi enhorabuena. Pero solo ha mencionado una parte de la realidad. Olvida usted que en el libro de Cervantes aparece otro personaje, el cual representa, por así decirlo, la otra cara de la moneda. Cada uno de nosotros no solo somos Don Quijote, también somos Sancho. Y en muchos de nosotros hay más de Sancho que de Don Quijote. Y este Sancho no inventa ninguna realidad paralela, no se figura nada, sino que ve el mundo tal cual es, con un realismo asombroso y encomiable. Así pues, otra vez se ha vuelto a quedar corto, estimado amigo, al no considerar más que la mitad de la realidad. El ser humano es Don Quijote y Sancho a la vez. El carácter de cada uno y las circunstancias harán que tienda más bien hacia Don Quijote o hacia Sancho. Por lo tanto, aun admitiendo que hay mucho Don Quijote suelto por ahí, no representarán, en todo caso, más que la mitad de la humanidad. La otra mitad ha conservado enteramente la percepción equilibrada de los hechos que acontecen.

—Ya, usted parte de la creencia de que Sancho no estaba loco, al contrario, era un hombre sensato, algo simple, pero dotado de las cualidades del buen juicio y el tino en las maneras. Para mí, Sancho representa otro tipo de locura: la locura pasiva del que obedece al loco, la de quien se deja arrastrar a sabiendas de que ese viaje no conduce a ninguna parte. Para Don Quijote, «el sueño de la razón produce monstruos». Para Sancho, «el sueño de la negligencia produce estados de ansiedad, cortoplacismos que abocan a un callejón sin salida».

—¡Ah, debió haber empezado por ahí! Usted en el fondo es un pesimista: considera loco, no ya a Don Quijote, sino a su escudero también. Y extrapolando, concluye que la humanidad entera, ya sea Don Quijote, ya sea Sancho, está loca de atar. Lo único que diferencia a estas dos mitades es el tipo de locura: la una, activa; la otra, pasiva. ¿No es eso?

—Eso es, en efecto. Podemos dividir a la humanidad en dos tipos: los activos y los pasivos. Los unos, porque se figuran emular las hazañas del increíble Don Quijote, se han adentrado en la ciénaga de la locura y el delirio; los otros, porque con su actitud pasiva aprueban los disparates de quienes nos gobiernan, también adolecen del mismo mal, es decir, la locura.

—Ante un planteamiento así, no me queda más remedio que cerrar este debate. Uno podrá estar de acuerdo o no con usted, eso será según el gusto de cada cual. Pero ¿cómo rebatir lo que es mera opinión y punto de vista? ¡De ninguna de las maneras! Eso sí, le aplaudo a usted porque me ha sacado una estupenda colección de silogismos y de frases que, si bien proceden de los manuales, las ha usted retorcido hasta tal punto que han quedado irreconocibles. ¡Bravo! —el profesor de instituto comenzó a aplaudir, simulando una fuerte agitación.

Juan Castillo entrecerró los ojos, miró con curiosidad a su oponente. Dijo por último:

—Y si concluimos que las dos mitades del ser humano adolecen de una u otra forma de locura, entonces es fácil colegir que el futuro de la humanidad queda imprevisible: un loco siempre lo es, no podemos predecir cuáles serán sus actos o movimientos por venir.

—Si nos atenemos a su punto de vista cuajado de pesimismo, cabe temerse lo peor: una humanidad que se destruye a sí misma, un grupo de seres humanos que, metidos hasta el cuello en la locura colectiva, no son capaces de encontrar otra salida que la destrucción mutua, la guerra y la aniquilación.

—Así es como lo veo yo, estimado señor Isidoro. ¡Ojalá y me equivoque! —concluyó, con ánimo resignado, el caballero Juan Castillo.

Capítulo 4

Más tarde Isidoro me confesó que el anterior debate le había dejado un mal sabor de boca. No había sido porque se considerase perdedor, o porque juzgase las palabras de su oponente un cúmulo de disparates, aunque ingeniosas, sino porque se había quedado sin mencionar una obra que seguramente le habría sacado de apuros. Se refería al «Elogio de la locura», de Erasmo de Rotterdam. Hubiera bastado con sacarla a colación para echar por tierra la hipótesis del caviloso Juan Castillo. ¡Y ahora era demasiado tarde! Traté de infundirle ánimos diciéndole que se presentarían nuevas ocasiones para discutir con él, no faltaban temas objeto de controversia; algunos prometían incluso ser más apasionantes que el ya famoso de la locura. Pero entonces dijo que volvería a meter la pata, se conocía bien, a la hora de la verdad siempre fallaba por algún lado, como una escopeta con la pólvora mojada. Lo dejé por imposible; ahora el pesimista era más bien él, y no su oponente. Sin embargo, una curiosidad me vino al espíritu, le pregunté: «¿Y por qué opina que lo hubiera salvado en ese debate la mención del Elogio de la locura?» «¿Por qué...? Pues porque en ese libro se dice que el porvenir pertenece a los osados, solo los que se atreven triunfan; los timoratos se quedan en sus casas, guareciéndose del frío y de la lluvia; pero los aventureros salen afuera, osan desafiar los peligros inimaginables: una brizna de locura los vuelve míticos, legendarios a los ojos de sus descendientes, quienes no harán otra cosa que admirar su valentía y sus hazañas». «¡Ya!, me dije, ¡el atrevimiento como motor de la humanidad, la desobediencia, el tenaz arrimo a lo prohibido para obtener algo muy valioso: el progreso, el avance de la humanidad! ¡No está mal!, seguí diciéndome, pero si a esa osadía añadimos un poco de cordura, un poco de sensatez, estaría aún mejor».

El plan de traslado se realizó en poco menos de una semana. Primero se ausentó Juan Castillo, luego, tras la llamada telefónica, acudimos Isidoro y yo con la camioneta a la capital y regresamos al cabo cargados de muebles, entre los cuales estaba el cajón de las abejas, bien tapado con un trapo negro. El joven apicultor ya le había preparado su espacio en el patio de atrás de la nueva casa, si bien era tan vieja que amenazaba con desplomarse de un momento a otro. Lo primero que hizo fue instalar el cajón y retirar la tela negra. Las abejas comenzaron a surgir al instante por entre las rendijas, y se dispusieron a explorar el nuevo territorio, seguramente un paraíso para ellas, donde en medio de la maleza y los arbustos aparecían las flores, que encandilaban los sentidos, especialmente los de la vista y el olfato. No estábamos en el período en que la floración se intensifica, pero tampoco faltaban florecillas por aquí y por allá, en cuanto uno se salía de los caminos de tierra.

Nos pusimos manos a la obra: había que restaurar la casa lo antes posible. Además de nosotros dos, que no teníamos gran idea de la construcción, pero que a fuerza de cometer errores íbamos aprendiendo, acudió en nuestro auxilio el sobrino de la panadera, Pedro, el mismo que me había llevado en coche desde el Internado hasta El Barro. Para él tenía una pregunta pendiente, así que no dejé escapar la ocasión:

—¿No me había dicho, hace mucho tiempo de esto, que el

señor Alfredo tenía un hijo y que este hijo se había marchado a América para no volver nunca más?

—¿Eso fue lo que te dije...? —Pedro se rascó la oreja, perplejo—. Me pregunto ahora por qué te diría eso. Ya no me acordaba.

—Serían rumores de entonces. A la gente siempre le ha gustado murmurar —sugerí.

—Rumores míos o de la gente, ¡qué más da! El caso es que inventamos, siempre estamos inventando historias.

—Sí, cuando hay un hueco lo rellenamos con fabulaciones. Y si no se ajustan a la realidad, ¡tanto peor!

—¡Tanto peor! Oye, ten cuidado con esa mezcla: demasiada arena y poco cemento echan al traste cualquier pared que pretendas levantar.

Me fijé en el amasijo, que bullía en la cubeta, con el sol filtrándose a través de las hojas de la morera que nos mantenía en la sombra. Menos arena y más polvillo de cemento. Corregí enseguida la fórmula y le añadí, por último, agua. Uno de los muros de la casa había sido restaurado en parte, había que seguir insistiendo.

Y mientras el verano avanzaba al ritmo de las obras, que eran pesadas pero que nos dejaban las tardes para echar la siesta o escaparnos a la piscina municipal de Ayna, Juan Castillo, que llevaba viviendo con nosotros desde el traslado, proseguía su misión de curar al señor Alfredo. Se trataba de una actividad paralela a la de la restauración de la vivienda; y en cierto sentido, había una estrecha relación entre ambas: restaurar el cuerpo de una persona, así como la mente, o restaurar una casa que amenaza con venirse abajo... ¡Hasta era posible que lo que aprendía como albañil le sirviera luego de inspiración en tanto que curandero! Lo primero que hizo para tratar de curar al enfermo fue cambiar los hábitos alimenticios. Señaló que detrás de cualquier dolencia se oculta un «agresor». Este agresor entra a menudo por la boca, es decir, en ciertas personas había ciertos alimentos que en lugar de resultar nutritivos actuaban como intoxicadores que minaban poco a poco las fuerzas del afectado. Había que descubrir este agente nocivo y desterrarlo inmediatamente de la alimentación. Al mismo tiempo, debía iniciar una terapia de manera que el paciente fuese descubriéndose a sí mismo, la causa psicológica de su mal. Y de este modo, Juan Castillo se había convertido en alguien polifacético: a ratos era apicultor, a ratos albañil, a ratos curandero y psicólogo, y, por si aún le quedaba tiempo libre, debía consagrarse al cuidado de su esposa, que estaba a punto de dar a luz. Era cierto que todavía no se habían casado, pero él se había acostumbrado a llamarla «esposa mía», o bien «querida mía».

El momento tan esperado llegó por fin. La recién nacida nos hizo madrugar a todos. A eso de las seis de la mañana dio las primeras señales de querer abrirse paso en este mundo, absolutamente inédito para ella. Me mandaron llamar al señor Manuel y ambos acudimos con la camioneta, la joven madre se instaló en el asiento de atrás y, junto con su compañero y tía Luciana, partieron al galope, en fin, al galope de un motor de cuatro tiempos, que ruge como un tigre e invade la línea de asfalto que poco a poco se adueña del paisaje castellanomanchego. Los senderos de tierra estaban siendo remplazados por carreteras de dos vías, y se decía que en la ciudad asfaltaban las calles; pero en las de nuestro pueblo continuaba la tierra aplanada, arcillosa, con un reguero en mitad de la calzada en períodos de lluvias. Este paisaje pedregoso, de un marrón claro, donde las lagartijas tomaban el sol a media altura, en las paredes desconchadas de piedra y arena, era el que convenía a nuestro espíritu. El gris del asfalto, lo duro, seco y ardiente de un suelo que impedía cualquier brote de vida hubiera constituido tal vez un golpe durísimo, insoportable, para el alma rústica, campesina, que dominaba el lugar. Como afirmaba repetidas veces el señor Alfredo, no necesitábamos para nada el progreso, si este progreso no aportaba otra cosa que ruidos, estrés y contaminación a mansalva.

La niña —a quien bautizaron con el nombre de Serafina en la parroquia de Hellín— vino al mundo hacia el mediodía de un día soleado, espléndido, no había una sola nube que quebrara el intenso azul del cielo radiante, casi blanco, como una casa de aperos al borde de una colina, frente al mar.

El parto fue sin complicaciones; la madre, dotada de una fuerza física excelente y de una salud inquebrantable, estaba lista para recorrer el mundo a los dos días de haber parido, y su leche acudió rauda, en gran cantidad, a cubrir las necesidades básicas de la pequeña. Todos nos regocijamos con el buen augurio de aquel nacimiento, el primero en celebrarlo fue el padre de la criatura, quien con el dinero del finiquito nos invitó a una gran comilona en un restaurante de Hellín, situado al borde de la carretera, donde paraban a menudo camioneros y gente que iba de paso, o bien hacia el centro peninsular, o bien hacia las costas levantinas, a un centenar de kilómetros de distancia.

El señor Alfredo iba mejor. La terapia puesta en práctica por Juan dio resultados tempraneros. Cada uno de nosotros no salía de su asombro. El artífice de aquel pequeño milagro señaló que no había por qué extrañarse: «Cuando una persona no puede respirar la piel de su cara se torna roja, luego morada, los ojos parece que van a salirse de sus órbitas; pero en cuanto recupera la respiración sosegada, todo vuelve a la normalidad, como si no hubiese habido sobresalto alguno». Lo mismo ocurría con Alfredo. Una vez eliminado el agente agresor, el metabolismo restablecía su ritmo de crucero, los colores volvían al rostro y los músculos recuperaban la movilidad característica.

Y cuando mejor iban las cosas (con la inestimable ayuda de Pedro los trabajos de renovación avanzaban, en tanto que la salud de don Alfredo recuperaba el vigor de antaño, e hija y madre pasaban el día juntas, la una velando por la pequeña, la otra durmiendo, comiendo y bostezando) surgió de pronto un segundo debate de carácter filosófico. En esta ocasión yo mismo me vi enzarzado en la dialéctica; en realidad sustituía al profesor Isidoro, quien llevaba más de una semana sin venir a vernos.

Después de haber colocado un montón de ladrillos, y otro buen montón que quedaba por colocar, nos sentamos a la fresca, en torno al tronco de una acacia fina de hojas amarillentas, ruidosas como campanillas de cristal, dispuestos a dar la debida cuenta al almuerzo. Entonces Juan dijo:

—Sin las herramientas, imposible restaurar la casa como lo estamos haciendo ahora. O al menos demandaría muchísimo más tiempo que el que vamos a emplear. Pero, la cuestión que se me ocurre es la siguiente: ¿Es lo mismo habilidad que inteligencia? ¿Debemos considerar al ser humano inteligente solo porque posee la facultad innata de construir y de inventar herramientas?

—¡Claro que es inteligente! Si no lo fuera, no hubiera construido ni inventado tantas herramientas —repliqué, una pizca enojado. ¿Adónde querría ir a parar este polemista por naturaleza?

—¡Alto ahí! ¡No está tan claro! Una cosa es la habilidad, otra —muy distinta— la inteligencia —insistió Juan al tiempo que le daba el primer bocado a su rebanada de pan. Había también frutas y una botella de agua fresca, que habíamos sacado del frigorífico portátil.

Pedro nos miraba sin decir palabra. Estaba ocupado en romper el papel de aluminio con que había envuelto su bocadillo. Pero prestaba atención, los ojos los mantenía fijos en el suelo.

—Si no hay un mínimo de inteligencia, no se pueden fabricar herramientas. De no haber sido porque somos seres inteligentes, ¿nos hubiéramos bajado alguna vez del árbol?

—¡Ajá! —Juan Castillo se sonreía; había encontrado un oponente, aunque seguramente demasiado joven, demasiado verde para su gusto—. Una mínima parte de la población sabe construir herramientas. ¿Podrías tú fabricar a bote pronto una rueda...? Y como tú, todo el mundo. Nos servimos de las herramientas, pero en realidad ni las hemos fabricado ni entendemos siquiera su mecanismo. Porque, ¿alguien puede explicarme cómo diablos funciona una televisión cuando apretamos el botón? ¿Y cómo se explica que un teléfono es un aparato que nos permite hablar a distancia? La gente se sirve de ese aparato, pero ni lo entiende ni sabe nada de su mecanismo. ¿Dónde está, pues, la pretendida habilidad del ser humano?

—Primeramente, hay un saber heredado: lo que aprendieron

las generaciones pasadas se ha transmitido a través de los libros, la ciencia, el estudio y la sabiduría popular. En segundo lugar, hay un saber especializado: unos aprenden a fabricar sillas, pongamos por caso, y otros aprenden a ensamblar las partes de un coche, hasta que este queda listo para invadir las carreteras. Una persona puede ser habilidosa en su especialidad, sabrá, por ejemplo, preparar mil y un pasteles, delicias para el paladar, pero si lo sacas de su cocina, a lo mejor es un burro que ni siquiera sabe manejar correctamente un destornillador. ¿Debemos concluir por eso que el ser humano es torpe y que la pretendida habilidad de la especie es un mito insostenible? Pues no, porque incluso el arte de conservar el saber de las generaciones pasadas ya es habilidoso en sí, toda una proeza que las otras especies no pueden acometer —hasta yo estaba orgulloso de este razonamiento: me había quedado redondo. Pedro aplaudió, pero su aplauso fue breve, tímido. Lanzó una mirada desconcertada a mi oponente, como si temiera de su parte un vendaval de réplicas afiladas y oportunas.

—Lo malo del saber adquirido es que hemos metido en el mismo saco tanto lo bueno como lo malo —replicó suavemente Juan, con voz acaramelada—. Durante siglos la Inquisición estuvo quemando a los herejes, y esto se consideraba algo normal, nadie se atrevía a cuestionarlo. Quemar a las personas formaba parte de la tradición, era una costumbre arraigada en el pueblo; pero nadie duda ahora que se trataba de una costumbre bárbara, que tenía quizás su origen en el sacrificio que los pueblos paganos realizaban para honrar a sus dioses, a quienes veneraban y temían de manera supersticiosa.

—Precisamente —añadí, inspirado, creía que iba a derrotar

a mi oponente—, el progreso consiste en haber eliminado las malas tradiciones para conservar solamente las mejores, que sirven de provecho a la humanidad. De lo único que no nos hemos deshecho todavía es del hábito de hacer la guerra. Llegará el día en que la paz reinará en todos los rincones del planeta y entonces el ser humano podrá sentirse orgulloso de su habilidad y de su inteligencia, que van juntas de la mano, como hermanas gemelas.

—Por el momento no es así. Por el momento nuestra habilidad en la construcción de herramientas ha servido para poner a punto las máquinas de guerra, maximizar el poder destructor de las bombas. Es cierto que inventamos el arado y que comenzamos a labrar la tierra, pero poco después alguien inventó también la pólvora y la invasión de los pueblos se convirtió en una costumbre bárbara, que continúa todavía. Incluso las herramientas que podrían ser verdaderamente útiles y eficaces (pongamos por caso, un automóvil), el mal uso de ellas echa por tierra cualquier beneficio que nos pueda aportar. Quiero decir que hay herramientas que solo deberíamos utilizar de vez en cuando, lo digo por el bien de la comunidad, pero nos empeñamos en usarlas a cada rato, por cualquier excusa, y así, en lugar de servirnos esa herramienta somos nosotros quienes la servimos a ella.

—Si lo dice por el tráfico, aquí hay poco. Hay tardes enteras en que no se ve pasar un solo coche, y me parece a mí que seguirá siendo así durante muchos años.

—Es que El Barro constituye la excepción que confirma la regla. Pueblos como este están condenados a desaparecer. Una de dos, o el pueblo se convierte en una pequeña ciudad, con su centro neurálgico, sus luces de neón en los letreros y su tráfico insoportable, o quedará desierto, deshabitado como un palomar sin palomas.

—¿Y usted se atreve a venir a vivir aquí, con ese panorama lamentable que nos pinta? ¿Qué mosca le ha picado? —Pedro meneó la cabeza, compungido; debió de pensar que yo había ido demasiado lejos.

—Tengo razones de peso que justifican mi conducta estrafalaria. En primer lugar, sigo a mi querida, que se ha venido a vivir al pueblo y de aquí no quiere salir. En segundo lugar, esta mujer maravillosa, de quien estoy profundamente enamorado, acaba de dar a luz. Créeme, para un recién nacido el porvenir se presenta más halagüeño en un pueblo que no en una ciudad, aunque sea de tamaño mediano. En tercer lugar, el alcalde, con el fin de ofrecer un porvenir al pueblo, me entrega esta casa para que la rehabilite y podamos vivir en ella. Y en cuarto y último lugar, las abejas que acabo de traer me colmarán de alegría y satisfarán mis ansias de apicultor. Conclusión, la felicidad está al alcance de la mano. Basta con atreverse. Eso sí, no digo que sea imposible en la ciudad, pero es mucho más fácil obtenerla en ambientes rurales.

—Y porque usted es más bien pueblerino, ¿niega la felicidad a la gente de ciudad?, ¿considera incluso que el ser humano es mediocremente inteligente y fingidamente hábil? ¿Son acaso más listos los de pueblo que los de ciudad?

A Pedro, que no había abierto la boca hasta el momento, sino para comer, casi se le atraganta la comida de la risa que le entró.

—Bueno, sí, es un poco eso. Mi espíritu pueblerino me

ofrece una visión tergiversada de la realidad. Solo veo los fallos de los otros, especialmente cuando se trata de gente que vive en las ciudades.

—Y sin embargo, hasta hace muy poco usted era un ciudadano. Ha vivido allí, ha trabajado allí, no exagero si afirmo que la mitad de su vida la ha pasado allí. ¿Por qué les tiene ahora esa manía a los ambientes urbanos?

—¿Por qué...? Yo creía que íbamos a tener un debate de orden filosófico, y me encuentro defendiendo posturas personales. Amigo Juanjo, acabas de llevar esta discusión al terreno personal. ¿Sabes qué...? Eso te va a costar «roja y expulsión». Hala, señorito sabelotodo, a la calle.

Pedro seguía atragantándose con la risa, más aún que antes. Le arreé un bocado a mi bocadillo y me quedé mirando desafiante a mi interlocutor. Entre tanto, el sol se había desplazado un trecho. Había llegado la hora de reiniciar la faena.

Capítulo 5

Estuve algunos días dándole vueltas al debate que había mantenido con el bravo de Juan Castillo. Al final retuve algunas conclusiones a mi juicio bastante realistas. A saber, la revolución del Neolítico, aun admitiendo su extraordinaria importancia, se había quedado incompleta. En efecto, hacía del ser humano una criatura híbrida, mitad monstruo mitad ser civilizado, con las nefastas consecuencias que se han seguido en el curso de la Historia. Me explico, con dicha revolución el hombre se volvió sedentario, empezó a trabajar la tierra; ya no necesitaba correr detrás de los animales con las flechas, las lanzas y los dardos envenenados. No obstante, ¿dejó por ello de cazar? En absoluto. Y cuando se puso a domesticarlos y a obtener de ellos la lana, la carne, la leche y los huevos con que satisfacer las necesidades más exigentes, ¿dejó por ello de cazar? En absoluto. Perfeccionó las técnicas de caza, aprendió a pescar, se atrevió con los animales más grandes, como los mamuts, los osos y los caballos. Es decir, era sedentario, trabajaba la tierra, pero era también cazador y en un par de miles de años extinguió a los elefantes lanudos de Siberia y a los renos que habitaban el norte de Europa. El hombre europeo es responsable de la extinción de los grandes mamíferos que habitaban el continente en otra época. Y no sé si habría que echar la culpa al desaparecido Neandertal o al primitivo homo sapiens sapiens, originario del cuerno de África. El hombre de entonces, para completar su revolución y llegar a ser efectivamente civilizado, hubiera tenido que dejar de cazar, hubiera tenido que renunciar a las prácticas depredadoras para terminar siendo, no ya herbívoro, sino amigo de la Naturaleza. El modelo que hubiera podido imitar habría sido el de la simbiosis, y no el de la depredación, puesto que sabemos bien a qué conducen tales prácticas. El uso de la violencia es un estigma que nos condena en tanto que no logremos completar aquella revolución iniciada durante el Neolítico.

Aprovechando la ostensible mejoría de don Alfredo, fui a contarle mis conclusiones, así como la anécdota que había pasado con Juan. El señor Alfredo había adelgazado mucho a causa de la prolongada enfermedad. Su silueta se había vuelto tan estilizada y su rostro tan fino y alargado que parecía todo él una figura de cartón. Pero desde que se había puesto en las buenas manos del sabio curandero, su actitud había cambiado, se notaba un brillo especial en los ojos y una leve sonrisa se dibujaba invariablemente en sus labios, pese al calvario que poco a poco iba dejando detrás.

—Amigo Juanjo —comenzó diciendo, sentado en una butaca de mimbre, a la fresca, en el patio—, mi espíritu cristiano y mi educación fuertemente arraigada a las tradiciones católicas no me impiden, sin embargo, interesarme ni apreciar los aspectos positivos, interesantes, de las otras religiones. En especial, algo he estudiado la religión budista. ¿Sabes?, hay algo en ella que me parece notable, un principio o creencia de alto vuelo y de mucho calibre. Verás, el Budismo afirma que todos estamos aquí para resolver un conflicto interior; bueno, más bien se trata de varios conflictos interiores. Si los resolvemos, accedemos al paraíso de los budistas y no será necesario renacer. Pero si nos dejamos algún asunto pendiente, de nuevo tendremos que nacer, pasar calamidades inimaginables, que son como pruebas que nos permiten superarnos a nosotros mismos. De esta anécdota, o creencia, saco yo una moraleja, que es la siguiente: «Vencer es vencerse». A cualquier verbo que implique un desafío deberemos sumarle ese otro verbo pronominal: «vencerse». De este modo obtenemos: «ganar es vencerse», «conquistar es vencerse», «sobresalir es vencerse», «aprobar es vencerse», etc., etc.

Al oír esto me quedé como aplastado en mi asiento; no entendía qué relación guardaba con lo que acababa de revelarle. El señor Alfredo prosiguió:

—Sí, ya sé, ya sé, no adivinas adónde quiero ir a parar. Pues quiero ir a parar a esta otra afirmación: todas las personas se forjan en algún momento de sus vidas una moraleja, con la que suelen mostrarse bastante fieles y que les sirve para orientar sus pasos. Por así decirlo, la moraleja actúa como el farol de Diógenes, que está con la mecha encendida aun siendo de día. Por consiguiente, no es anodino inventarse una moraleja, de ella dependen los acontecimientos que poco a poco van a ir sucediéndose a lo largo de nuestras vidas. Yo he estado reflexionando y he llegado a la conclusión de que mi moraleja había sido hasta ahora: «La religión a pesar de todo». Pues bien, con la enfermedad y con el trato con otras personas, entre las que incluyo al bueno de Juan, creo que he logrado cambiar de moraleja. Ahora la mía reza: «Vencer es vencerse». La aplico al dogma budista que te acabo de citar y me pregunto: «¿Cuál ha sido mi desafío? ¿Cuál era el problema que había dentro de mí y que estaba obligado a resolver, puesto que «vencer es vencerse»? —todo esto me lo dijo con una calma absoluta, igual que si acogiera en su pecho un nido de golondrinas.

—Yo no sé cuál es mi moraleja; no me he parado a pensar en ello. Es la primera vez que oigo a alguien hablar así —señalé con voz baja y la cabeza agachada.

—No te preocupes por eso. Lo averiguarás en cuanto, a solas contigo mismo, te preguntes cuál podrá ser esa moraleja, ese refrán, ese estribillo que orienta tus pasos.

—Ni idea. Pero podría ser muy bien: «El que la sigue la consigue».

—Es decir, «el que persevera lo consigue». Pero para perseverar hay que vencer, vencerse a uno mismo. Vencer la ignorancia, el miedo, la pereza, las creencias populares, que actúan a menudo como trabas o impedimentos de nuestro buen hacer.

Me pregunté cuál sería el lema que motivaba a la mayoría de las personas. Y no tardé en concluir que estaría relacionado con el dinero: «Gana y no mires cómo», «La ganancia por encima de todo», «El beneficio, lo primero». O bien haría hincapié en el yo: «Todo para mí, y si sobra algo, para mí también». Etc. Le conté estos barruntos al señor Alfredo y rió con ganas. Me dijo que en su opinión la tendencia generalizada a no pensar más que en uno mismo estaba relacionada con la educación. Cuando se les pregunta a los niños de párvulos que quieren ser de mayor no es raro que respondan: «Quiero ser famoso y ganar mucho dinero». Eso representaría la guinda sobre el pastel; el triunfo a la vez económico y social; el reconocimiento; la gloria al mismo tiempo efímera, con el disfrute de los bienes, y duradera, con la grabación en la memoria colectiva del nombre de uno. ¡Triunfar y, al mismo tiempo, forrarse de dinero! ¡Vivir en la opulencia, mirar por encima del hombro a quienes nos rodean, seres insignificantes, mequetrefes que solo se visten con el traje de los domingos una vez por semana!

«¿Y no podría ser de otro modo?». Al oír mi pregunta, medio indignada, medio exasperada, don Alfredo se encogió de hombros.

—Antes me hervía la sangre —contestó— cuando llegaban a mis oídos noticias de las injusticias que se suceden en el ancho mundo; pero ahora he aprendido a relativizar, ¡qué remedio! Al final me he dicho a modo de consuelo: «Lo peor que nos puede pasar es que nos muramos. ¿Sería eso tan malo...? Nuestra extinción dejará la vía libre a otras especies que, con el paso del tiempo, se colocarán en la cima de la evolución. El ser humano lo puede todo, menos extinguir la vida en el planeta. Y si acaso lo consigue también, en otros planetas seguirá habiendo vida. Así pues, ¿para qué atormentarse? Lo que tenga que ser, será».

En aquel momento asomó Isidoro en el escalón de la puerta que daba al patio, llevábamos más de una semana sin verlo. Había acudido a El Barro cargado de libros, los cuales depositó en la mesa, delante de mí.

—Son los deberes, joven escritor. ¿Creías que te escaparías?

—¡Ah! Si se trata de leer novelas, me gusta este tipo de deberes.

—Novelas, poesía, colección de cuentos y hasta un ensayo que publicó don Miguel de Unamuno. Un ensayo infumable, por cierto, quedas prevenido. A don Miguel se le fue la olla, insulta buenamente, muy pedagógicamente, eso sí, a quienes no opinan como él. Por eso me gustaría que leyeras su libro: «Del sentimiento trágico de la vida».

—¿De qué trata?

—De religión. Viene a decir, con mucha frase trabajada y muchos párrafos cortados con tiralíneas, que el que no sea cristiano, pudiéndolo ser, es un perfecto canalla, indigno de formar parte de la civilización occidental.

—¡Ah!

—¿Conque de esta forma pretendes corromper a mi pupilo? —protestó don Alfredo.

—Se hace lo que se puede. Hace más de tres mil años Sócrates hizo lo mismo que yo: se dedicó a corromper a los jóvenes de entonces. ¿No fue por eso por lo que lo condenaron a muerte?

—Lo condenaron y lo castigaron. Muerto el hombre, el cuerpo al hoyo, el nombre a la posteridad. ¿Quién no se acuerda hoy de aquel viejo loco, insensato, que realizó un elogio magnífico de las nubes?

—¿De las nubes...?

—Sí, también de las nubes.

Los dos hombres hablaban y yo los miraba alternativamente. No entendía a qué carajos aludían con lo de las nubes... ¿A una pieza de teatro titulada «Las nubes», donde el autor, Aristófanes, se burla cínicamente del maestro Sócrates...? Sócrates fue un filosófico «nubelístico», lo que en nuestra época traduciríamos con la expresión: «de pacotilla». Pero esta condición nubelística no impide que se le siga estimando e introduciendo en la lista de los principales filósofos que ha dado al mundo la humanidad. Sócrates, en las nubes, y nosotros, en El Barro, así de marrullera es la vida.

Quedaban, no obstante, cuestiones por resolver y, aprovechando la presencia del profesor Isidoro, me entró el deseo de conocer su opinión. Le resumí lo más brevemente que pude el debate mantenido la víspera con Juan a propósito de la habilidad y la inteligencia humanas, y mi sospecha reciente de que la revolución del Neolítico había quedado incompleta, al no haber sido capaz el ser humano de renunciar a las prácticas de la caza y la depredación. Isidoro sonrió de oreja a oreja; no solo había venido para recomendarme el libro de Unamuno, sino que se había propuesto llevarme la contraria sobre cualquier tema que tratáramos. Por consiguiente, no tenía por qué extrañarme cuando saltó diciendo:

—Pues a mí me parece que Juan ha dado en la diana. Una cosa es la habilidad, otra, la inteligencia. Las termitas son muy hábiles a la hora de perforar la madera y crear galerías, ¿debemos considerarlas por ello inteligentes? ¡Quizás! Lo cierto es que la inteligencia es algo relativo, cada uno se forja una idea propia de ese concepto. Así, para un director de banca el súmmum de la inteligencia consiste en desarrollar al máximo las técnicas y estrategias que sirven para incrementar los beneficios de la entidad; mientras que para un humilde zapatero la inteligencia es «aquello que nos permite llevar un sueldo a casa».

—Lo estás relacionando con la actividad profesional —repuso don Alfredo—. Pero va más allá: existe o no inteligencia en el razonar, en el modo de entender la vida y en la toma de decisiones que se plantean cada minuto.

Isidoro permaneció unos instantes caviloso, con aire abstraído.

—Ahora que caigo..., pues... ¡Demonios, yo no sé qué es eso de la inteligencia! ¿Alguien sería capaz de definirla? Acudamos mentalmente al diccionario. ¿Qué leemos?: «Inteligencia: Facultad de razonar propia del ser humano». Luego, las demás criaturas no razonan, no son inteligentes. Luego, solo es inteligente el ser humano. ¡Qué listo es el ser humano! Nunca he visto a nadie como él matar tan a propósito y tan concienzudamente. ¡Eso sí que es inteligencia, la inteligencia del homo habilis depraedator!

El debate se cerró con la opinión de don Alfredo. Nos dijo que en tanto que no renunciara al uso de la violencia, no se podía considerar civilizado al ser humano; o bien se trataba de una civilización de apariencias, donde las buenas formas disimulaban propósitos depredadores, agresivos con los mismos congéneres, no hablemos ya de las otras especies, las cuales sufrían una y otra vez los embistes de una civilización considerada ultramoderna, habría que decir más bien ultraviolenta.

Capítulo 6

Aquel verano habría resultado grato en su conjunto, movido pero ameno, con las exigencias del trabajo físico, los ratos de descanso en la piscina y las particulares discusiones pseudofilosóficas con Juan e Isidoro; pero un suceso inesperado vino a aguar la fiesta. A aguarme la fiesta a mí, porque los demás prosiguieron sus actividades y ajetreos como si nada, ni tan solo un indicio de nube, fuese a perturbar el amplio horizonte que se ofrecía a sus ojos. Y lo que pasó fue que mi relación con Lea se vio perturbada, amenazada incluso. La madre de Lea estaba bajo medicación desde hacía un par de años. Sucesivas crisis emocionales, depresiones, estados galopantes de ansiedad, la habían abocado a una especie de quiebra moral; el médico le había aconsejado partir, y este partir significaba para nosotros, hija y novio de la hija, una separación tal vez definitiva. Lea me anunció, en fin, que proyectaban un traslado a la ciudad de Alicante, los servicios sociales estaban buscando el piso donde acomodarlas. También habían realizado una demanda de inscripción a varios institutos de Alicante para que la joven prosiguiera sus estudios de bachillerato.

Estaba muy apenada; me lo contó con aire resignado, como si no estuviera en sus manos, sino que era algo que pertenecía al fatal destino que pesaba sobre nosotros. Al señor Alfredo también le causó gran pesar la noticia, sentía estima por la muchacha de Ayna.

Juan Castillo, experimentado remediador de problemas ajenos, dejó caer al punto su opinión:

—Que no cunda el pánico —dijo con sonrisa esperanzadora —. Alicante queda a la vuelta de la esquina, como quien dice, a tiro de piedra. Los fines de semana siempre podréis reuniros, aunque sea en la mitad del camino.

—Y... —añadió Isidoro, quien de nuevo se había reunido con nosotros—, te queda el consuelo de pensar que tendrás la ocasión de practicar el género epistolar, tan denostado hoy en día, si bien durante el siglo XIX gozó de no poca estima entre los escritores románticos.

—No me atraen en absoluto las epístolas; la mayoría de las veces resultan afectadas o engominadas, como le oí decir a no sé quién. Prefiero el teatro; y puestos a elegir, me quedo con la novela o el cuento.

—Precisamente, he venido para hacerte una proposición.

—Soy todo oídos.

—Te propongo que escribas reflexiones de tema libre, cuya única limitación será el cómputo de palabras: tus trabajos no podrán superar las doscientas una; es más: tendrán que tener doscientas una exactas, sin incluir, por supuesto, las del título. Tómatelo como un juego floral, de esos que practicaban los estudiantes en las universidades europeas de la Edad Media y el Renacimiento.

—Eso que propones —repliqué— me suena a poesía en prosa. Seguro que terminaré escribiendo poesía en prosa.

—¡Lo que te apetezca! Puedes incluir diálogos, descripciones, narraciones... El único requisito: doscientas una palabras. Entonces, ¿aceptas?

—Acepto —nos chocamos las manos. A don Isidoro no le había afectado, al parecer, la marcha anunciada de mi querida

Lea, a quien comenzaba a añorar como si ya se hubiera ido, en efecto, hacia las costas levantinas, por donde suele asomar el sol, pero, bien al contrario, para mí era como si se oscureciese.

—Verás —añadí con voz desinflada, no las tenía todas conmigo—, últimamente me estoy encontrando con un problema muy serio a la hora de escribir.

—¿Ah, sí...? ¿Cuál? ¿Te falta inspiración?

—No es eso. Bueno, también. El problema tiene que ver con la estructura de la obra. La prosa moderna se fundamenta en la problemática. El héroe tiene que resolver un problema, un conflicto, una angustia... Y en eso se basa toda la obra. Hay una marcha de la oscuridad hacia la luz; o bien de la luz hacia la oscuridad. El héroe consigue o no su objetivo. Pues bien, lo que me pasa a mí es que no se me ocurre ninguna problemática. Soy incapaz de ofrecérsela a mis personajes, y sin eso no hay trama posible, no hay novela, ni siquiera hay indicio de cuento.

—¡Vaya, vaya, apañado estás! ¡No se te ocurren problemáticas con que alimentar la trama de las novelas! ¡Vaya, vaya!

Otra vez se estaba burlando de mí, sospeché con algún fundamento.

Juan Castillo, que había estado escuchando atentamente y que a duras penas había logrado retenerse, saltó por fin:

—¿Y es necesario que haya problemática...? Eso equivale a condenar a la humanidad a la infelicidad, por mucho que se trate de personajes de ficción. Pero estos personajes no son más que el reflejo de la cruda realidad.

—Me temo que sin problemática no habría novela —respondió, lacónico, el señor Isidoro.

—Lo entiendo, pero ¿por qué?

—Pues porque una novela sin problemática carece de interés para los lectores. Incluso el propio autor se moriría de aburrimiento y antes de llegar a la última página habría tomado la drástica decisión de dejarla inacabada, sometida para siempre a las leyes del olvido.

—¿Qué más da lo que piensen los lectores? Si el escritor no quiere problemática, pues entonces no la hay. ¡Y viva mi pueblo a falta de Roma!

—Podrá no haber Roma, pero siempre habrá romanos.

—O, en su defecto, lectores.

—Sí, hasta hay quien opina que todas las lecturas conducen a Roma.

Nuestro pequeño diálogo de besugos había terminado en un brindis al sol. ¡Si Rousseau levantara la cabeza!

Más tarde, a solas en mi cuarto, intenté realizar el ejercicio que me proponía Isidoro, una redacción de 201 palabras; pero choqué con la cruda aspereza del vacío. Se me había ocurrido, no obstante, el título: «Ausencias», y pretendía condensar en pocas líneas mi desesperación por la pérdida de la amada, la sensación de castigo inmerecido, injusto castigo, que había de llevarse consigo, como bulto atado a una piedra, mis anhelos de felicidad. ¿Qué iba a ser de mí sin ella? Pero lo vivo y amargo de estos temores no podía reflejarlo en el papel, que se obstinaba en permanecer inmaculado.

A lo lejos, una cortina de árboles oscuros y altos tapaba la línea del horizonte. Y hacia poniente, el disco difuso de luz anaranjada desaparecía lentamente, igual que un ciempiés colándose tierra adentro.

Capítulo 7

Lea se trasladó con su madre a Alicante y a mí me quedó el consuelo de que la vería *de vez en cuando*, o, como me había propuesto Isidoro, siempre podría mandarle cartas, por mucho que no representaran mi plato fuerte: ¿cómo iban a sustituir unas cuantas frases empalagosas, mal encajadas en los renglones, la sonrisa fugaz y la mirada traviesa de mi amada?... ¡Imposible! Su presencia iba a convertirse muy pronto en un fantasma, la sombra maldita de un recuerdo que habría de hechizar mi existencia hasta el final. Pero no deseaba anticiparme al futuro. Por el momento disfrutaba de ella, una tarde la pasó incluso con nosotros en El Barro, donde celebramos un pequeño juego la mar de divertido, hasta el mismo señor Alfredo, cuya salud daba ahora brincos de alegría, exhibió tales muestras de entusiasmo que todos nos regocijamos por su recién recuperado gusto por la vida.

El juego consistía en una escenificación.

La idea había partido de Juan Castillo, ¿cómo no? Nos hallábamos a la fresca, bajo una parra que daba buena sombra y un perfume especial, el de los racimos de uvas todavía agrias, madurándose al sol, a la espera de la vendimia de septiembre. Dijo de pronto:

—Escuchadme. He estado dándole vueltas... Veréis, mucho hemos hablado de ello... Que si el campo, que si la ciudad... Ventajas de la una, inconvenientes del otro... Y viceversa... En medio de nosotros hay algún aficionado a la literatura, cierto literato en ciernes —añadió, echándonos a Isidoro y a mí una rápida ojeada—. ¿Y si aprovecháramos esa circunstancia para montar una representación teatral, un juicio en el que el fiscal representa a la Ciudad, mientras que el abogado defensor intenta probar la inocencia y las ventajas de la vida en el Pueblo? Por supuesto, contamos con la presencia de tres testigos: Paulina ha vivido en los dos sitios, podrá entonces ofrecer su testimonio. Yo seré el segundo testigo, lo mismo que ella, he vivido en el campo y en la ciudad, algo tengo que decir al respecto. Y Lea, aquí presente, podrá ofrecernos un valioso y último testimonio: se trata de una pueblerina, perdóname la expresión, un tanto ruda, lo reconozco, que está a punto de hacer las maletas para marcharse a vivir con su madre a la ciudad. Sin duda, mucho tendrá que decirnos acerca de este tema peliagudo, objeto de todos los debates.

—¿Y quién será entonces el juez? Es más, ¿quién estará dispuesto a asumir el odioso papel de fiscal? Yo no, ¡habrase visto! —gritó Isidoro, al tiempo que se encogía de hombros.

—Me temo que no disponemos de otra persona más adecuada que tú para asumir el papel de abogado acusador o, lo que viene a ser lo mismo, de ilustre representante de los intereses de la Ciudad. En principio, es un papel literario bastante delicado: debes preparar un discurso conforme a las reglas de la estilística; anticipar las preguntas adecuadas; lidiar con la oposición del abogado defensor y, quizás también, con la de un juez que acaso no se muestre del todo imparcial.

Don Isidoro permaneció un instante con el codo apoyado en la mesa, reflexionando a toda mecha:

—¡Decidido! —exclamó de pronto, se había metido plenamente en la ficción—. Alfredo será el juez, la persona sabia y honrada que dictará sentencia. Juanjo, a quien tengo a mi derecha, joven discípulo de Catón, ¿y quién era Catón?, pues consúltenlo en los libros, digo que este joven discípulo de Catón hará el papel de abogado defensor. ¡Ojalá el Pueblo salga bien librado, una vez que lo dejamos en sus manos! Yo no me fío, es una cabeza hueca. Prosigo: Paulina, Juan y Lea serán los testigos; cada uno ha vivido en su casa, saben bien de lo que hablan. Su información será preciosa para las partes. No habrá jurado, ¡nos faltan personajes! Yo representaré el papel de fiscal, así lo ha querido la suerte. Quizá, si no me hubiera comprado un seiscientos verde no estaría ahora desempeñando este triste papel, el cual busca los tres pies al gato para servir a los intereses de mi odiosa clienta: la Ciudad.

—¿Y yo...? —protestó con voz apagada tía Luciana, que había salido de la cocina, intrigada con nuestros juegos y maquinaciones.

—¡Ningún problema al respecto! —volvió a gritar el autonombrado fiscal del caso—. Tú sola serás ese jurado que nos faltaba: tu juicio irá a misa, será la última palabra con que se cierre este proceso.

Satisfecha de su cometido, tía Luciana se cruzó de brazos; había un brillo de soterrada malicia en su mirada. Si por ella fuera, no quedaría títere con cabeza: tanto pueblerinos como ciudadanos recibirían los palos y reproches de su eterna insatisfacción. Era una mujer a la vieja usanza, ruralísima, si me permiten este estrafalario adjetivo; y por eso mismo yo la idolatraba como si fuese la abuela de los cuentos, la misma que protege al héroe y vela por él mientras no le fallen las fuerzas.

—Yo todavía no he hablado —repuso en ese momento Lea;

permanecía sentada junto a mí, con un vaso de refresco entre codo y codo—. Lo que tengo que decir es que me parece bien el papel que me habéis asignado: seré, pues, testigo. Eso sí, me reservo el derecho a declarar a favor o en contra de la Ciudad, así como a favor o en contra del Pueblo.

A fin de preparar convenientemente nuestros respectivos papeles, nos retiramos en habitaciones aparte Isidoro y yo, cada uno en la suya. Disponíamos de diez minutos para idear un plan y elegir las preguntas a los testigos. El proceso se dividiría en cuatro partes: discursos de entrada; fase de preguntas y aporte de pruebas; discursos de salida; deliberación del jurado y fallo del juez.

Reflexioné y me dije que la situación se presentaba a mi favor, puesto que tanto el juez como el jurado optaban por la vida en el pueblo. En cuanto a los testigos, a excepción de Lea, era seguro que hablarían a favor del medio rural. Por consiguiente, no debía forzar la situación ni buscar pruebas debajo de las piedras, ya que ellas solas se presentarían a la vista de todo el mundo. Mi discurso debía de ser comedido, flemático, lleno de aplomo y autoridad. ¡Hasta dudaba que el mismísimo Catón el Viejo se mostraría más preparado que yo para defender con buenos argumentos la vida rústica y el espíritu pueblerino que tanto apreciábamos por estos lares, incluido el odioso fiscal! En cuanto a este, a él le tocaba forzar la situación si quería obtener puntos; lo cual significaba arriesgarse, y su clienta, la pretenciosa Ciudad, recogería sus faldas y se marcharía con su música a otra parte, donde continuaría dando la lata a los pobres ciudadanos.

Pasaron los diez minutos y volvimos, Isidoro y yo, a la terraza. Completamente metido en su papel, me echó un brazo por encima del hombro, diciéndome con edulcorado comedimiento:

—Su cliente no dispone de muchos medios. Cada uno sabe que el Pueblo es pobre. En cuanto a mi clienta, la Ciudad dispone de riquezas para dar, vender y regalar... ¡Que haya suerte en el juicio!

—¡Lo mismo digo! ¡Suerte! —me limité a responder, tras lo cual apreté los dientes. Ni mucho menos estaba dispuesto a entregarle la victoria a ese pequeño sinvergüenza, abogaducho de ocasión.

Nuestra entrada resultó majestuosa. Nos estaban esperando. Juan Castillo había dispuesto una mesa, arrimada al muro del fondo, donde se hallaba sentado el juez Alfredo, con un martillo encima de una tablilla, tintero, jarra de vino y un vasito de cristal a rombos transparentes. A su izquierda, la miembro del jurado, tía Luciana, que lo miraba todo con ojos redondos de roedor. En una esquina, un taburete para la declaración de los testigos. En una de las paredes laterales, sillas para el resto de los testigos, que eran al mismo tiempo asistentes a la sesión. Y, por último, en el medio un amplio espacio vacío, donde los dos jurisconsultos iban a realizar sus declamaciones y alegaciones en pos de los clientes.

Alfredo se había puesto las gafas para dar más relieve a su personaje, unas gafas de concha marrón y lentes que se aclaraban conforme la luz ambiente menguaba. El martillo funcionó de verdad cuando solicitó la palabra y pidió a los asistentes que ocuparan sus puestos. Yo me senté junto a Paulina, que tenía a su niña en brazos y, como esta se había despertado, se disponía a darle de mamar. Por su parte, el abogado Isidoro había tomado asiento junto a Lea, pero no miró a nadie; solo tenía en mente el discurso con que pronto abriría la sesión. En efecto, don Alfredo pronunció las solemnes palabras:

—Señoras y señores, reunidos por la presente ocasión (primer golpe sobre la madera con el martillo) para celebrar el juicio a la Ciudad y el Pueblo, en fecha de... (segundo golpe sobre la madera con el martillo)..., en la localidad castellanomanchega de El Barro, a muchos kilómetros de ninguna parte (tercer golpe sobre la madera con el martillo), declaro abierta la sesión. Cedo la palabra al señor Isidoro Bautista (en realidad no era ese su apellido, pero sin duda había elegido una referencia bíblica para hacer rabiar a su compañero, quien sin haberse declarado nunca ateo, sin embargo no disimulaba cierto escepticismo: por entonces se había puesto de moda la palabra «agnóstico»). Señor Isidoro Bautista, puede usted empezar...

Muy solemne, incluso simuló retirar los faldones de una levita imaginaria, lo cual suscitó las carcajadas de las muchachas allí reunidas, mi adversario se irguió, y, tan alto como la Ley, se plantó en medio del patio, dispuesto a platicar: ¿de qué lado caería la balanza?

—Señores... Señoras... —comenzó diciendo con voz pausada y mirando de reojo a cada lado, como si hubieran llamado su atención lagartijas en el muro—... Me han requerido para representar en este juicio a mi clienta, la Ciudad. Trataré de ser breve, a sabiendas de que lo esencial se me quedará, probablemente, en el tintero. Pero no es posible decirlo todo, y cuando abordamos este tema, ¿a qué nos referimos en realidad, si no es a la legendaria oposición entre el progreso y el atraso, la civilización y la barbarie? Hace mucho que yo escogí mi campo; pero no estoy seguro de que se trate del mismo que han elegido las personas aquí congregadas. Mi cometido consistirá, pues, en hacerles cambiar de opinión, demostrar ante los ojos del público que la Ciudad no es tan mala como la pintan algunos (breve mirada hacia mi estampa), ni el Pueblo tan maravilloso como lo pintan esas mismas personas (de nuevo, breve mirada hacia mi sitio).

»¿Ven ustedes a esa criatura en los brazos de su madre? —Isidoro había extendido el brazo en dirección hacia ella; la madre, por su parte, había levantado la cabeza y ya miraba con odio al fingido jurista—. Pues esta personita que nos hace compañía en hora tan solemne representa el futuro de la humanidad. Vedla crecer, vedla arrimarse al amparo de su madre, vedla solicitar con todo el derecho de la existencia un futuro digno de ese nombre. Pero, ¿dónde tendrá ese futuro?, ¿dónde dará los primeros pasos cuando sus piernecitas le permitan mantenerse firme, aunque algo titubeante, algo tambaleante de más? ¿Qué importa? ¡El futuro caerá rendido a sus pies!

»¿Y cuál es ahora el tema predilecto de conversación de la nación entera, acaso no es el futuro repleto de promesas que se abre camino a los ojos de los españoles, una vez muerto el dictador? La vieja Europa aguarda impaciente, con sonrisa a la vez burlona y esperanzada, que tornemos a la Democracia, que preparemos las elecciones cuanto antes, a las cuales han de presentarse hasta los comunistas, en vista de que su líder, Santiago Carrillo, ha podido regresar al país.

»Dice la canción que más suena en estos momentos por las calles:

Libertad, libertad sin ira, libertad.
Guárdate tu miedo y tu ira,
porque hay libertad sin ira, libertad.
Y si no la hay, sin duda la habrá.

»Pues bien, cuando aludimos a los términos Libertad, Democracia y Progreso, ¿no prevemos también el escenario que más le conviene a una España dispuesta a levantarse de sus cenizas? Y ese escenario idóneo, ¿no se corresponde con el de la Ciudad, centro del progreso y el desarrollo, donde todos los hombres y mujeres se darán la mano para construir un futuro en común? En esta evolución hacia la Democracia que le espera al país en los próximos años no tienen cabida, por incompatibles con el Progreso, ni las aldeas ni las pequeñas aglomeraciones rurales.

»Nada más que decir por el momento. Recapacitad y elegid vuestro campo: el de la luz, el Progreso y la Democracia; o el de la oscuridad, el atraso y la cerrazón de ideas, que se obstinan en permanecer en su gruta, como si el ser humano nunca hubiera sido capaz de emprender caminos mejores, empresas que servirán para fortalecerlo e iluminar su porvenir. La Ciudad representa, pues, el mañana; el Pueblo, el ayer. ¡Ojalá y ese mañana sea mil veces más luminoso y espléndido que este ayer cuajado de trampas y de emboscadas a la civilización!

El fiscal volvió a su silla, junto a Lea, la única, además de Juan Castillo, en aplaudir semejante colección de disparates. El juez Alfredo retomó la palabra:

—Su turno, abogado defensor, Juan José Palomo...

Había inventado para mí el apellido «Palomo». No se lo echaba en cara. «Palomo» me sentaba bien, como a un polluelo sus plumas o sus alas. Me erguí cuan largo era del asiento y, con paso seguro, ciertamente mastodóntico, me coloqué en el centro del patio, donde minutos antes mi rival había pronunciado su discurso.

—¿También usted, señor fiscal...? ¿También se ha creído las mentiras que nos cuentan los medios? Sostienen ellos que «civilización» y «ciudad» son términos equivalentes, que el progreso se relaciona con los espacios urbanos y que, por consiguiente, no podría haber progreso en el ámbito rural. Nos quieren hacer creer que el trío mágico: Democracia, Desarrollo y Libertad, une sus fuerzas para preparar un porvenir urbano, mientras que el Pueblo se quedará atrás. ¿Es esto cierto? Yo niego la mayor: no porque vivamos en la Ciudad vamos a sentirnos más libres, más democráticos, más en sintonía con el progreso. Y también niego que la vida en el Pueblo implique formas de atraso y oscurantismo. ¿Y si fuera al revés? ¿Y si la Ciudad no representara otra cosa que el deterioro constante del ser humano? Un breve repaso a las consecuencias de la vida en los ambientes urbanos nos hace pensar que no he exagerado en absoluto. Allí lo malo parece multiplicarse por cinco: ruidos, contaminación y estrés. No creo que la gente haya mejorado su nivel de vida solo por haberse trasladado del pueblo a la ciudad. Más bien, a los problemas de siempre añaden nuevas complicaciones, nuevas inquietudes que sacarían de quicio al más asceta de los monjes.

Regresé de pronto a mi silla, la frente alta y la mirada segura.

Mi discurso había sido corto, ¿para qué prolongarlo con rodeos y repeticiones? Había pretendido impactar el ánimo del auditorio, contrarrestar los argumentos de mi rival mediante la frase sincera y breve, que sonara como un latigazo en la conciencia colectiva.

Esta vez no hubo aplausos, ni siquiera conté con el tácito apoyó de tía Luciana, la cual se limitó a bajar la cabeza, como también hizo el resto de los presentes. ¡Solo Isidoro parecía regocijarse por mi parquedad de palabras!

El juez Alfredo dio otro martillazo sobre la tablilla y declaró iniciado el turno de preguntas. En ese momento, Juan Castillo fue a sentarse en el taburete y don Isidoro se acercó a él como gato que vigila el agujero de una ratonera.

Capítulo 8

—Díganos, así, a bote pronto, ¿qué impresiones tiene de la Ciudad?

—Es un lugar peligroso —contestó Juan sin perder su natural aplomo—. No lo es porque te puedan robar en mitad de la calle o porque de repente topes con una banda de gamberros, en cualquiera de esos jardines públicos, y te encuentres con tu dignidad por los suelos, pisoteada. Lo es porque sin darte cuenta, como por descuido, corres el riesgo de perder tu identidad, de convertirte en otro. Y entonces la ciudad se transforma en el escenario donde representas tu comedia diaria, tu cúmulo habitual de mentiras.

—¿Considera, pues, que la ciudad anula la personalidad de cada quien?

—No es que lo considere: es un hecho probado. Cuanto más grande es, más se aíslan las personas, más se pierden en un laberinto de ensoñaciones, una trampa de la que difícilmente logran salir.

Pasaron diez minutos de este tenor: Juan Castillo despotricaba contra los ambientes urbanos, en tanto que el fiscal le dejaba decir, como si no le viniera a la mente ninguna objeción que poner.

Pero de pronto se sacó de la manga una conclusión inesperada:

—¿Ha dicho todo eso porque existen pruebas y evidencias científicas, o por cuestión personal, por pura inquina hacia las ciudades?

En ese momento comprendí la estrategia del fiscal: permitiría que los testigos hablasen a su antojo, y, con una sola frase final demoledora, echaría por tierra la validez y valentía de semejantes declaraciones.

El testigo arrugó la frente, su expresión reflejaba sorpresa y una forma peculiar de sufrimiento: el de aquel a quien han pillado con las manos en la masa, y no tiene escapatoria.

—En mi opinión —repuso—, las gentes son buenas o malas con independencia del medio en que vivan. Pero la ciudad «amplifica» todo lo malo que hay en nosotros, en tanto que el pueblo contribuye a fortalecer y a sacar a la luz lo bueno que hay en nosotros. Por supuesto, se trata de una opinión personal, no es ningún aforismo científico.

—Ja, ja, ja, ningún aforismo científico, ¿eh? —repitió el fiscal con sonrisa diabólica.

Tras lo cual se retiró a su asiento y yo salté a la arena, me temblaba de rabia el labio inferior.

—Díganos, señor Castillo, ¿por qué prefiere el Pueblo a la Ciudad? ¿Qué tiene aquel que no tenga esta? ¿O qué tiene esta para que a sus ojos represente un lugar aborrecible?

—Tanto como aborrecible... —susurró el testigo. Luego añadió, alzando un poco la voz—: Intentaré explicarme con la mayor brevedad. En la Ciudad todo se complica, la vida se vuelve un ajetreo demasiado penoso, hasta el respirar provoca fatiga y hastío. Por el contrario, en el Pueblo dominan las cosas sencillas, la serenidad, a nadie le hierve la cabeza porque aspira a las metas más altas, imposibles de lograr.

—¿Opina que a nosotros, los pueblerinos, nos falta ambición?

—Depende. En la cultura norteamericana hay una sola ambición posible: el éxito económico. Para ellos no existe otra forma de triunfar en la vida. Ganar, pues, es lo único que cuenta en Estados Unidos. Y como el resto del planeta se ha puesto a imitar al pueblo norteamericano, así nos va...

—Nada que añadir por mi parte —señalé—. En el fondo es eso: la gente que emigra a la ciudad lo hace por envidia, porque allí es donde espera obtener el éxito económico que en su pueblo natal no ha podido, por razones obvias, obtener.

A continuación acudió al taburete la señorita Paulina. Había depositado delicadamente al bebé en el carrito, que era de un azul marino y había sido un regalo del señor Alfredo, justo antes de que la criatura viniese al mundo. El fiscal volvió a la carga:

—Tengo entendido —comenzó diciendo— que usted vivía en el pueblo; luego se marchó a la ciudad; para regresar al cabo al pueblo. ¿Puede explicarnos a qué se debe tanto movimiento?

—Veía en la televisión imágenes de la ciudad. Todo el mundo quería irse a vivir allí. Allí encontraríamos, afirmaban muchos, progreso, tiendas y trabajo. Yo nunca había salido de mi pueblo. Quería probar.

—Y en la ciudad se hallaba, además de ese progreso y trabajo en abundancia, su novio, ¿no es eso?

—Decidí ir a buscarlo, en vista de que él no venía a mí.

—Estuvieron cohabitando en un modesto apartamento de las afueras durante aproximadamente un año. ¿Tan mal les fue?

—No nos fue mal. Los dos trabajábamos en el mismo hotel. Nos entendíamos bien. A él le gustaban las comidas que yo preparaba y a mí me gustaba su generosidad, su dinamismo, sus ganas de salir adelante; era la suya una motivación contagiosa. Solo había surgido entre nosotros cierta complicación: guardaba en el balcón una colmena, por donde salían cada mañana un puñado de abejas y a veces, en el salón, el ambiente se hacía irrespirable, enrarecido por el enjambre de abejas.

—¿Y por qué decidieron regresar ambos al pueblo?

—Primero me marché yo. Tenía dos excusas perfectas: en primer lugar, no soportaba la presencia de las abejas. En segundo lugar, me di cuenta de que esperaba un niño y temí que lo picaran las abejas, si acaso llegaba a nacer allí. Luego, más tarde, reconocí que me había atacado una profunda nostalgia: pensaba en las calles de mi pueblo día y noche; me acordaba de las gentes del lugar; echaba de menos a la familia, a quien había abandonado por un pronto, un capricho pasajero, aunque ese capricho me aportaría el obsequio de una criatura. Ya ven cómo es de rara a veces la vida. No en vano dice la gente: «Donde menos se lo espera uno, ¡va y salta la liebre!».

—Lo que nos interesa ahora: Si no hubiera habido abejas, ¿se habría usted acomodado a la vida en la ciudad?

—Quizás.

—¡Quizás! La conclusión a la que nosotros llegamos es fácil de obtener: La vida en la ciudad no es tan mala como la pintan. Hasta las personas más aferradas a los ambientes pueblerinos serían capaces de cambiar el chip para poder vivir tranquila, dignamente, en una ciudad de tamaño mediano e, incluso, más bien grande. En su caso, un simple detalle ha servido para marcar la diferencia: la presencia o la ausencia de abejas. Pero reconozca que eso de que haya abejas en la casa de uno es algo insólito, ¡no ocurre casi nunca!

Se le notaba eufórico; debía de pensar que tenía la partida ganada, que los hados se habían puesto de su parte y que el público empezaba a entusiasmarse él también, contagiado con el entusiasmo que emanaba de su palabrería. A mí se me antojó alguien peripatético, la viva reencarnación del autoengaño.

Se sentó en la silla y ocupé yo su lugar, en el centro del patio.

—Señorita Paulina —dije—, ¿se arrepiente de su regreso al pueblo?

—No. Ahora tengo una hija y mi compañero sigue a mi lado. Está restaurando una casa para que podamos vivir tranquilamente al cuidado de las ovejas, las gallinas, el huerto y la colmena que se ha traído de la ciudad.

—¿Y se arrepiente de su fuga a la ciudad?

—A veces pienso que había hecho sufrir a mi tía Luciana para nada, ella no deseaba que me marchara. Pero, por otro lado, si no me hubiese ido no habría tenido la oportunidad de reiniciar mi vida con Juan, aquí, en el pueblo.

—Por consiguiente, en su caso la ciudad no ha servido más que de trampolín para valorar más aún, si cabe, lo que representa para usted la vida en el pueblo, ese ambiente rural del que usted misma admite que no puede prescindir.

Había llegado por fin el momento en que Lea ocuparía la plaza de testigo en el taburete. Todos lo esperábamos con impaciencia. Sospechábamos que su declaración decidiría en buena medida el fallo del jurado, tía Luciana ardía en deseos de saber —como todos los presentes— cuál sería la opinión de una joven que estaba a punto de partir con su madre a la ciudad, dicho sea de paso, obligada por las circunstancias, sin que para nada hubiese intervenido su libre albedrío en la toma de tamaña decisión, que tantas repercusiones habría de tener en su vida. Se trataba sin duda de un «volver a empezar», pero quien acoge ese «volver a empezar» debe mostrarse dispuesto a renunciar a todo un pasado, dejar atrás vivencias irrepetibles, seres que permanecerán en la memoria como las imágenes borrosas y entrañables de los mejores momentos de la vida de uno.

Y no solo estaba el desgarro emocional que esa partida provocaba en ella; también había un desgarro en mí, quizá más profundo y sentido que el que ella misma experimentaba.

Muy digna, se dirigió al taburete y tomó asiento. Miró la hora en su bonito reloj de pulsera. Era aquella una forma de disimular su perturbación, al saberse observada por todo el mundo. A Lea, me lo había confesado ella misma, le molestaba convertirse en el centro de atracción, prefería más bien pasar desapercibida. El fiscal se acercó a ella con pasos que no pretendían ser agresivos, sino que buscaban confortarla, como si hubiera optado por asumir el papel de protector.

—Señorita Lea, alguien me ha contado que usted va a cambiar de lugar de residencia; no solo abandona el pueblo, sino que se traslada de región: la fría e inhóspita llanura manchega por el cálido ambiente de balneario que se respira en los parajes alicantinos, ¿no es así?

—Así es, mi madre y yo vamos a vivir en Alicante. Tenemos que realizar la mudanza antes de que empiece el nuevo curso.

—¿Y lo hace con agrado, el marcharse, digo?

—Todos los días me repito: «¡Qué remedio! ¡Tú nunca has pinchado ni cortado en las decisiones que tu madre toma por ambas!».

—Dejando de lado las relaciones entre madre e hija, puesto que se trata de un asunto que no nos incumbe, quisiera sin embargo insistir en lo del cambio de domicilio. ¿Posee una opinión más bien positiva al respecto, o, por el contrario, más bien negativa...?

El tono del fiscal me sonaba alambicado. No había ninguna necesidad de exagerar la cortesía frente a una joven que sufría en primera línea los aleas de la suerte.

—A mí nunca me ha molestado mi condición «pueblerina». Cuando era niña nos reuníamos las compañeras en el patio del colegio y nos poníamos a soñar con la vida en la ciudad: cómo serían los establecimientos escolares, los jardines públicos, cómo nos vestiríamos y qué tipo de dificultades nos aguardaban. ¿Tomaríamos el autobús o nos desplazaríamos a pie? ¿Sería necesario trasladarse de punta a punta para entrar en las salas de cine, donde seguro que también vendían conos de helados...? Recuerdo que ya entonces ponía objeciones. Solía comentar que como en el pueblo de una, en ninguna parte.

—Me interesa ahora su opinión a propósito de ciertos tópicos que circulan por ahí. Pero, ¡ojo!, un tópico no es forzosamente falso; puede muy bien ajustarse a la verdad. Los cuales son estos: «El alma del pueblo es aburrida y simplona, se conforma con poco»; «En el pueblo solo hay cotilleos, rumores, la gente quiere saberlo todo del vecino y se entromete: allí no hay intimidad»; «El pueblo siempre aparece como un lugar desfasado: cuando llega a sus calles la moda de la capital ya es tarde, los pueblerinos nunca están a la última»; «Los de pueblo se comportan con frecuencia de forma mezquina, ruin, avara»;

«En el pueblo no hay expectativas de futuro, es siempre lo mismo, o lo mismo de siempre: nada cambia, los avances tecnológicos llegan tarde y mal». «En cambio, en la ciudad...», así es como suelen terminar los comentarios de quienes echan pestes contra los pueblos. ¿Qué opina de todo esto?

—Usted mismo lo ha dicho: son solo eso, tópicos. Y si no son del todo falsos, tampoco son del todo ciertos. En un pueblo hay de todo, «como en botica». Y le diré más, aquello que achacan como defecto no es más que una virtud: esos «chismorreos» y ese «entrometerse» representan factores de la convivencia. En los pueblos la gente convive, se conoce, habla y se preocupa por el vecino. Por el contrario, en la ciudad no es que la gente no conviva, es que ni siquiera se conoce. Se cruzan por la calle y no se dicen los buenos días. Cada uno ve al otro como un fantasma, es un milagro si no le resulta transparente. Personalmente, prefiero los sitios donde las personas forman comunidad, con sus roces, pero comunidad al fin y al cabo. En los lugares desérticos, como por ejemplo las ciudades, uno no hallará otra cosa que vacío, desolación, abandono y soledad.

—Díganos, ¿ha estado alguna vez allí?

—De pasada, en repetidas ocasiones. Y siempre he experimentado la misma sensación de abandono, frío, un profundo malestar me recorría la espalda como si fuera un escalofrío.

—Y sin embargo, en la ciudad es donde planea vivir muy pronto, ese lugar espantoso, abominable, o, como usted misma afirma, desértico.

—Creo que el mar me servirá de consuelo. El mar es un consuelo para la vista y los otros sentidos. Al caminar a lo largo de la orilla, estoy segura de que me olvidaré de que vivo en una de esas odiosas ciudades. En cuanto pueda, haré escapadas para ir a visitar a mi novio, que espero que lo siga siendo por mucho tiempo aún —añadió con un guiño a mí dirigido. ¡Y cuán agradecido le estuve por ese guiño! Lo interpreté como si tratara de confortarme, como si me enviara la señal de que «lo nuestro aún no había terminado».

El fiscal se dirigió al centro del patio y desde allí exclamó con tono y gestos teatrales:

—¡Nada más que alegar por mi parte!

Había llegado mi turno de preguntas. Pero no se me ocurría ninguna; además, me incomodaba el tener que interrogar a mi propia compañera, por mucho que estuviéramos representando una pieza teatral; así que el juez Alfredo dio por concluida la fase de preguntas a los testigos, y, previo martillazo sobre la tablilla, declaró que había llegado el momento de conocer el fallo del jurado, en la ocurrencia, el fallo de tía Luciana.

Capítulo 9

No obstante, había habido un error en el proceso. Juan Castillo, el artífice de esta simulación, obra de una fantasía puesta en común, se precipitó de su silla para tratar de corregirlo. Susurró al oído del juez una serie de aclaraciones, que sonaron en el patio como si fuera el largo monólogo de una serpiente, con cuya lengua bífida husmea el aire en busca de roedores.

Entonces ocurrieron dos fenómenos casi simultáneos. En primer lugar, el juez Alfredo dio un martillazo apresurado sobre la tablilla, y exclamó con voz agitada, casi compungida:

—¡Ejem, quedan por oír las declaraciones finales de los abogados! Más tarde, sabremos lo que tía Luciana opina al respecto. Por el momento, siéntense todos y dispónganse a oír la declaración de cierre del fiscal, maestro Isidoro Bautista.

Y en ese preciso instante sonó el teléfono, cuyo inesperado ring-ring hizo que nos estremeciéramos en nuestras sillas. El propio juez abandonó su puesto preeminente y se dirigió con andares pausados a la puerta; atravesó el patio florido, con olor a jazmines y a vendimia.

Regresó al cabo de unos cinco minutos, el semblante demudado, la tez pálida.

—Amigos míos —suspiró—, mi padre acaba de fallecer. Me han llamado desde el hospital de Hellín, donde lo habían ingresado de urgencia después de haber sufrido un ataque cardíaco en plena calle.

—¡Ah! —exclamamos al unísono, horrorizados.

Pero el señor Alfredo realizó un gesto con el brazo, como

pidiendo serenidad.

—Las relaciones con mi padre —empezó diciendo con voz cavernosa, quebrada por la emoción y el despecho— nunca han sido como hubieran debido ser; eso lo sabéis de sobra. Desde siempre me había dado lo que denominan «mala vida». No soportaba, decía él, mi debilidad, mi falta de vocación militar, mi buen arrimo a las faldas de mi madre, a quien tanto odiaba. En fin, no soportaba que yo fuera yo, le irritaba sobremanera que me negase a cambiar para convertirme en alguien a su imagen y semejanza, fiel reflejo de él mismo y de lo que representaba en esta vida: la lucha, la fiereza, el alma de bronce y los escrúpulos contra la exhibición de cualquier tipo de sentimientos. Solía afirmar que la vida pertenecía a los «duros» y que en la vocación militar se hallaba el súmmum de la perfección, el sentido último que otorgaba un porqué y un quehacer en las relaciones humanas.

Dicho lo cual, se desplomó en una silla, abatido. Tía Luciana se dirigió a la cocina, en busca de un vaso de agua. Se lo ofreció luego y le preguntó si le apetecía una cucharada de azúcar para mezclarla con el agua, o si prefería que le preparase una infusión.

Don Alfredo negó con la cabeza y con la misma actitud insegura del náufrago recién rescatado de las aguas procelosas, bebió en dos tragos el contenido del vaso. Tras lo cual, nos explicó la resolución que había tomado:

—Ahora es tarde para ir al tanatorio; de todas formas, ya nada puede hacerse. Iré mañana... Lo que sí os pido... Porque soy un testarudo y porque quiero rendir tributo a la vida... Que nunca debe detenerse, incluso cuando los muertos llaman a la puerta de nuestros corazones... Es que terminemos de una vez esta comedia... Este juicio a la Ciudad... ¡Que bien merecido se lo tenía, pobre diablesa!... Señor fiscal, ¡a la tribuna! Aguardamos con impaciencia su última declaración.

Obedeciendo a la orden, el letrado Isidoro Bautista se plantó en medio del patio, como ya había hecho en repetidas ocasiones.

—Estimado público —empezó diciendo—, señores, señoras, queridos miembros del jurado..., estamos una vez más reunidos aquí, en esta sala número cuatro de lo Contencioso Civil, para tratar de borrar un equívoco de la conciencia colectiva. Pese a la instauración de las sociedades modernas, perdura en el alma del pueblo, generación tras generación, este equívoco maldito... Porque nos enfrentamos a una de esas falsas creencias que envenenan el alma de los pueblos, intoxican la convivencia entre los unos y los otros.

»En efecto, achacar a la Ciudad todas las culpas, todos los fallos del sistema, todos los infortunios que acechan al hombre, supone un grosero error, un equívoco que amenaza el porvenir de las generaciones. Lo acabamos de comprobar en estos tres testimonios que hemos escuchado. Primeramente, el antiguo empleado de hotel nos deja entrever su inquina, su odio a la Ciudad. ¿Cómo vamos a dar crédito a este testimonio, cuando ha puesto tan en evidencia su manía para con los ambientes urbanos? Obviamente, lo que pueda decirnos al respecto carece de valor, de rigor —si lo prefieren— científico; no es más que un cúmulo de frases estereotipadas, demasiado subjetivas para concederles un mínimo de credibilidad.

»Llegamos al cabo al segundo testimonio, ¿y con qué nos

encontramos? Pues, con lo mismo, no en vano, son pareja. La señora Paulina acaba de traer al mundo una preciosa niña que hace las delicias de la familia; es lógico que su testimonio concuerde con el del esposo, ambos participan de un proyecto común. Pero para nosotros, que estamos aquí y que buscamos la objetividad, sus palabras caen en saco rato, y caen en saco roto porque no cumplen con los requisitos mínimos de la objetividad.

»Juzguen ustedes mismos, pues, si los valores que representa la Ciudad han sido dañados por el momento, cuando no disponemos de otros elementos que de esos dos nimios testimonios en contra.

»Y llegamos por fin a la última declaración, la de la señorita Lea; una muchacha que va a trasladarse muy pronto a la ciudad de Alicante y que, nos refieren las malas lenguas, mantiene relaciones de estrecha amistad con el abogado defensor de este proceso, el cual, sin duda por hacer caso a cierto recato o comedimiento que había surgido dentro de él, se ha abstenido de formular preguntas a la testigo. Nosotros le agradecemos este comedimiento, pero, dicho sea de paso, se lo hubiera podido ahorrar, puesto que la información que nos ha proporcionado la señorita Lea a través de nuestras propias preguntas ha dejado bien clara su postura: también ella maldice, y echa pestes, y reniega de todo aquello que huela a ciudad. Una vez más comprobamos que la pasión domina en el lenguaje, la objetividad brilla por su ausencia, ninguna prueba sirve de apoyo a lo dicho, y este decir no es más que rumor de pueblo, «dije porque me dijeron», y así, lo único que sacamos en claro es que a lo largo de este proceso no hemos oído verdaderas opiniones, fruto de la convicción personal o de la experiencia. Repito, solo hemos escuchado «dije porque oí decir, nada procede de mi cosecha». Así pues, juzguen ustedes mismos, juzguen sobre todo los miembros del jurado, quienes han de fallar a continuación, si la Ciudad es merecedora del oprobio, la inquina y la mala fe que han demostrado los tres testigos antes mencionados, así como el abogado defensor, el ilustre letrado señor Juan José Palomo, a quien cedo, por cierto, la palabra.

Concluido de este modo el discurso, recuperó su plaza junto a Lea, en esa silla que había de soportar el augusto peso de su persona.

Había llegado mi turno. Me dirigí hacia el centro del patio, donde minutos antes mi camarada-rival había tratado de desmontar la defensa que con tanto tesón y ardor había estado construyendo. Pero en mis manos, en mi voz, mejor dicho, se hallaba el esperado antídoto.

—Y así es como llegamos a la recta final de este juicio. Hace unos instantes mi colega, el letrado Isidoro Bautista, nos ha hablado de «los valores de la Ciudad»; pero no los ha mencionado, ni uno solo de esos supuestos valores ha traído a colación. Me pregunto yo, ¿cuáles serán esos valores a los que, misteriosamente, aludía el fiscal? Luego de reflexionar un tanto, concluyo que en realidad los valores de la Ciudad y los del Pueblo coinciden: amabilidad, educación, cortesía, amor al prójimo, urbanidad... ¿Dónde reside, pues, la diferencia entre la vida en el campo y la vida en la ciudad? Pues la diferencia se halla en que esta última se ha quedado desprovista de valores, los ha ido perdiendo uno por uno. Sí, me refiero a esos mismos valores a que aludía el señor Bautista, aunque no haya citado ni uno solo de ellos. El día en que —y me temo que ese día está al caer— los pueblos se despojen también de los valores típicamente humanos, ese día, digo, poco importará vivir en la Ciudad o en el Pueblo, porque entonces el contacto entre los hombres se habrá transformado en un grandioso sinsentido, una formidable amalgama de ruidos, caos y loca carrera hacia la vorágine. Quedarán, quizás, santuarios, lugares recogidos y apartados, como lo es ahora El Barro, pero estos irán desapareciendo paulatinamente; en tanto que los pueblos que logren sobrevivir a esta fiebre del progreso se habrán convertido en copias diminutas de lo que representan las ciudades. Así pues, y concluyo, señores y señoras, miembros del jurado, nosotros, pueblerinos de pura cepa, no somos más que los últimos representantes de la especie, una modalidad de vida y una forma de cohabitar que está desapareciendo, y que se tragarán las aguas del progreso, el progreso de la urbe, la metrópolis, la civilización occidental galopando a toda mecha, a lomos de los trenes, los barcos, los aviones y, por supuesto, toda la panoplia de vehículos que desde ya comienzan a invadir las carreteras.

Esta vez sí que hubo aplausos. El cierre de mi discurso debieron de haberlo considerado brillante; había sido una buena idea, al parecer, eso de unir ambos destinos, el del Pueblo y el de la Ciudad, como si se tratara de dos hermanas gemelas, que se han separado durante un tiempo por disputas domésticas y que se reencuentran al cabo con miras a reconciliarse.

Tomé asiento junto a Paulina, a quien hallé algo somnolienta, como si se hubiera contagiado del sueño de su hijita, que dormía a su lado, en el carrito de tela azul marino.

De acuerdo con su papel de juez, el señor Alfredo dio un último martillazo sobre la tablilla y declaró que había llegado el momento de las deliberaciones. Rogaba a doña Luciana, presente en la sala número cuatro de lo Contencioso Civil, tuviera a bien acercarse al estrado, donde estudiaría con el propio juez cuál sería el fallo que más convenía al juicio.

Tía Luciana se alzó del asiento y, dando tumbos a causa de la risa, que se le apelotonaba en el pecho, porque para ella esta representación no debía de significar otra cosa que un cúmulo de disparates disfrazados de solemnidad, precisamente, absurda por su carga excesiva de solemnidad, alcanzó el imaginario estrado, donde ya el juez la estaba esperando con los brazos cruzados, una leve sonrisa en la comisura de los labios.

Estuvieron susurrando, cabeza contra cabeza, a fin de que nadie oyese los despropósitos que estarían tramando, cuando se separaron de nuevo, el juez emborronó «à la va-vite» unas pocas líneas, y la miembro del jurado regresó a su sitio, el pecho tan inflado que las costuras del vestido de tirantes atravesaron ruda prueba, una respiración más agitada de lo normal y los hilos saltarían como los escupitajos de una telaraña.

—He aquí el fallo —se dispuso a leer, solemne, el contenido del papelucho que él mismo había redactado, las gafas puestas en el extremo saliente de la nariz—: «Nosotros, juez Alfredo y señora Luciana, naturales ambos de Villaesquina de Abajo, por otro nombre conocido como El Barro, sentenciamos a la acusada, doña Ciudad Malavista, a la pena de destierro, debiendo permanecer tres meses y un día en la sierra de Cazorla, donde sin duda tomará el aire fresco, podrá limpiarse de sus impurezas y mirar el porvenir con ojos más nítidos y clarividentes. Dicho lo cual, queda cerrado este juicio, celebrado en la localidad de El Barro, a fecha de..., etc., etc.»

¡Aplausos! La Ciudad había tenido su justo castigo. Solo el abogado Isidoro dio muestras de profundo pesar; llevándose las manos a la cabeza, comenzó a mesarse los escasos cabellos que aún le quedaban. Era la viva imagen del descontento, y esta imagen no hizo sino redoblar en nosotros la alegría que experimentábamos.

Capítulo 10. Epílogo

I

Muchos años han pasado desde que ocurrieron aquellos acontecimientos memorables que acabo de referir. Este libro se acaba; un colega mío leyó las páginas que componían el manuscrito y me dijo, cito literalmente: «Ahora que te pones a escribir en serio, es cuando decides concluir la novela».

Es cierto, desde el principio, estos párrafos, estas líneas y estos diálogos han tomado la apariencia de broma, de chiste que unas veces venía a cuento y otras no.

El tiempo se alió con la distancia, dando como resultado que mi relación con Lea se quedase en la sombra de un pasado, el recuerdo amargo de una relación que pudo haber sido duradera y que se aguó por culpa de las funestas circunstancias.

Ha sido la única chica con la que jamás he discutido, con la que siempre me he llevado bien, de quien adoraba hasta el esmalte rosado que aplicaba a las uñas de los pies. Y sin embargo, no pudo ser.

Me casé años más tarde. Tuve dos preciosos hijos varones; no diré que me llevo mal con la sargento de mi esposa... ¡Es hora de volver la página!

II

Coincidiendo con el fervor que había despertado en las masas la simpática figura del abogado Felipe González, quien acabaría llevándose el gato al agua en las elecciones de 1982, hube de trasladarme definitivamente a la ciudad, ya que perseguía una ambición, y esta ambición era literaria. El sueño de llegar a ser «un escritor de renombre, que gozase de fama universal y duradera», me hechizaba de continuo. Así que preparé las maletas y fui a alojarme en una pensión céntrica de Valencia. En aquel entonces la huerta valenciana se había convertido en el centro «naranjero» del mundo. Existía un fervor religioso, místico incluso, para con los cítricos levantinos, que depositaban en el aire un perfume a azahar mezclado con lo salobre de la cercana brisa marina. El paisaje era formidable, tan blanco como una sábana puesta a secar.

III

En Valencia fue donde logré que me admitiera la Redacción de un periódico. Me dijeron: «Escriba reseñas de libros». Mi prosa era entonces muy florida, algo confusa, pero bien engalanada. Los dos primeros trabajos que envié pasaron sin dificultades entre las filas bien apretadas del escuadrón del Consejo de Lectura. Pero una vez leído el tercero, me dijeron: «¿Cómo se atreve...? Ni se le ocurra hablar mal de tal libro y cual autor.

Por favor, vuelva a escribir la reseña». Le envié una carta de consulta a mi iniciador Isidoro, que seguía viviendo en las cercanías de Caudete y también seguía dando clases en el instituto. Este me recomendó que no me desdijera, por aquello de la dignidad del escritor, por muy principiante que fuese, etcétera. No me desdije y la Redacción del periódico, habiendo obtenido tras el consejo celebrado un acuerdo unánime, decidió excluirme de sus filas.

El escritor rebelde no tiene futuro ni en Valencia ni en Birmania (por cierto, me han contado que a ese país le cambian el nombre; muy pronto pasará a llamarse Myanmar). Como iba diciendo, parece que lo de trabajar para un periódico no fue una buena idea.

IV

Volví, pues, al pueblo. A El Barro se le había presentado entretanto una disyuntiva: «O perder su esencia y extinguirse en el polvo y el olvido, o traicionar su esencia y convertirse en un burgo más, dependiente de la aglomeración cercana más próxima». Optó por lo primero, El Barro se deshizo en virutas de polvo y olvido.

Continuaron, no obstante, pululando en el aire las abejas de la colmena, en el patio florido de la casa del señor Juan Castillo y su adorable esposa, la princesa Paulina.

La hija de ambos, Serafina, creció sana y fuerte, feliz al estar rodeada de almendros y de muros no muy altos de piedra, por donde escalaban los caracoles. Con frecuencia visitaba a la pareja y siempre traía para la pequeña una golosina que había escondido previamente en el bolsillo.

FIN

En Charleville Mézières, a 25 de julio de 2018